2016中国年度随笔

徐南铁　选编

漓江出版社

目录
contents

人生

世事

情怀

) 人 生

汪曾祺给我的五封信

石　湾

日前，接到一个陌生人的电话，她自报家门："我是汪曾祺的女儿——汪朝，正在编我父亲的全集。前些天碰到你们作家出版社的萌娘，谈起此事，说她手头还存有我父亲给她的信件。她提供给了我，真还挺有意味。我想你手上也会有我父亲给你的信吧？麻烦你也找一下好吗？"我一想，明年该是曾祺先生逝世二十周年了，能出他的全集，当然是件好事，便答应汪朝："我马上就找！"曾祺先生 1997 年 5 月 16 日逝世之后，我搬了一次家，第二次装修也已过了十年，书房里堆积的资料杂乱无章，好不容易才找出两封他给我的信，好在我电脑中还存有他三封信的电子文档。这样，他就至少给我写过五封信。

我一边找信，就一边想起与曾祺先生结交的往事。"文革"后期，我从干校抽调回京，分配到筹办中的中国艺术研究院工作。1975 年秋，兼任艺研院一把手的文化部副部长袁水拍出任《人民文学》主编，从艺研院挑选了几个人去当编辑。我找到他，恳求他把我也带走。未料他说："你将来还是搞创作吧！我记着你的事，有合适的机会再给你安排。"就这样，到了 1975 年冬，我就被借调到了北京京剧团创作组。当时北京京剧团是所谓的"样板团"，采取半军事化管理，全团人马都在剧团吃住。巧的是，我与曾祺先生的创作间兼卧室是门对门，直到 1978 年春我回艺研院，朝夕相处近两年半时间。尽管他与我及杨毓珉、吴祖光分别合作的两个剧本（一人执笔写三场戏）都先后报废了，但作为晚辈，我还是有幸向他学到了许多东西，受用至今。

离开京剧团两年后，我是在 1980 年 6 月 24 日开幕的北京市第四次文代会上见到曾祺先生的。我在这次找信时意外地发现我还保存着一份《北京市第四次文代会代表分组名单》，其中文学界代表 162 人。如今被人称作"文学巨擘"的汪曾祺却不在此列。他的名字列在戏剧界代表的最后一组。记得那天他一见到我，就很惊异地问："你怎么来啦？"因在搞完揭批"四人帮"的"清查"运动之后，北京京剧团就回归北京市，不属文化部管辖了。我告诉他，我已调离艺研院，到即将复刊的《新观察》杂志社工作了，是应邀作为驻会记者来采访和组稿的。我知道，在"清查”运动中，他因“文革”期间在天安门城楼上亮过一次相而迟迟过不了“说清楚”关，所以直到出席这次市文代会，仍像经霜打过的花木，蔫蔫的，不像其他代表那般兴高采烈。我知道他师从沈从文，年轻时曾写过不少小说、散文、诗歌，就问他为什么不也挪挪窝？他说，都已年满花甲，就在京剧团离休算啦！我问他手上有短篇小说没有？《新观察》7月10日复刊，想在复刊号上发一篇小说，尚未有着落。他答，手头倒是有篇小说，好不敢说，但绝不是“大路货”。有家杂志不敢发，你拿回去试试你们主编的胆量！

这篇小说叫《黄油烙饼》，是林斤澜帮把它投给一家杂志的，退了回来，依旧在林斤澜手上。正好林斤澜也是大会代表，他当即去取来交给了我，说：“你可是新时期第一个来向我约稿的编辑呵！”

《新观察》复刊前夕，编辑部也就五六个人，为了确保复刊号一炮打响，几乎所有组来的稿件都要在编辑部传阅一遍。文艺组组长费枝、编辑部主任张凤珠，副主编杨犂读过《黄油烙饼》后，都说这小说写得地道、老到，有滋味儿。认为与他“文革”前写的《羊舍的夜晚》一脉相承，不愧为小说老手。然而，送到主编戈扬手里，却险些给“毙”了。她把稿子交还给我：“让汪曾祺改一改，调子总还是高一点好嘛！”其实我心里明白，这就意味着让我退稿。这下我作难了。因为不只是我与曾祺先生共过事，也曾错划为右派的杨犂与他在西南联大还有同窗之谊呢！所以我们最终还是集体说服了戈扬。但《黄油烙饼》错过了复刊号，延至第二期才发表。而戈扬作为主编，顽强地表现出了她的态度，愣是把这篇小说排在了末条，也没有上要目（那时《新观察》每期都在《人民日报》登要目广告）。所幸的是，《黄油烙饼》在文坛赢得了普遍好评，并收进了人民文学出版社出版的小说年选。

在我写信告诉曾祺先生《黄油烙饼》将在第二期上刊出后，他立即就给我寄来了新作《果园杂记》，并附一短简：

> 寄上散文一组，请阅后转交领导审处。有人说这是散文诗，我看就叫散文吧。此稿字数不多，但我未留底稿，如不用，望能破格退还。

《果园杂记》经领导审阅后，只同意用其中的两章。我立即将此意见写信告诉了他。他于 8 月 28 日回信说：

散文，你们领导拟选用两章，我估计是《波尔多液》和《葡萄的来历》。我拟同意。但只此两章，似乎“撑不起来”。——也可以吧。我自己倒是比较中意《涂白》，因为生活确实曾改变了我的审美理念。但谁读了也不怎么欣赏。那么，只好“归卧碧山丘了”。稿一时排不上，本是意中事。我一时无处可送，先存在你们那里吧。

他的《涂白》，我倒是很欣赏的。经过力争，他的这组《果园杂记》，在第五期上刊出时，就以《涂白》打头，外加《粉蝶》和《波尔多液》，共选用了三章。余下的几章我没留存，及时奉还给了他。但后来收入他的新时期的第一个散文集《蒲桥集》的《果园杂记》，却依然只有《涂白》、《粉蝶》和《波尔多液》。这就使我想到为什么他要说“我一时无处可送”这样不免凄凉的话了。

1980 年夏天，确实是汪曾祺正处于稿子“一时无处可送”的苦恼期。那时，他的小说《异秉》，托林斤澜寄给了《雨花》副主编叶至诚。叶至诚看完后很兴奋，就拿给当年“探求者”的“右派”弟兄方之、高晓声和陆文夫看。他们仨轮流看完后大为赞赏，一致认为如此深厚纯朴、毫不装腔作势的作品实在久违。同时也觉得奇怪，这样好的作品为什么不在北京的那几家大刊物上发表，而要寄到江苏来呢？叶至诚这时才透露，《异秉》是在北京的两家大刊物吃了闭门羹后，才托林斤澜向《雨花》求救的。于是，他们就去鼓动主编顾尔镡，顾尔镡二话不说就拍板放行。不过，发出来已是《雨花》1981 年第一期了。

就在 1980 年 8 月，曾祺先生以自己的初恋故事，写了篇自娱的小说《受戒》。想到这篇小说旨在赞颂被压抑而待解放的人性，不会有刊物敢发表，他就让几个朋友传阅，聊作消遣。不承想杨毓珉看过之后，在北京市文化局召开的创作座谈会上，把《受戒》作为一种试图突破写作禁区的新动向在会上作了通报。主持《北京文学》的李清泉闻讯后，立即赶到汪处要来了《受戒》原稿，并违反编辑部的工作程序，由他直接签发，免得横生枝节。就这样，《受戒》破例在《北京文学》10 月号上发表，成了传诵一时的当代名篇。按例说，《受戒》是应该获得 1980 年全国优秀短篇小说奖的，但因饱受争议而终成遗珠之憾。随着思想解放运动的推进，他的《大淖纪事》作为一种补偿，获得了 1981 年全国优秀短篇小说奖。由此，曾祺先生迎来创作上的又一个青春期，一发而不可收。

此时，我为曾祺先生的创作实绩终于得到官方认可，并开始确立他在文坛应有的地位而感到高兴，但我知道他毕竟年逾花甲，应付门庭若市的约稿编辑准够老夫子呛了，就有意与他拉开距离，不去向他逼稿，免得增加他的负荷。然而，他并没有忘了我。1982 年 5 月 18 日，他主动给我寄来了新作《旅途杂记》，并附信写道：

久不见，你好！

《新观察》一直给我寄杂志，我长期未给杂志写稿，很不过意。我 4 月初由陕西到四川旅游了四十天，回来准备写点游记。已写出四篇，寄上请你们看看。如有可用，请酌用。不合用，尚祈退我，以搪别处文债。这四篇都有得罪人处，因旅途中有所感触，未能除尽锋芒。这些，也请你们斟酌。

《旅途杂记》中有篇《兵马俑的个性》，他这样写道："塑像总是要有个性的。即便是塑造兵马俑，不需要、不要求个性，但造俑者还是自觉、不自觉地，多多少少地赋予他们一些个性。因此他塑造的是人，人总是有个性。"曾祺先生本人，就是一个很有个性的作家，只是好些人只看到了他平和、优雅、淡泊的所谓"道家风范"，而忽视了他亦多有愤世嫉俗的一面。也可以说，虽经历了像 1957 年那样的沉重打击，却总也"未能除尽锋芒"。而带有点锋芒的文章，正合《新观察》的胃口，于是，《旅途杂记》就顺利地在 1982 年第十四期上全文刊出了。

1984 年 8 月，我调离《新观察》，到作家出版社参与《中国作家》的创刊。1985 年 4 月 28 日，曾祺先生给我写来了一封信。这封信较长，主要说了三件事。第一件是："我在《新观察》发表过两篇小文，《果园杂记》和《旅途杂记》，人民文学出版社约我编一本散文集，我想把这两篇收进去，但刊此两文的杂志我已丢了，你能不能想法帮我找到这两期《新观察》？"我当即给他寄去了《果园杂记》和《旅途杂记》的复印件。第二件是："前寄'拟故事'两篇给贺新创，不知收到没有，看了没有，便中代为一问。""拟故事"两篇，近似《聊斋志异》，一篇叫《螺蛳姑娘》，另一篇叫《仓老鼠和鹰借粮》。贺新创时任《中国作家》编辑部主任，我向他询问此稿时，正好他要出差，主编冯牧、副主编张凤珠决定由我代班，统筹第四期的发稿工作。这样，我就当了《拟故事两篇》的责编，并安排在短篇小说一栏的头条位置刊出。第三件是：

你（手札中笔误为“我”）曾建议我把写过的诗拿到《中国作家》发表，我的诗稿早已不知去向，现在想也想不全了。那几首诗也没有多大意思，里面还提到“越境的熊”，于中苏邦交不利，不宜发表。

你最近写什么？写诗还是写报告文学？

还在北京京剧团创作组时，有天我收到载有我几首小诗的《解放军文艺》样刊，刊中还夹有诗人李瑛（时任《解放军文艺》诗歌散文组组长）给我的一封信。我拆信时曾祺先生正好坐在我身旁，他顺手饶有兴趣地看了我的诗和李瑛的信，笑道：“李瑛是北大中文系毕业的，说起来和我还是校友哩！我前两年去内蒙古草原深入生活时写过一组新诗，说不定《解放军文艺》也可以用。”我随即去了他的房间，请他找出他的那组诗给我看。他的记忆力是惊人的。我刚接过他的诗稿，他就说，你先别看，也许我还背得起来。结果，他果真一字不差地把这几首诗背诵了出来。这组有关内蒙古草原和鄂伦春族风情的新诗，风格清新明快，朗朗上口，汲取了边疆少数民族民歌的营养，给我留下了很深的印象。我当时就说：“挺好、挺好！就给李瑛寄去吧！”他迟疑了一下，说：“我和李瑛还是在北平临解放的时候在校园里见过（当时他夫人施松卿在北大任教，他闲居在燕园），但后来从未打过交道，贸然投一组诗去，不怎么好吧？”他随手把诗稿塞进抽屉，作罢了。1984年底，中国作家协会第四次会员代表大会在京西宾馆召开，我作为驻会记者，到他所住的房间拜访，希望他支持一下即将创刊的大型刊物《中国作家》。他笑道：“四年前，在北京市第四次文代会上，除了你，没有一家文学报刊向我约稿。这一次，我一来报到，就被各路记者、编辑围追堵截，我手头哪还有存稿呀？我都想逃会，躲起来了。”我说：“旧作也可以。就把你以前你写草原的那组诗给我吧！小说家的诗一旦发表，说不定更引人注目。”他回答：“也不知塞哪里了，让我回家找找再说吧。”接着，他问我最近写诗没有？我说，临离开京剧团时，你嘱我今后如果还写诗的话，得“变法”。这几年“朦胧诗”崛起，我自觉跟不上了，诗写得很少了。到《新观察》当记者后，写了有关史铁生、陈丹青、谷建芬等作家、艺术家的报告文学。因此，他在给我的这封信中，还关心地问：“你最近写什么？写诗还是写报告文学？”

1985年秋，中国作协党组成员从维熙出任作家出版社总编辑，将我调离《中国作家》编辑部，担任作家出版社刚组建的小说编辑室主任。当时，我策划了一套“文学新星丛书”，专为青年作家出第一部小说集。列入这套丛书第一辑的五名作者是：阿城、王兆军、莫言、刘索拉和何立伟。我刚将选题确定下来，湖南文艺出版社的蒋子丹来访，当她得知我在编选“文学新星丛书”时，显得很兴奋，大加赞赏。并说，何立伟的小说集已列入湖南文艺出版社的选题计划，她就是责编。何立伟是她很好的朋友，为朋友考虑，也为文学湘军的整体利益着想，何立伟的第一个集子当然是由作家出版社推出更好，于是她便慷慨地把这个选题让给了我社。我说，这套丛书的每个集子，都得请一位有影响的作家或评论家写一篇序，你看请谁为何立伟作序合适？她告诉我，前不久，她和何立伟一起来京出席《人民文学》编辑部召开的部分省市青年作家座谈会，曾去拜访汪曾祺。汪说他看过何立伟获全国优秀短篇小说奖的《白色鸟》，觉得很新鲜。还认为何很有才华，是个有自己特点的作家。不如就请他作序。我们就这样谈定了。蒋子丹是个很讲义气的朋友，她自告奋勇地把这件事包揽了下来。

11月10日，我收到了汪曾祺为《小城无故事》写的序和他11月8日给我的信：

> 何立伟要我为他的小说集写序。上星期写的。为天津《文学自由谈》一编辑“抢”去，今天才将原稿及复印件寄来。兹将原稿寄上，看可用否。此序须得立伟同意后方可发稿。我已写信寄立伟，他如同意，可直接写信给你，或给我。
>
> 你几时调作家出版社了？相（手札误写成“想”）当好。

曾祺先生在《小城无故事》的序中提到，他在见到何立伟时，曾说何的小说与废名有某些相似处，而何却说此前并没有读过废名的小说。但何后来写信给他说：“我回来后找到他（废名）的书细细读，发觉我与他有很多内在的东西颇接近，便极喜欢。”于是，汪曾祺感到，“这是很耐人深思的。正如废名，有人告诉他，他的小说与英国女作家弗金尼·沃尔芙很相似，废名说：‘我没有看过她的小说。’后来找到了弗金尼·沃尔芙的小说来看了，说：‘果然很相似。’一个作家，没有读过另一个作家的作品，却彼此相似，这是很奇怪的。”因此，他写道：“我的这篇序恐怕将写成一篇何立伟、废名异同论，这真是始料所不及。”他在序中说，废名是开一代文学风气的作家，沈从文、何其芳都曾受过废名的影响，而何立伟与废名的相似处是哀愁。令他高兴的是，“何立伟在小说里写了希望”，“对立伟的这种变化，有人有不同意见，但我认为是好的”。他还对何立伟“写小说同唐人写绝句一样”重意境、重感觉很是欣赏：“与其说他用写诗的方法写小说，不如说他用小说的形式写诗。”

看过曾祺先生长达4500字的序后，何立伟复信给我：“汪老的序，写得极好，是难得的文字。序写出这种温暖来，怕也是不多见的。”还说：“汪老的序，原本是《人民文学》拟发，不想叫天津《文学自由谈》拿去了，真有点可惜。汪老的文章，有一种非常难得的文体美，有一种谁也没有的文气。您遇着他，代我向他致礼。”

立伟说得极是，这样美的序文，非常难得。也难怪曾祺先生刚一写得，就“为天津《文学自由谈》一编辑‘抢’去”了。看，他在这里用的是一个十分传神的“抢”字！距他对我说稿子“一时无处可送”，仅过去五年时间，他在文坛的地位和声望真可谓今非昔比了。而这五年，恰好是新时期文学最辉煌的“黄金时代”，令人难以忘怀！

（原载《文汇读书周报》2016年9月5日）

一代名伶的生活写真
——读荀慧生《小留香馆日记》

傅　谨

荀慧生（1900—1968）是20世纪中国历史上最杰出的京剧表演艺术家之一，他和梅兰芳、程砚秋、尚小云并称京剧“四大名旦”，足见其艺术成就和影响。荀慧生具有开创性和魅力独特的“荀派”表演艺术，为他在京剧史上奠定了不可动摇的地位，他的传人遍布全国各地，无论是他对京剧传统剧目风格感极强的演绎，还是他自己新创的带有浓厚荀派色彩的剧目，都依然在到处上演。荀慧生的一生是作为京剧表演艺术家的一生，然而，荀慧生还给我们留下了另一份弥足珍贵的财富，那就是他的日记。他斋名为小留香馆，故日记题名为《小留香馆日记》。

一

很难想象，出生在贫寒家庭，从小就被卖到梆子戏班里学戏且一辈子以演戏为生的荀慧生，从青年时代起就开始记日记，且持续数十年而不辍。从1925年到1966年的四十多年里，《小留香馆日记》累积了多达44本（一说45本）。更令人惊奇的是，这批日记历经劫难，在社会剧烈动荡和政权几度更迭的数十年里得以保持全貌。“文化大革命”中荀慧生受到冲击，包括日记在内的大量财物均于抄家时被掳走，“文革”结束后家产被发还，珠宝失落不少，这批日记居然完璧归赵。悲剧却在意想不到的时候发生，荀慧生的《小留香馆日记》没有毁于战火和乱离，甚至都没有毁在红卫兵手里，却在荀家其后的析产过程中失落了大部分，至今不知所终，令人扼腕叹息。现在我们找到的，只是残存的6册，其中又包括两部分，一为20世纪20年代后期至30年代初，一为40年代，中间有多年的间断。不过，这6册日记记录的恰好是荀慧生艺术上最辉煌的年代，前一阶段，恰逢他从一位初获声名的演员成长为名家的重要转折点；后一阶段，更是他人生的顶点，这是他一生中享誉最盛的时期。越是在这样的时期，他所遭遇的各类纷扰越多。因为无从得见全璧，我们很难武断地判定其他部分是更精彩抑或较乏味，但仅从这一部分看，这部由和宝堂等人悉心整理的《小留香馆日记》已经堪称一部奇书。它所具备的独特且无可替代的历史价值，不仅仅在文献层面和艺术层面，更在社会学方面。说它是民国年间伶人生活的一部别样的百科全书，恐怕也不为过。

我有幸在日记正式出版之前，就先于普通读者看到它的原文，心情十分复杂。我想我不能说“先睹为快”，用“震惊”都不足以描述我的感受。这里所说的“震惊”，首先是震惊于日记的主人居然将他的真实生活内容如此赤裸裸地呈现在我们面前；其次，这些未经粉饰的内容，和我们以往所知的荀慧生的形象，实有太大反差。仅就这 6 册日记而言，荀慧生当年的生活状况，完全超出了我此前对这位名伶生活的想象与理解的极限。我不知道当这部日记面世之后不久，是不是就将有人依据这些可靠的一手资料，为荀慧生写一部更接近人物本真面貌的传记；但有一点是肯定的，那些曾经给荀慧生写过传记的作者们，面对这些日记大约是会有些郁闷，因为通过这些日记，我们突然发现，坊间任何一部有关荀慧生的人物传记或其他记录性文字，都离真相太远。

我相信让荀慧生日记以这种近乎本真的方式面世，更是一种对历史负责的态度。

二

当我们面对《小留香馆日记》的原文时，才能切身体会到，长期以来我们对名伶的日常生活样貌并无多少了解。无论是在民国年间还是 20 世纪 50 年代之后，各类报刊上有关他们的诸多报道与评论，几乎从未真正揭示出他们的生活真相。坊间偶尔也有以伶人为主角的小说问世，其中毕竟夹杂或多或少的虚构成分，一般读者也不会真把这类小说当信史读；至于各类名伶传记，撇开为传主讳言的成分，作者纵算和伶人们再接近，也不可能完全了解他们的私生活和真实的情感世界，更难以奢望其切入如此深的生活细部和情感角落。现在我们拥有了荀慧生的《小留香馆日记》，总算有机会获得了一个记述现代社会中京剧名伶日常生活最有价值也最可信的文本。

在荀慧生的日记里，我们看到他的艺术与人生，同时也看到当时的社会百态。荀慧生以演戏为生，在通常情况下他生活在以表演为中心的天地里，社会上所发生的种种变化，只要对他的演艺生涯没有形成直接影响，大致不会引起他多少关注。但我们在这部日记里看到一个例外，那就是日本军国主义发动的侵占东三省的

“九一八事变”。《小留香馆日记》里极为罕见地，完整摘抄了当天北京《晨报》的标题新闻，其震惊与愤懑之情力透纸背。他这样强烈的反应似乎出于本能，因为在这之后的一段时间里，“国难”这个词就频频出现在日记里，不仅充分展示了这场变故对中华民族的巨大冲击，通过伶人们的相互交谈，也可以看到这场变故是如此强烈地影响了包括荀慧生在内的普通国民。而且，随着时间推移，这个词出现的场合与内容，更渐次发生种种微妙的变化。其中固然有各界人士积极组织和参与的救亡活动，有主人公参加各类义务演出的记录，但是，透过荀慧生的记载，我们还看到“国难”被不同人用不同方式消费，因而衍化出林林总总的众生相。其中不乏打着“爱国”旗号的离谱的表演，他们对荀慧生以及他的同行，以及社会各界造成的困扰，实不能全然无视。荀慧生似有先见之明地洞察了这样的结果，他这 6 册日记所涉的时间段，中国社会的动荡与变化并不少见，却唯有“九一八事变”在日记里留下浓重的笔痕，恐怕并非偶然。

在这部分残存的日记里，恰好记录了现代京剧史上的一些重大事件，有关荀慧生创作演出的许多事实，更可以从中得到最为可靠的第一手资料的印证。比如 1931 年杜家祠堂落成的盛会，尽管当年的《梨园公报》印有特刊，但直接参与表演的当事者的记录，这却是独一份。且正因日记有出自主人公的独特视角，一些有趣的细节，是从未在其他记录中看到过的。比如第一天他的《鸿鸾禧》是和姜妙香合演的，与通常史料所载有异，但日记无疑更加可靠。还有，我们看到，为了这场演出，不仅主人杜月笙接送招待的礼数十分周到，道上的朋友们也无不倾力相助。日记里写道，头天戏毕之后，“张师以自卧之床相让，而自睡于门口床上”，实不失为一桩美谈——这里所说的“张师”，就是海上与杜月笙、黄金荣差不多齐名的闻人张啸林。荀慧生曾经很正式地拜在张啸林门下，所以有很长一段时间，他在日记里言必称“张师”，而且看来，张也确实很眷顾他。

当然，荀慧生也记下了他“与小云、兰芳、艳秋合演《四五花洞》”这场难得一见的演出，若非杜家天大的面子，要让他们四人合演一折戏，简直是天方夜谭。提到合演《四五花洞》，不能不提梅、尚、程、荀四大名旦同灌《四五花洞》唱片的过程。说是一张唱片，其中四大名旦每人只有一句唱，许多人对他们四个人谁唱哪一句的争端，言之凿凿，仿佛真是一件大事似的，但荀慧生的日记对此并未特别交代，只是轻描淡写几笔带过。而杜家祠堂表演《四五花洞》时拍了电影这件日记里突出描述的更重要的史实，反倒不太听到人们提及。

京剧史上，有很多对八卦感兴趣的人们津津乐道却又语焉不详的掌故，有这份日记作为旁证，某些细节算是可以坐实了，而另一些近乎文学想象的揣测之辞，总算可以消停。

荀慧生虽然是京剧史上屈指可数的名家，与社会上三教九流都要打交道，但他日常交往的对象，仍是以同行为多。余叔岩之“健谈”，梅兰芳之“滑稽”，都与外行的印象大相径庭。由于是私家日记，他日记里提到各位同行时，评价有时不免过于坦率，屡屡提到某人“营业不佳”时，竟有种无法掩饰的幸灾乐祸。如果说他的日记中对同行略嫌刻薄，并不为过。然而，这也正应了《增广贤文》里那句老话——谁人背后无人说，哪个人前不说人？

其中，荀慧生和四大名旦中其他三位的关系，是日记里颇有看点的部分。相对而言，他似乎和程砚秋的交情最深，而对梅兰芳则颇有微词。毕竟江湖风波险恶，尤其在激烈的市场竞争中，即使以梅兰芳做人的周到，也难免有些磕磕碰碰，不过说到底也没有什么大事。其中最有意思的一段，是1943年底他和程砚秋的一段对话：“程砚秋来访谈，并送各友扇面互相写画，谈伊本身为人，晚年老时以务农为生，不再出演。现常至海淀农场施行农人生活，服装甚为俭朴，养性之乐。现余四人思想各不相同，梅之思想欲垂后世；尚仍以演剧为宗旨；程性好清静，以务农终其余年；余则以商业为求今后道路，想大不相同。”这时已经是抗战后期，程砚秋已经隐退至北京郊区务农，而梅兰芳从抗战开始后就谢绝舞台，这就是他们所说的“欲垂后世”——话说梅兰芳也确实因此获得很高的社会声誉，成为民族的偶像，这点他们算是看对了。其中最不靠谱的是荀慧生对自己“以商业为求今后道路”的安排与评价，从日记看，荀慧生貌似很有商业头脑，可惜的是他在这方面，真是志大才疏。日记里很大篇幅，都在记录他不同阶段参与的各类与商业相关的活动，尤其是开办留香饭店，这些计划每项都曾经给他无限憧憬和希望，但是最终不仅没有获得期待中的收益，还给他带来多少不等的亏累，更使他不得不陷入大量纠纷中，牵扯了许多精力。民国十年后直到抗战期间，荀慧生在艺术上一路顺风顺水，确实赚了很多钱，他一心以为可以通过经商让财富增值，也不断有人围在他身边，给他出各种主意，然而种种投资几乎全以失败告终，临了还是得靠演戏。如此说来，四大名旦里，他其实是最糊涂的一位。

三

在阅读这批日记之前，我从未想象过像荀慧生这样名满天下的名伶的生活是如此丰富和复杂，尤其是他一直被毒瘾和病痛所折磨，就他心理状态而言，他一直处在精神崩溃边缘。从这部日记的前几页起，我们就看到一个既沉溺于毒品，又在时刻想摆脱毒品对身心的控制的荀慧生。清代以来鸦片泛滥，社会各阶层都出现大量瘾君子，伶界也不例外。进入民国后鸦片逐渐失势，但是又出现了新的替代品，这些更具刺激性的毒品，有更强依赖性，更难戒断。我不想说荀慧生的毒瘾完全是为应对繁重演出的巨大压力而不得不为之的，尽管有时我们会看到，有时演出压力确实是他不得不加大毒品注射量的原因；实际上他也一直希望彻底戒毒，并且为之经历了外人难以想象的痛苦，花费了许多钱财，其中也包括很多冤枉钱。他的吸毒史几乎就等同于戒毒史，反过来说也成立，但这些努力却最终付之东流，令人唏嘘。我们只看到他在舞台上创造的卓越的艺术形象，他永远把最光鲜亮丽的一面展现在舞台上，而作为欣赏者的普通观众，在崇敬与欢娱之时，无从得知他在搏命演出时要忍受怎样的痛楚，在为人类创造精美的艺术时，作为个体的伶人，需要付出的是什么代价。

从《小留香馆日记》的记载看，麻将在荀慧生的日常生活里的分量真不算轻。他酷爱麻将，这既是他的娱乐方式，也不失为一种交际手段。那些他身边的文人墨客进得门来，通常是“手谈”“竹戏”，同行和其他客人来访，也经常打上几圈。演出之后，吃过点心，也经常来上四圈或八圈麻将，甚至通宵达旦。有好几段时间，麻将几乎是他每天的必修课。状态不好时他输得很惨，这时就会在日记里留下一些抱怨，不过多数时，他并不需输赢计较。

当然，日记里也少不了荀慧生和朋友，尤其是报界朋友花街柳巷的冶游。召妓侑酒，在他那个年代，大约还上升不到私德不彰的高度，比较可议的，反倒是他和众多女友的交往。这样的交往与荀慧生对家庭、对发妻子女的责任感和深厚情感并行不悖地，贯穿在这部残缺的日记之始终，虽然比不上麻将那么频繁，但也不失为日记里一项重要内容。从日记里很难完全分辨这些和荀慧生往来的女性的社会身份——有女学生，似乎也有职业化或半职业化的交际花，她们和荀慧生的往来中看不到金钱买卖的痕迹（按日记的风格，若有较大笔的开支，主人公不大会一点不提）。所以，说她们是荀慧生的追慕者，大约不会离真相太远。尽管日记里多半用“秘谈”“畅谈”之类隐语描述其交往过程，但她们与主人公之间经常性的肌肤之亲，显然无须讳言。大抵从前后文看，这些非正式的关系之开端，未见得是荀慧生本人招蜂引蝶，然而坦白地说，面对这些女性投怀送抱时，在多数场合也看不出荀慧生曾经表现出过某种程度的犹豫和矜持。他似乎很享受且很娴熟地与这些女性周旋，有时甚至要赶场；偶尔也会表现出一点不满，尤其是他和一位名为易阿莉的女性持续很多年的时断时续的关系，荀慧生甚至因为被她传染上性病而在日记里痛骂她不检点，然而只要阿莉一通电话，又重续旧情。只有一次荀慧生断然拒绝了一位女性的追逐，他在日记里写道：“九时阖家到中国戏院，演《扬州梦》。有一胖妇追余，其意求欢，约有六七年之久寓北京。余去岁往济南演剧，伊亦至济南。今余来津，伊亦来津。来寓赠余面速力达及手帕，原物退还。伊每见余必丑态百出，毫不顾廉耻，只得命少亭婉言赶出，似觉可笑！又至后台以购戏票为名缠绵不决。戏毕余即归寓。伊不欢而去。”这样的追求者已经不能称“戏迷”，简直是“戏痴”，不过这也让我们看到像荀慧生这样的红伶一个重要生活侧面，当年的荀慧生要处理的麻烦，今日的明星们同样需要处理。

四

当荀慧生日常生活的这些内容展现在我们面前时，为我们完整准确地评价荀慧生出了一道难题。坦白地说，这些私人记述中所记录的生活内容，包括他在日记里对同行和社会各界人士的品评，未必都能够为读者所接受和首肯，尤其是站在今人的立场上。

如果可以选择，我宁愿没有这样的日记，因为我喜欢荀慧生的艺术，我们需要那些把他塑造成近乎完人的传记，借此让他的艺术和人生完美切合。但是这些日记却是残酷而真实地存在着，所以，留给我们的问题就是，抱着怎样的心态阅读《小留香馆日记》，如何评价日记中所记录的那个荀慧生，如何理解伶人的艺术、生活和人格。其实，要回答这些问题，前提是我们究竟有没有勇气接受一位伟大的表演艺术家在舞台下并不伟大的另一面。

无论从吸毒与戒毒还是从沉迷于麻将、周旋于众多女性之间，还是从他经营留香饭店的经历看，在荀慧生的性格中，都有他自己未必清醒意识到的种种缺陷。他因敏感而多疑，因软弱而无法摆脱对外物的心理依赖，他既是名伶，又是一个有那么多缺陷的凡人。假如我们心怀悲悯，会从日记里看到一个走下神坛的荀慧生，无须因此动摇对他的艺术的喜爱与崇敬；在传统社会，伶人虽然有其风光无限的一面，但是终究身处社会底层，其日常起居与交往无异于普通人，断不宜以圣人的标准苛求。当然，换个角度，我们尽可自以为占据了道德高地，利用这些日记披露的材料，批评、嘲讽甚至歧视他有悖社会公序良俗的生活。这位在日记里记录了自己真实人生的伶人无法从墓里出来回应，不过假如可以，我想他会不解地反诘，他所记录的只是那代人最普通的日子，何以苛责他一个唱戏的？

最后，人们或许还会疑惑，荀慧生何以要如此坦诚且用心地在日记里详尽地描述他舞台下大量显然会招人物议的生活细节。首先可以肯定的一点是，这部日记是纯粹的私人记述；留下这些日记的荀慧生，决非有意要把他生活所有细节都记录在案，来让后人指戳评点的。每个人记日记的动机五花八门，我无法对荀慧生妄加揣测。这是不是由于他身边的文人影响的结果？很有可能。但所有参与写作和整理者都无法改变的，是日记内容均出于荀慧生生活实况这一事实。因而，至少可以说，当时的荀慧生是如此坦然地面对自己，面对自己这样的生活和当时的生活方式。

至于今人，我们要感谢荀慧生留下这样一份珍贵文献，让我们有可能通过《小留香馆日记》，真切触摸到那个年代一位伟大的京剧表演艺术家有质感的私人生活，第一次闯入这个此前从未为外界所知的领地。我们看到荀慧生艺术巅峰时期的经历，既有他的坚强也有他的脆弱，既关乎民族大节也不乏儿女私情，既有他和三教九流的交往，也有他商业上屡屡失败的投资经过。通过这部日记，我们有幸获得一极佳机遇，让这位京剧红伶全面立体地呈现眼前。当然，还要感谢荀家慨然允许将这批日记公之于世，对于京剧研究乃至于中国现代史研究，真相就是无可比拟的价值。

（原载《读书》2016年第5期）

钟叔河先生

秦　颖

一

我的办公室始终摆放了一本书，《走向世界——近代知识分子考察西方的历史》，说始终，似乎也不尽然，其实这本书在家和办公室之间来来回回过无数次，最后定居在了办公室，成为我编辑工作的压舱物。我喜欢钟叔河先生的文字，大概是从这本书起。此书 1986 年暑假购于长沙，起因跟陈旭麓先生有些关系。记得一次去拜访陈先生，他刚刚从湖南参加完一个近代史的研讨会回来，知道我是湖南人，便说这次去长沙，见到钟叔河先生，读了他写郭嵩焘的文章，非常佩服。他说曾指导自己的研究生写过郭嵩焘，但“姜还是老的辣”。此话给我留下了极深的印象。

《走向世界丛书》是当代出版史，乃至改革开放史上的标志性事件。该丛书新世纪重版时，我得到过钟先生馈赠精装全套，颇感珍贵。他说，“我编《走向世界丛书》，是有这么一点理念的”，“中国的问题，不是哪一个人受屈不受屈，受的待遇公正不公正的问题，归根结底是一个要不要走向世界、能不能走向世界的问题”。钟先生是从牢房出来，通过“走向世界”走向了中国读者。钱钟书先生就是读了他编的这套书，想跟他晤面，并进而建议将所写序文结集单行，表示愿意为之作序。多年后，杨绛先生在给钟先生的信中说：“他（钱钟书）生平主动愿为作序者，唯先生一人耳。”

跟钟先生的缘分始自 1987 年。那年我硕士研究生临近毕业时，冒冒失失地给钟先生写过一封信，希望到他主政的岳麓书社去工作。可这时，他正闹着要调离湖南去四川。他回信说，不想在湖南搞下去了，“刘正同志和孙南生同志在谈话中表示不能放我走，至少是在目前，但我却没有同意。你是否可以先暂时在长沙找一个接收单位（非教育系统的），等到下半年或明年再看情况呢？”这原因我后来看先生的文字知道大概，出版曾国藩周作人，很多人反对，告状说他偏爱汉奸，不出革命回忆录，这种背景下，社里举行了民主选举，一人一票选总编辑，他落选了。

到湖南人民出版社工作后，我去岳麓书社拜访。临走时，钟先生送了一本他编的《知堂序跋》。记得他将书递到我手上时说，周作人的文章值得读读。我想，他是希望我这个出版新人好好读读周作人吧，如果想把文章做通的话。他有一篇文章回忆儿时阅读对他的影响："后来觉得，还是周作人的文章经得看，每次都有新的感觉。他的文章看起来是平淡的，却有着更深的意思；去解读这个更深的意思，就给了我的好奇心广阔的空间。我后来有一点写作能力，就是从看这些文章得来的。"对我来说，送这本集子还传递了一些信息，他当时的工作重点：实施刊印保存周作人文字的努力。前一年，刚刚选编出版了新中国成立后第一本署名"周作人著"的公开出版发行的新书《知堂书话》，短短的序言集中说明了为什么要出版它：是上乘的书评书话。同时又辩称，自己对其人其学问文章知道得太少，没资格评价。只是知道："第一，周作人'已死'；第二，'他读的书多'。"他在着手编订重印"周作人自编文集"。钟先生在很多地方都谈过他编周作人的事，在《我编周作人的文章》一篇中，对编订周作人的来龙去脉作了详细的交代。文中引鲁迅、巴金、胡适左中右三个代表人物的评价来佐证其文章之好，说明自己为什么"倾倒于周作人的文章之美"和深刻的文化批判，也间接地表达了对那些"以人取文"的"反文化"的态度的批评。他反复强调编辑出版的"目的是存文，至于因文而论人，或不论文而论人，则超过了我的能力，也不是我的本心。所以我自己不写周作人，也不参加关于周作人的讨论，一心一意就编书"。埋头做，不争论，可看作钟先生的出版策略，显示了他的智慧。

多年后，我南下花城出版社不久，先生在一封回信中又说到周作人："《随笔》近年倾向似颇'左'，比如骂周作人，我看就没什么意思，一则他'已死'，二则比他还该骂的人事还多，三则即使确有该骂的理由，其文章也还是可以欣赏的，比如说培根、马基维里……中国人吃不宽容的苦已经够多了，何其自己也不能学得宽容一点乎。"这是私房话，这里引来，无非想为先生偏爱周作人提供一个鲜活的例子。

有个故事很能说明钟先生的急智和性格特点，说明曾国藩周作人在他手上出版并非偶然：一次逛旧书店，发现一个人正从架上抽出一本民国二十五年出版的《查泰莱夫人的情人》，这是他早就知道而一直不得一见的奇书，可人家先拿到，怎么办？他急中生智，转身直奔柜台，拍桌子道：你们真的不像话，我伢子趁我不在家，把我的书拿出来卖，你们也不问青红皂白就收下了。你们看啰，那本《查泰莱》

就是其中一本，我要赎回来。否则……这事他在《买旧书》一文中有详述。

二

1990年，湖南人民出版社停业整顿期间，我被借调到湖南新闻出版局图书处。当时处里的一项主要工作是制定八五规划，钟先生经常受邀参加专题研讨会，于是跟先生的联系多了起来。会场上，他手里总是握支笔，捏着个小本子，不时会在上面写些什么，但显然又不像在做笔记。一次，我正好坐他边上，大概他看出了我的好奇，告诉我：开会很浪费时间，所以会上常常会开开小差，思考一些问题。他有个习惯，随时将忽然冒出来的零散的想法记下来，上厕所也不例外，为以后写文章准备一些材料。对他来说，珍惜时间，抓紧读书思考，是悠悠万事唯此为大的。记得一次在他家，聊到家务事，他说，时间花在家务上可惜，所以在家里极困难，月收入只有二三十元的时候，也拿出近一半的钱请了一位阿姨在家帮佣。这才有了李普夫妇到访，自己竟然不会开火，只好请他们自己动手的一幕。

他的家就在出版局隔壁的家属楼，大概在这个时候，我“登堂入室”了。印象深的首先就是书架上陈列的木工刨，似乎跟出版家、学者的书房形成高反差，同时也觉亲切，小时候父亲为我考虑的出路之一是学门手艺——做木匠。《我家的摆设》中，他主要谈的就是这细木工刨。钟先生对自己一生的概括，以这篇文章最后一小段最言简意赅，又意味深长：

“我从小喜欢制作，如果允许我自由择业，也许会当一名细木工，当可胜任愉快，不至于像学写文章这样吃力。但身不由己，先是被父母拘管在桌前读《四书》《毛诗》，一九四九年误考新闻干部训练班，又未蒙训练即奉命到报社报到，想进北大学历史考古亦不可能。一九五七年后，作为知识分子，是被投闲置散了，但为了谋生又不得不忙于做工，身体和精神上反而觉得充实了不少，尤其在能够在屋里放一条砍凳的时候。一九七九年平反改正归队了，坐办公桌又忙了起来，业余时间也无复操刀使锯的自由。如今已经离休，照理说应该有时间做自己爱做的事了，可是八楼上连钉一口钉子都怕妨碍邻居，只好仍旧以编编写写打发时光，真真苦矣。”

苦中有乐才是这句话的全解，否则，先生文字生涯不会这么出彩，我也不会有被先生领入书房，从架上取下图书，兴致勃勃地翻给我看他在书上做的眉批的那一幕。不记得那是哪一年，大概是请先生为《汉英四书》写序吧，他取出的书大概跟王韬参译理雅各《中国经典》翻译工程有关。眉批多是几个字的内容提要，或疑问或指误。这在先生是读书的小习惯，对我来说却是受益终身的读书技巧。从小听父亲反复说的“不动笔墨不看书”，这时有了更深一层的理解。动笔墨，对帮助记忆，理解原文，方便以后查检都有莫大的好处。最近去拜访先生，想请他翻出他读过的书来看看，寻找当年那深刻印象的实物证据。可是，行色匆匆，没能如愿。先生编过一册薄薄的《曾国藩教子书》，每篇前用几个字概括题旨，大概就是这一习惯在编辑工作中的应用。钟先生说，他喜欢给编的书做提要，最少一个字，最多八个字。这种提要、边注和夹注（最早见初版的《走向世界丛书》单行本）可以提高读者的阅读兴趣。这种方式，以后有不少人学样，似乎得其形居多，原因当然是学养学识和文字功夫的差异了。

接触多了，对《走向世界丛书》辉煌背后的故事也了解得更多了。虽然当年李一氓先生就高度评价说：这是他“近年来所见到的最富有思想性、科学性和创造性的一套丛书”。但正如很多图书一样，编辑出版过程都会一波三折，对编辑是一个考验。按当时出版社的惯例，每个编辑一年只有四个选题。而钟先生认为，丛书若是“一本本出冒（没）得用，必须集中出。最好是一年把一百多种出完。我一个人的能力最多出十多种，但实际上又是做不到，那时候要分选题。”为了解决这个问题，钟先生曾提出自己三年的书号集中起来，一次出十二本。后来因为岳麓书社拆分出去，反倒使一个月出一本的想法得到实施。一关过了，又有难题。出版社的老传统是从来不允许编辑搭车发表自己的东西的。先生给每本书写的前言按此不允许刊登。可这些旧籍新刊，若无合适的前言说明引导，对广大读者而言，不易进入，阅读效果会大大打折扣。钟先生在权威刊物《历史研究》上发表研究郭嵩焘长达四万余字的文章，意在证明他的研究能力和水平，并不是随意在自编图书上夹带私货。于是有所突破，前言用假名刊出。等到丛书形成了气候，有很好的反应后，这才用上了本名。

20世纪80年代初，在出版界焕发新生，地方出版社走向全国的改革大势下，钟先生以他对出版的理解，在技术规程和出版理念上大胆寻求突破，机智灵活地应对，这尝试和突破正是湖南出版80年代出版改革的重要细节，也是引领出版风向的重要因素。这种突破使怀揣理想主义的一代中老年新编辑能逐步实现或部分实现自己的梦想。

钟先生多次谈及，他最想出版的三套书是《走向世界丛书》《现代中国人看世界》《外国人眼中的中国》。这是他的出版理想。他说："我只编辑出版自己喜欢的图书。"又以个人的喜好，力推周作人、曾国藩的文集。三套丛书，他只完成了半套，即《走向世界丛书》前36种;《现代中国人看世界》交给别人出过几种，与他的初衷颇有距离，而《外国人眼中的中国》虽反复推荐，最终都没有落地。谈及此，颇有些伤感。

三

作为一个出版家，钟先生对图书的装帧制作形式也是颇为讲究的。这一点从《小西门集》的出版流转几个省市可见一斑。此集在先生心目中的地位很高，他说自己的书，最看重三种:《走向世界——近代知识分子考察西方的历史》《学其短》《小西门集》。该书先由山东画报社接受出版，南京的书籍装帧艺术家朱瀛椿仰慕先生，主动请缨设计，因设计制作拟用的材料特别，朱先生提出在南京印刷，以便监制，画报社难以办到，于是由朱先生出面联系，转到南京的出版社，此地两家出版社在书稿编审过程中，都提出要删节部分内容，钟先生不答应，书稿辗转到了上海、广州……最后还是在岳麓书社出版。在这一过程中，我们不难发现，对装帧制作的讲究，对设计理念的认可，一度让先生妥协再妥协，但这种妥协的前提是不损害内容，否则宁弃形式而保存内容的完整性。

有感于此，我曾专门请教先生，请他谈谈书籍的制作和装帧。他说，"书的功能是给人阅读，不是摆看的，收藏上架也只是手段，目的是让更多的人读。所以我出版书，最起码的要求是一定要摊得开，便于开卷展读或把读。现在很多书，一定要两只手才能翻看，还要用劲压住，手一松就自动合上。而两只手拿握读书，持续时间不可能超过20分钟。那这种书还有什么意义呢？现代生活节奏快，读者静下来在书桌前读书的可能性很小，多在床上、马桶上、车船地铁飞机上，书便于方便轻松地拿握显得尤其重要。当然典藏图书要讲究装帧质量，但那始终是第二位的，第一位还是方便地读，轻松地读，带来读书的愉悦，而不是带来苦恼，觉得费劲。否则就和书的本质相矛盾了。其次是装帧。书有适合的装帧，和内容相适合调和的形式，有美感很重要。装帧艺术很重要，但它始终是一种实用的美术，首先要满足实用，它必须与其设计对象的功能相符。德国是个出版大国，出版的图书有各种开本，但都是整张纸裁印。出版社是以大宗产品作为工作研究的对象。异形开本脱离了书的本意，是邪门歪道。太个性的趣味产品当然也可以尝试，偶尔为之，但那是特例或私人定制之类。”他以为，过分追求形式，忘却了书基本的功能是现在装帧设计的一个不健康的倾向。如精装的书做成毛边本，完全不懂毛边本的功能意义。对国内胶订的广泛应用和技术上的粗糙也颇有微词。

对装帧、制作品质的要求反映了钟先生作为一个出版家的专业精神和审美情趣。先生送我的书中，我特别喜欢他自制封面更换的《偶然集》，“偶然”手稿的底纹上印上行书“偶然集”三个字，特种纸淡淡灰蓝色与蓝字浑然一体，书卷味极浓。这本1980—1999二十年间文章的选抄，本来是列入“文艺湘军百家文库”，先生以“怯于从军”，“怕跟不上队”为由头，将手中的百十本书重做，并在后勒口印出勘误表。给我的信中，先生说得直白：“我不喜欢湖南文艺出的那一本什么‘文艺湘军百家文库’，已将我的一本在我自己心目中‘撤销’了。”这些表现出了先生的孤傲、趣味，乃至洁癖。

四

湖南人民出版社撤销，建湖南出版社后，我从出版局图书处回到了单位。开始做《汉英四书》，没想到第一版8000册很快销售完，接到了不少读者的反馈意见，准备修订重版。修订重版前，我以为在一定程度上，这套书跟钟先生的《走向世界丛书》的主旨有关联，理雅各的翻译，是中国经典走向世界过程的重要一环，于是请钟先生写序。面对一个沉浸于初步成功的喜悦和兴奋之中的编辑新人的请求，钟先生一口答应了下来。同时，钟先生也对我提出了要求，他说我应该好好研究一下《四书》的西传经过及对西方的影响，这一要求使我在编辑工作中找到了一个切入点，接下来的几年里，写了一系列的经典西行的文字。

可钟先生的文章迟迟没有动笔。也许他不认为由他写序是个好提议。终于，钟先生将文章给我了，文题是空着的，我想这是先生的善意和厚道，给我这初生牛犊留了余地。该文在《文汇读书周报》上发表时，用的题目为《理雅各译〈四书〉》。他写的是书话。他在这篇文章中说：“秦颖准备出版《汉英对照中国古典名著》。老实说，最初我有过一点担心。因为我不太明白它的读者究竟该主要是中国人还是外国人？而且既是古典名著，也恐难找到合适的译者，如果要新译的话。”显然他对这样的出版思路，是有些想法的。文中委婉地表明了自己的看法的同时，又非常明确给予了肯定。

先生对我的每一个努力和成果都很关注。“大家小集”出版后，我寄过几种给先生，待我去拜访时，他说，丛书名很好，但本子过大，已经不是小集，而整体编选水平也参差不齐。他又说：“选集最容易做，做好却不容易。选的标准是其一，好的导言是其二。选本必有自己的观点和看法，‘我’喜欢的文章就是最靠得住的标准。按‘我’的口味选，总有同口味的人会喜欢，也只有如此，才能做点有个性的事。”收到我和邹嵘华编辑出版的《昆虫记》全译本后，来信说：“《昆虫记》十册收到，此乃吾兄一大功德，但集体翻译不知译笔总体水平如何……但无论如何《昆虫记》在咱们这个东方大国总算有了全译本，虽可悲，亦可喜也……《塞耳彭自然史》记得给我寄一册，读后如译文差强人意，当为写一小文。《昆虫记》则篇幅太大，一下子难得读完。”两年后，我寄去《昆虫记》的修订本，先生来信道：“《昆虫记》能够这样出，虽然前后两种还来不及比较对照，就凭这一点，也就不让汪原放在‘亚东’印了程甲本又印程乙本的壮举了。”钟先生的夸赞颇有艺术，一般来讲，大的方面，只要有新意、特点，总是会加以肯定，而具体的东西却从来不会马虎，连版式也不会放过。“你出版的，书装帧都好，版式却稍嫌拥挤。”

先生也不时会给我一些出版指点。如多次提及《走向世界丛书》余下的几十种仍可出版，却碍于工程太大，而钟先生又不能参与具体的编校、撰写前言后记，以一家文艺出版社来承担近代典籍的重任，挑战和风险均非一般。又如《外国人眼中的中国》，是先生出版的心愿之一，希望我能做出来。可工程也是不小，搭班子，找翻译等等都非短期可成，而初到一地，自主权不大，加上急于出活的心态下，畏难退缩了。大概在2000年黄永玉先生到湖南开画展登门看他之后不久，我去拜访。先生对我在广州的工作很关心，聊天中说，最近黄永玉来访，谈到北欧一位画家古尔德森的《童年与故乡》马上要出版了，于是建议他作一本画传，文、画、诗结合。让我不妨主动联系，争取争取，并将黄先生的电话、通州万荷堂的地址抄给我。可这事我缺少知其不可而为的冲劲，终于没有行动。

我常常会跟先生讨教。记得到广州不久，曾起意组织一套教子书系列，想请钟先生出马，重点当然是他的《曾国藩教子书》。他回信道：“出教子书系列是个好想法，我这里左宗棠的有十三四万字也可以成一本。当然也不能都是儒家正统观念的，也有的以道家或禅理教儿孙乐天知命。顺其自然地也可选一二种。”但花城当时的付酬标准长期没有变化，有些偏低。我知道，书愈小，编选愈难。而当时版税还是个新事物，虽然责任共担，彼此放心，但多年按字数付酬的惯性还很强，何况是编选的读物，此事没成功。前面说到的《小西门集》是先生很看重的一本集子，当该集子在南京、上海走了一圈，总是阴差阳错，出现意外时，先生想到了我。我欣然领命，因当时我不在出版一线，虽是极力推动，但遇人事变动，时间上没能抓紧。这时岳麓书社上门索稿，先生实在是碍于情面，加上这书变故太多，将《小西门集》给了对方。待到这边落定，那边已经出版了。

始终没能为先生出版或是请先生主编策划过书，成了我的一大遗憾。近年，去看先生，多次提到这一遗憾，先生能理解，但我却不能原谅自己。希望将来，会有机会吧，我想！

（原载《南方周末》2015 年 2 月 26 日）

我师钟泰

李吉奎

1962年10月，我从南开大学毕业，进入东北文史研究所。文史所在长春建设街16号，房子是原伪满外交部所在。作为东北局事业单位的文史所，是第一书记宋任穷领了周总理有关“振兴东北文风”的指示，在1961年开办的，由宣传部主管，部长是吉林省委书记处原书记关山复。关部长对办文史所十分积极，首先将已办关系调京任“革博”领导的佟冬（吉林大学副书记、副校长）截下来，任这个“小国寡民”的研究所的所长、书记，然后是从吉大、师大找人，搭班子。在1961、1962两年从应届高校文科毕业生中招收了四十余名见习研究员（研究所待遇），在京沪等地聘请了多位老先生，讲授十三经、文字、音韵、乐律等课程。又派员赴京津采购图书（至1965年，已购进各种图书二十余万册）。关部长办文史所的动作引起北京的注意，1964年，周扬（中宣部副部长）调关入京，任中科院哲学社会科学部（即后之中国社科院）党委书记。文史所很快进入运作轨道，“文革”开始时，全所已近一百二十人，分文史哲六个研究室，开展研究工作。

我是入所的第二批人员之一，头年入所的同学已上了几门课，其中便有钟先生（我们称呼为钟老）讲授的《论语》。我们加进去，继续上《孟子》的课。一般是上午听大课，下午、晚上自修。

钟老（1888—1979）是南京人，名泰，号钟山，早年入江南格致书院，留学日本，学生物学。返国后，曾在两江师范教日语，并研究老庄。20世纪20年代初任杭州之江大学国学系教授。先后出版《中国哲学史》《国学概论》《荀子订补》等书。他精研先秦诸子，研经主宋学而兼治校勘、训诂。他曾和马一浮、熊十力等人先后共事。或称其为泰州学派传人之一。但我查了不少资料，无法证实此说，也就无法弄清他的治学师承关系。

钟老颜容清癯，头发灰白，颇重仪表。无烟酒嗜好，亦不饮茶。上课（在礼堂）时持一皮包入，西装革履，气象俨然，不似七十五六岁高龄老人。授课口到笔（粉笔）到，板书刚劲有力，讲课（经、子）、书写均不查书，课后我们据笔记查对原文，一无错误。同门私下议论，这是前清准备应试的基本功底。匡亚明、于思泊、金景芳、宋振庭等先生都曾前来听课。

1964年秋，文史所的大课告一段落，大部分同学下乡（梨树县）搞“四清”去了，我因为刚生了一场病，或者还有别的原因，和极少数留所同学，参加图书编目上架工作。当时新楼尚未完工，我和钟老都住在旧楼楼上，接触机会比较多，真正成了“入室弟子”。“有事弟子服其劳”，他除招我去帮点忙，闲聊，有时还在晚饭后拉我去陪他“散步”（实际是走路，速度很快）。一次“散步”时，他问我讲不讲养生之道？我说，不讲。他说，养生之道还是要讲的，要我牢记一首诗：“饥时吃饭困来眠，此是养生玄外玄，说与世人浑不解，却从身外觅神仙。”这首诗，好像是宋人的作品。钟老如此厚待我，事缘上完《孟子》课以后按规定写的作业。对这篇万余字、用毛笔抄写、竖行、半文不白的读书笔记，老先生颇有不满之处，在卷面上警示我，读书作文，须持理、辨理，不得厚诬古人。辞笔严厉。但据说在领导面前则对我颇有扬揄，且深期许。

钟老和他的家族，都是不止一次经历劫难的人。记得我第一次到他房间里去，他问我是什么地方人，我回答说，广东梅县，原嘉应州。他听后沉默了一会，说了一句教人摸不着边际的话：你们嘉应州干的好事。我问是何意思？他说，洪杨把南京人害惨了，死亡无算；说小事一件，我祖母是小脚，也被逼着去抬沙石搞建筑，苦不堪言。钟老肯定知道洪秀全的上代是从梅西石坑迁到花都去的，也知道曾国藩说过，“贼起于嘉应，灭于嘉应”。我对钟老说，我的嗣曾祖父李悦郎也参加了太平军，打到武汉，觉得干下去没有意思，便“拉倒”，潜逃到香港，去了芙蓉（马来亚）。

钟老在抗战期间随校迁湖南，1939年任蓝田国立师范学院教授；此前，曾在湘乡曾宅“寄脚”。他对我讲了一些对曾家的见闻，说曾家有传统，随时准备待客，预备了许多干净的铺盖。还讲了湘西“赶尸”的事。他问我信不信，我说，子不语怪力乱神，您老信吧？钟老说，天下之事，无奇不有，巫觋之术，不能尽解，信与不信，尽在各人。我听了，感觉他是相信的。

钟老的《庄子发微》一书，是研究了数十年的著作，至1965年才定稿，在上海雇了两位抄写工抄写成册，由文史所出资三千元，影印二百本，全书约四十万言。书中序言是钟老亲笔写的，在定稿本上，他指给我看，某句是有所指的。说这句话，大概是让后人知其本心。“文革”结束后，先生的家属将此书公开出版。我保存的是定稿影印本，没有看到铅印本。学界对此书评价极高，说他“将《庄子》内外杂三篇会通，相互佐证，着眼于本文，论世、知人、探微、显隐，追寻庄子哲学固有的内在的理论脉络，做出具体的分析”，认为该书还“揭示出为人们所忽视的庄子哲学中的自然主义倾向”。

钟老早年留学日本，有不少日本老师同学在三十年代活跃在日本政坛上。在抗战军兴后，他急于内迁，就是担心走迟了脱不了身。钟老对我说，你没有经历过，不知道“国破家何在”的滋味，我若留在沦陷区，不就像他吗！钟老说的“他”，是指住在隔壁的李泰棻。李也是文史所请来讲课的先生，原北大教授，王森然《近代名家评传》四十人之末位，名躁史界，但他曾任汪伪北平市教育局局长，一失足成千古恨。可以说，在事关民族大义面前，钟老是十分清醒的。

钟老还告诉我另外一件事。1927 年，李济深（任潮）主政广东，经朋友介绍，聘钟老至秘书处。可能是为使他熟悉地方并改善家庭经济状况，李派他到博罗去当县长。他上任才三天，便有钟姓乡绅求见，送来一笔款子，为的是打官司求支持同宗的事。接着，钟姓的对手亦如法炮制。钟老以为书生从政，首宜爱惜羽毛，便决心走人，将款子交给秘书，让秘书退款，然后从秘书那里取了条子，再给李济深发电报，以寒家有急事处理请辞，从而告别广东，回上海去了。时间过去近三十年，李济深对钟老并未忘怀。1956 年，李（时任民革中央主席）派陈铭枢（真如）到上海活动，任务之一是动员钟老参加民革，许以一些承诺。钟老对我说，此行让陈真如无功而返。他请陈转告李任潮：鄙人年事已高，家人约束只宜静养，所劝之事，敬谢不敏。他的一些知交，忘乎所以，次年纷纷中箭落马。朋友事后闲聊，莫不称“钟钟山洞烛先机，真不可及”。老人说起此事，颇有得意之色。

还是在 1957 年，他给华东师大中文系研究生上课。他从家里来到学校，在校园里浏览了一些大字报，发现其中有出格言论。进教室后，看到学生未到齐，便问为何有人未来上课？回答是，正在宿舍写大字报。停了一会，钟老对在座的同学说：中共整风请党外提意见，是希望帮它改正缺点错误，并没有别的意思，请诸君千万不要理会错了；既然人未到齐，此日的课便暂停，下课。钟老告诉我，这实际是最后一堂课，未听到“正言”的同学，不久便被“加冕”了。“彼亦人子也”，言之不胜惋惜。

钟老给我们讲《周易》时，指定参考书是康熙朝刻的《周易折中》本子。记得他在讲《系辞下》“子曰：知几其神乎”一节时，说知几实际就是今人所说的见微知著，看出苗头；神，就是变化、玄妙，不作神奇解。钟老阅世既深，懂得事物变化，确能见微知著，及时果断行事。1966 年三四月间，社会上正狂热批三家村、翦伯赞这些人，寻常百姓并不知道“文化大革命”风暴即将到来。一日，早饭后，钟老叫我到他房间里去。进去后，他并未如以往示意我坐下，而是指示替他将墙上的条幅取下来。这条幅是康有为写的，横书：开张天岸马，奇逸人中龙。取下后，他接去卷起来，我才发现他的书已装箱了。我问，您老不是说书要留在此处吗？怎么装箱，是否准备运走？钟老说，你还看不出形势吗？这些东西快没有用了，我还留在此地做什么？说着，他从写字台上捡起正在使用的半截墨递给我，说，这块墨给你留着，师生一场，做个纪念；我日间将回上海，你不必送。我有点茫然，默默地退了出来。不久，他便动身走了。他真是有预见，走得正是时候。不走的话，一切都难说了。在红卫兵大串联时，文史所的造反派曾去上海文史馆找他，要他回长春接受批判、消毒，因为他在课上课下放了很多毒，如说某人照相木木的，这是大智若愚，等等。他答应第二天在车站会齐，乘上海至三棵树的火车。但到时不见踪影，再去追查，钟家的人说，已乘火车走了。据说，人确实乘火车走了。“兵不厌诈”，是家人将他送到南京（或马鞍山）其他孩子的家里，避难去了。

革命革到自己头上了，1969 年 1 月，文史所彻底砸烂，我被发配去了吉林省五七干校，在龙井、左家、青沟子战天斗地，干了四年。其间，钟老给我老家（永久通讯处）写信，我收到转来的信立即回复，不知是否为洪乔所误，嗣后未能再通候。不过，他治学须严谨、生活宜有序、交友唯道义、夕惕可卫身的精神，刻印在我的心田，永志不忘。在国家动乱中，比较起来，老先生是幸运的，子孝孙贤，晚景堪晴，他看到了“四人帮”的覆灭和祖国的春天。

今秋赴杭州师大参加一个学术研讨会，这里是钟老多年执教之地；既与老同学相会，不由得回想起五十年前初识先生的情景。人世沧桑，岁月漫漶，侵寻老境，日暮途远。有感于师，写了这些回忆，以作一瓣心香，奉献给先生。

钟泰简介：

钟泰（1888—1979），江苏南京人，号钟山，别号待庵，曾更名育华。

早年肄业江南格致书院，继之留学日本，毕业于日本东京大学。

归国后任两江师范学堂日文译教，至1911年凡六年。辛亥革命曾入皖督柏文蔚幕。而后历任安徽高等学堂教师，南京法政专门学校（后改法政大学）日文教席，并开老庄讲座，又任共和杂志社社长。1924年转任杭州之江大学国学系教授兼系主任。1937年冬，杭州陷敌，避居建德西乡。1939年任湖南蓝田国立师范学院教授。1943年任贵阳大夏大学文学院院长兼中文系主任。1944年入蜀，与熊十力并任书院主讲兼协纂。抗日胜利后回上海。1948年任光华大学教授。新中国成立后入华东师范大学。后转入上海文史馆。1962年应长春东北文史研究所礼聘讲学。1968年返回上海文史馆。1973年辞职回南京。1979年病逝于家。

钟泰毕生致力于先儒哲理之学，尤精周秦诸子，下及宋明理学，治学主宋学而不鄙薄校勘、训诂。融会贯通，博采众长，成一家言。所著有《中国哲学史》《庄子发微》《春秋正言断词三传参》《顾诗笺校订》及《口斋论语诗》等。

《庄子发微》是他积数十年研究之力作，其特点是将《庄子》内外杂三篇会通，相互佐证，着眼于本文，论世、知人、探微、显隐，追寻庄子哲学固有的内在的理论脉络，做出具体分析，针对当时学术界盛行以庄子为客观唯心主义者之观点，提出不同见解，揭示出为人们所忽视的庄子哲学中的自然主义倾向。

《中国哲学史》是其首刊的大著（商务印书馆1929年版），是其任教之江大学期间以三年精力撰就。由《中国哲学史》可见其为学风范，盖即金松岑序中所揭出之“纯于学”而“涵泳反复”：唯其“涵泳”，体会先哲之精微，故各家各流均抱同情之理解，能抉明其学说之所以然；唯其“涵泳”，梳理学术大旨及源流，莫不切中肯綮，且言必有据；唯其“涵泳”，能见人之所弊，书中驳正时贤如胡适谢无量，皆确然不可移。

（原载《羊城晚报》2015年8月27日）

袁行霈教授的诗意人生

王能宪

今年四月，在北京大学英杰中心一间不大的会议室里，恩师袁行霈教授和师母杨贺松教授在学生与鲜花的簇拥下，参加了为他举办的八十华诞祝寿会。祝寿会场面不大，人数不多，简朴而温馨，这是先生一贯低调的体现。大家围坐在一起，先生与教研室的同事和弟子们先后发言，回忆了他的八十年的诗意人生。

治学：诗艺的探求

先生治学的领域很广，根据为这次祝寿会专门整理的《袁行霈教授著述目录》所载，各类著作30余种，主要论文70余篇，涉及文学史、文明史、诗学、文言小说、目录学、考据学等诸多方面，而用力最勤、成就最卓著的还是中国古典诗学特别是诗歌艺术的研究。

《中国诗歌艺术研究》是先生代表性的学术成果之一，自20世纪80年代问世以来，多次再版，畅销不衰，另有日文版、韩文版在国外发行，还有繁体字版在台湾地区、香港特区和新加坡等地发行。该书在学术界享有极好的声誉和口碑，其最大的特点是用诗一般的语言来阐述诗歌理论，分析诗歌意境，给人以思想的启迪与诗意的美感。例如，先生对李白与杜甫两位大诗人不同风格的分析，古人曾有“飘逸”与“沉郁”的定评（严羽《沧浪诗话》），那么何为飘逸？何为沉郁？则往往是一个“只可意会，不可言传”的大体印象，先生却有具体而精微的描述：“飘逸者，如春烟，如秋岚，如天外之鹏飞，如海上之浪翻，无拘无束，舒卷自如，才情豪迈，无迹可求。”“沉郁者，如深潭，如老松，如涧底之虎啸，如峡中之雷鸣，地负海涵，博大雄深，进退伸缩，皆合法度。”认为这两种风格“都属于美之上品，不可加以轩轾抑扬”。并从李杜各自的诗歌中找出一系列“个人的意象群”，用大鹏、凤凰、明月、飞瀑、惊雷、剑侠等证明李白的飘逸；而杜诗的沉郁则体现为病柏、枯楠、瘦马、病马等等。（参见《李杜诗歌的风格与意象》，载《中国诗歌艺术研究》，北京大学出版社1987年版）

伟大的田园诗人陶渊明，是先生几乎倾尽毕生精力的研究对象，一部《陶渊明集笺注》，一部《陶渊明研究》，耗费了先生二十多年的心血。先生治学强调一个“通”字，并力求做到“纵通”与“横通”，即强调纵的历史脉络与横的多种学科交互贯通，因而陶渊明就成了先生治学聚焦的一个“点”。先生说：“从目录、版本、校勘、笺注，到生平的考订、史实的考证，艺术的分析，可以说把我各方面的知识储备都用上了。我的努力已不限于性情的陶冶，而是把学术研究的各种努力都集中在这一个点上了。学术研究必须选择一个点，这个点最好能纵横交错，四通八达。好像使用激光一样，把所有的能量都释放在这一个点上，以求重点突破，带动一般。”因此，先生这两部著作是近些年来陶渊明研究的重大收获，被誉为集大成之作。另外还有一部《陶渊明影像》，通过“图像证史”，研究历代关于陶渊明的画像及其与文学史之关系，被学界称之为“艺术史与文学史交叉研究的典范”。这些年来，陶渊明成了先生“多年朝夕相处的朋友”，笺注陶集成了“我跟那位真率、朴实、潇洒、倔强而又不乏幽默感的诗人对话的渠道”。为了纪念先生与陶渊明的这一份情缘，先生七十寿辰时，我们特意在景德镇请陶瓷艺术家绘制了一个陶渊明画像的一米来高的笔筒送给先生，而今年八十华诞，大家得到的纪念品是一部影印的明万历年间周敬松刻本《陶靖节集》。

先生曾提出过研究中国诗歌艺术的八字箴言：“博采、精鉴、深味、妙悟”，推而广之这实际上也是对治学的感悟与学问的境界。先生写有一篇学术随笔《学问的气象》，认为作诗讲究气象，做学问也讲究气象。“学问的气象，如释迦之说法，霁月之在天，庄严恢宏，清远雅正。不强服人而自服，无用标榜而下自成蹊。”这分明是对学问诗一般的礼赞！

教学：诗境的课堂

先生在北大执教50余年，课讲得好是出了名的，他渊博的学识，儒雅的风度，从容的语调，优美的板书，给学生们留下了难忘的印象。如今已是北大名师的葛晓音教授曾撰文，深情回忆当年听先生讲课的情景：“他的课着重在诗歌的意境和艺术表现，正是学生们最为渴求的内容。而他的讲课艺术也和他讲的内容一样，非常讲究。节奏的快慢疏密、声调的抑扬顿挫，都把握得恰到好处。既要言不烦，善于用最关键的几句话将每首诗歌的好处点透；又深入细致，让听众跟着他清晰的讲解进入意境。那时上课用的资料主要靠教师抄黑板。袁老师的板书都是直行，字体端丽遒劲，写满一黑板后，可以当书法欣赏。有时要擦掉改写新的，同学们心里都暗暗可惜。”（《日月不息师表常尊》）女作家张蔓菱笔下的先生与课堂，完全沉浸在诗境之中：“当年，最令女生兴奋的是袁行霈老师的‘诗词鉴赏’课。大家比以往提前到达教室，甚至还注意了一下自己的衣着。袁老温文尔雅，一表人才，面容和声音都带着一种磁性，整个的人和诗词融合在一起。……他来了，就是诗与词进了教室，他开口，教室就容不下别的东西。他的话都有节奏和韵律，本身就像诗词一样迷人。就像乐曲一样，奏完了，下课的铃声响起了，大家于是从梦境中醒来，半天回不过神来。”（《北大回忆》，三联书店 2014 年版）

先生的课，不仅在中文系最为叫座，许多外系的同学也慕名而至。每次讲课教室里挤得水泄不通，连走廊里、窗户外面都站满了人，有时实在挤不下了只得临时换大教室。先生曾在一篇文章中幸福地描述当时的情景：“教室里坐满了我的学生，一双双眼睛投出渴求知识的光，集中在我身上，使我兴奋、喜悦、感激。因为这些光束的撞击而产生的灵感纷至沓来，一向寡言的我，竟滔滔不绝地讲出一连串连我自己也觉得新鲜的话语。从学生的颔首微笑中，我听到他们心中的回响。这时，我觉得自己就像一个交响乐队的指挥，在组织一片和谐的乐音……”（《我心中的北大》，见《精神的魅力》，北京大学出版社 1988 年版）这样的课堂难道不是一首美妙的诗吗！遗憾的是我们考上先生的博士生之后，先生以带研究生为主，多是个别指导或小范围讲课，未能感受到当年给本科生讲课和开选修课的盛况。

我们跟先生读博士的时候，组织了一个读书会，每周一次，每次一个下午的时间，参加者除了我们三个博士生，还有几位来自日本、美国、德国的留学生，先生戏称之为国际学术沙龙。先生曾在我的博士论文的序文中写道：“斗室中六七人促膝而坐，逐条研讨，往复辩难，于一字一句一典故一名物亦不敢苟且。”是的，先生的课堂不仅在燕园，也延伸到了国际上。先生到世界各地讲学，以其学识和人格魅力受到热烈欢迎和高度赞誉。1982—1983 年，先生应邀赴日本东京大学讲学一年，他是首位受聘于东京大学的北大教授。时间刚刚过半，东大中文系主任就给北大发来公函，称赞先生“学识渊博，人格高尚”，并希望先生延长一年，先生遵照北大的规定按时回国。1992—1993 年，任新加坡国立大学中文系客座教授。1997 年，以美国哈佛燕京学社访问学者身份在哈佛大学访问研究，并在哈佛、耶鲁、哥伦比亚、华盛顿、夏威夷等大学讲学。特别是近年来，先生主持的国际汉学家研修基地，更是培养了许多在国际上传播中华文化的高端人才。

由于先生在教学工作中做出突出贡献，1989 年荣获全国高等学校首届优秀教学成果奖国家级特等奖；1991 年荣获国家教委和人事部授予的全国教育系统劳动模范称号暨人民教师奖章；1993 年荣获北京市人民政府授予的北京市人民教师称号（公众推选的十佳教师）；2006 年荣获北京大学最高奖蔡元培奖。如今先生担任了中央文史馆馆长等多项社会职务，还仍然坚持指导学生。他非常热爱自己所从事的事业，常说："我的本职工作是教书。"并且说："如果有来世，我还要做老师！"

创作：诗心的绽放

先生的诗文创作如同他的人格一样，散发着一种温厚、纯净、淡雅、明丽的气韵，诗心蕴藉，妙趣天成，令人百读不厌。先生曾编辑过自己的诗文短札《愈庐集》，诗、文各一卷，由线装书局出版，为"中国当代名家线装文集"之一种。中华诗词学会会长、故宫博物院原院长郑欣淼先生曾评论此书，认为"诗文短篇都是袁先生心灵感受的自由呈现，从中可以看到他的思想的闪光，为学为人的个性品德，好像看到了陶渊明的作品一样……袁先生文章冲淡平和，乐观谦逊，诗意很浓"（《人贵谦，诗贵精》）。例如，《游天门山采石矶吊李白二首》："双峰云海外，绝壁大江前。太白今何在，犹疑抱月眠。才高天亦妒，志大世难容。唯有峨眉月，相将万里从。"诗人笔下的李白是那样豪放与脱俗，一如江上之清风，山间之明月。又如《得一新兄所赠水仙》："清泉一盏沐春阳，远韵幽香引兴长。端的诗家堂下物，携来犹自带书香。"赞美水仙之远韵幽香，实则是赞美陈贻焮（字一新）教授的学识与赠送水仙的美意，同时又体现了两位诗人之间的深厚情意与雅趣。

先生的散文，甚至连一些阐发学理哲思的学术随笔，也都诗意盎然，趣味无穷。有一篇题为《江山之助》的文章，探讨大自然与诗人、画家的关系，文章的开头却是从未名湖散步写起的："一天，趁着那雪下得正紧的时候，到燕园散步。只见未名湖一带迷迷茫茫，隐现些树木和楼阁，宛如梦境一般，不禁想起前人咏雪的诗句。唐太宗的'无树独飘花'，暗含着柳树飘絮的比喻；杜甫的'舟重竟无闻'，暗示着雪与雨的不同，都富有意趣。岑参说'忽如一夜春风来，千树万树梨花开'，清新流畅，惊异中透露出对春天的期待，是咏雪的名句。但我最喜欢的还是陶渊明这两句诗：'倾耳无希声，在目皓已洁。'诗人准确地把握并表现了雪后的视觉效果，那雪悄悄地来到眼前，满铺在大地上，给人一个惊喜。”你看，作者体察古人与眼前之雪景是多么细微而有诗味！接着写江山（大自然）可以提供丰富的创作素材，可以开阔诗人和画家的心胸，激发他们的灵感，培育他们的激情。最后，又别开生面，强调：“江山之助，又何限于文艺创作呢？江山也有助于启迪人的智慧，荡涤人的心灵，提升人的境界，帮助人思考生命的意义和价值。”（见《愈庐集》，线装书局 2008 年版）

先生又效法古人作《论诗绝句一百首》，自先秦至清代，涉及历代诗人（或诗集），每人一绝，凡一百首。并有自注，相互映发，最能体现先生的诗心与诗趣。这种以诗论诗的形式，正如先生在自序中所说：“其含蓄蕴藉之妙，比兴寄托之深，措辞炼句之精，涵泳玩味之趣，又非长篇大论所可比拟。”并有七绝一首题咏：“道法自然诗法何，池塘春草漾清波。灵光一现花如绣，恰是天成妙趣多。”（《论诗绝句一百首》，北京大学出版社 2011 年版）

生活：诗意的栖居

做学问是清苦的，免不了枯燥与寂寞，先生却说“寂寞有时也是很美的”（《人文无用之大用——答新加坡〈联合早报〉记者李慧玲问》）。那是怎样的一种美呢？也许是人迹罕至的孤独之旅，也许是登上高峰的豁然开朗，也许是远离喧嚣的宁静，也许是看淡功利的淡定……总之，先生是耐得住寂寞并且能够享受寂寞的。当然这并不是说先生是苦行僧，相反，先生的生活充满了热情与乐趣。

先生与师母杨贺松教授是北大中文系的同学，毕业后都在北大任教，有一张他们当年的结婚照，见过的人无不称赞：绝对胜过那个年代的电影明星！如今两位老人都年过八旬，满头银发，身板挺直，衣着讲究，心态依然年轻。我们来到先生家中，先生和师母都要停下手中的工作，陪我们一起聊天，听我们讲社会上的各种新鲜事。有时候对一些社会现象，两位老人也有不同的看法，师母性情开朗，直言不讳；先生总是面带微笑，从容不迫。先生曾写过一首《己未元日赠妻》的诗，其中有两句“廿载酸辛每共尝，底知嫉恶有刚肠”，确实是师母性格的写照。先生总说师母是家中的“领导”和“书记”，师母则说先生之所以有今天的成就完全是她“培养”的结果。先生的女儿和女婿都是博士，一个是大学的副教授，一个是中国社科院的副研究员，他们平时不与两位老人住在一起，只有节假日的时候，一家人才能聚在郊外的别业东方太阳城，一起共享天伦之乐。

先生的散文多写日常生活情趣与感悟，可以从一个侧面看出先生对生活的热爱与乐趣。《茶趣》写先生是如何品茶的：“我于茶并无嗜好，有也可，无也可，白水自有其清淡的美。对壶啦、盏啦也不讲究。然而，我还是常常饮茶的……我总是在写作的间隙，离开那堆已使我疲倦的书籍和稿纸，另找一个清静的去处专心致志地冲一杯茶，慢慢品来。这时除了茶什么也不想，于是从茶中得到一种趣味。”《书斋乐事》写到先生的书斋：“我的书斋是兼作客厅的。来客多是志同道合的朋友，话题常常围绕着学问。守着几柜书，随时可以翻翻查查，寻找一点佐证，增添几分情趣，‘奇文共欣赏，疑义相与析’，那种乐趣远非咖啡馆里的闲聊能比的。偶尔，有朋友到我的书斋来查找资料，我帮他一本一本地翻。翻开的书堆满了书桌、椅子，后来就索性摆在地上，终于使朋友满意而去，我再独自一本本合起上架。我这少得可怜的藏书居然解决了朋友的疑难，可见书没有白买，心里的高兴就甭提了。”还有《黄昏》也是写读书生活的：“黄昏仿佛是专为供人沉思的。书上的字迹渐渐模糊了，抬头向窗外望去，落日的余晖散射在天幕上，宛如罩上了薄纱。开灯还嫌早，索性掩卷闭目，在沉思中打发这白昼和黑夜交界的时分。”先生还写过《樱花》《山桃》《听雨》《读帖》等美文，都是日常生活的雪泥鸿爪。

先生的业余生活也是丰富多彩的。近年来，由于先生担任了诸多社会职务，请求题词题字的越来越多，先生尽可能推掉，实在无法推却，先生都要认真书写。先生虽不以书法见长，但实际上功力很深，富有书卷气。师母退休后，坚持练习书法，她临文徵明的《滕王阁序》几乎可以乱真。先生酷爱欧洲古典音乐，他在八十华诞祝寿会的致辞中，谈到他喜爱的巴赫与肖邦，如数家珍，令在场者惊异不已，一位研究中国传统文化的学者，一位中国古典文学的教授，对西方古典音乐竟然有如此深厚的修养！

今年9月，北京大学举行新生开学典礼，袁行霈先生面对近万名北大新生，作了“呼唤人文精神”的演讲。先生讲：“如果我们的心灵中没有诗意，我们的记忆中没有历史，我们的思考中没有哲理，我们的生活将成为什么样子？试想，如果我们的医生心目中只有细菌和病毒，而没有病人；如果我们的建筑师心目中只有水泥和钢材，而没有居民；如果我们的经济学家心目中只有 GDP，而忽略了民生；如果我们的物理学家和化学家心目中只有分子、原子、电子，而没有想到如何把自己的发明用来造福人类，那么，学术意义何在呢？国家的强盛与否，将来不仅要看经济实力、国防实力，也要看国民的精神世界丰富与和谐的程度，也就是活得充实不充实，愉快不愉快，自在不自在，和谐不和谐，美不美。”——作为先生的弟子，当天就在我的微信中上传了这则消息，并加了四个字的按语：“吾师如诗”。

（原载《中华文化画报》2016年第3期）

朱熹的建阳情结

曾纪鑫

真正研究、了解朱熹的思想与学说，缘于十年前《永远的驿站》一书的创作。作为一部描写福建地域文化的系列散文集，朱熹是一个无法绕开的关键性人物。当时，朱熹在闽北的活动区域，我仅去过武夷山一地。因此，有关朱熹辞世及下葬建阳的描写，只能凭借资料与想象。对此，我在《多维视野中的朱熹》一文中写道：

> 朱熹死时，理学仍被朝廷视为“伪学”遭到禁绝，作为“伪学魁首”的他，在世俗社会特别是势利者眼中，是一位避之唯恐不及的“瘟神”。然而，他的死却深深地牵动了遍及四面八方的学徒门生，他们决定聚集在信上之地，举行一次大规模的会葬。当权者获悉，采取种种手段严加防范。尽管如此，朱熹下葬于建阳县九峰山大林谷时，仍有近千人前来奔丧祭奠，《宋元学案补遗》则说“会葬者六千人”。在一个偏远的山区小县的一个更为偏远的山谷之地，又有统治当局的禁绝与防范，一下子涌出近千人或六千多人，该是一种怎样的声势与威力呵！

于是，心中就存了一份念想，什么时候得找机会去建阳朱熹墓看看。直到2014年6月，应邀参加《美丽建阳》创作采风活动，不仅了却这份心愿，还使我对朱熹与建阳的关系有了更加深入的了解，有关朱熹的一些疑惑也有了明晰的答案。

建阳位于武夷山脉南麓，面积三千三百多平方公里，并非小县，也没有我想象的那么偏远，曾为建阳专署、南平专署治所。南平市行政区划近期调整，市政府驻地也由南平迁至建阳。

建阳作为福建省最古老的五个县邑之一，有着丰富深厚的文化历史底蕴。

建阳西郊的童游镇考亭村，耸立着一座高大的考亭书院石牌坊。抵达建阳的当天下午，我们一行便前往参观。牌坊为四柱三间五牌楼结构，上面刻有麒麟、雄狮、仙鹤、凤凰等祥禽瑞兽，造型古朴生动；匾额上的“考亭书院”四个大字，相传属宋理宗御笔。这里，便是朱熹当年创建的考亭书院所在。

绍熙三年（1192年）六月，考亭新居建成，初名竹林精舍，朱熹定居此地。两年后扩建，更名为沧州精舍。直至庆元六年（1200年）三月九日病逝，朱熹大部分时间，都在考亭讲学、著述。建阳，是朱熹晚年的定居之所，人生的最后驿站。此时的朱熹，已是理学宗师、学界泰斗，他所置身的考亭，一个名不见经传的小地方，一时间成为名闻遐迩的理学中心，吸引了无数学子的目光。他们从四川、湖广、江浙等南方各地负笈启程，历程长途跋涉，风尘仆仆地汇聚于此，在朱熹的引导下，研经读史，穷究性理之学，探求济世良方，寻找人生奥秘……于是，一个新的学派——中国理学史上著名的考亭学派就此诞生了，且日渐成熟，扩展开来，影响此后的中国古代社会长达数百年之久。

伴随奇迹一同成长的，是考亭书院的不断扩建。由朱熹最初“前堂后室”的简陋居所，经过历代重建修葺，不仅具有藏书、奉祀、教学三大功能，为诸生肄业之所，且规模宏大，占地面积达一万多平方米，仅主体建筑，就有石坊、仪门、明伦堂、集成殿、启贤祠等。考亭书院虽一次毁于洪灾，两次毁于兵燹，但经过重修扩建，一直焕发着勃勃生机。只是到了“文革”，这所拥有七百多年历史的考亭书院才被拆除得荡然无存，今日我们唯一见得着的，便是这座立于明嘉靖十年（1531年）的石牌坊。

夕阳西下，斜晖脉脉，面对巍峨古朴的“考亭书院”牌坊，我的眼前，不禁浮现出随山势高低起伏的书院建筑，以及无数学子聚精会神、皓首穷经的情景，与当下社会的喧嚣浮躁、汲汲钻营，形成一种鲜明对比。

朱熹的知识、学说、思想，在书院学习、实践、切磋而成，也经由书院传授远播、深入人心、影响社会。因此，他的一生，与书院有着难舍难分的不解之缘。据有关资料统计，朱熹与全国67所书院关系密切，其中，他读书、讲学的书院47所，题写诗词的书院13所，修复的书院3所，创建的书院4所。他所创建的4所书院，除武夷精舍外，其余3所——寒泉精舍、云谷晦庵草堂、考亭沧州精舍都在建阳。

朱熹一生，辗转南北，与多地结缘，尤以闽北各县为甚。朱熹祖籍江西婺源，出生福建尤溪，求学于政和、建瓯、浦城、松溪，常于顺昌、邵武访友讲学，移居武夷山崇安五夫里长达四十余年，在同安、漳州紫阳过化，前往江西九江、湖南潭州等地为官……所有这些有过关联的地方，他对建阳似乎情有独钟——不仅晚年定居于此，死后下葬于此，就连年轻时参加科举考试的户籍所在地，也是建阳县群玉乡三桂里。

朱熹这种难以割舍的建阳情结，其渊源何在？

朱熹第一次前来建阳的时间，据可考证的文字，系绍兴十年（1140 年）五月。在京城任馆职的父亲朱松因反对秦桧议和，遭贬回闽，朱熹随父亲从浦城来到建阳，入住大潭山下朱松二妹即朱熹的姑妈家中。这年他虚岁十一，与表哥邱子野相处甚欢。朱松与考亭陈氏家族交往密切，来到建阳，少不了前往考亭拜访，自然要带上十分喜爱的儿子。考亭背负青山，距建阳城关大潭山约五华里，清澈的麻阳溪从此经过，山环水绕，景色十分迷人。对此，朱松在日记中写道："考亭溪山清邃，他年可以卜居。"考亭迷住了朱松，想将此作为安居之所，遗憾的是，不到三年，他就在寓居地建州（今建瓯）环溪精舍病逝。但是，这一遗愿却在儿子朱熹心中播下种子，萌芽成长，直到长成一棵参天大树——由此可见，朱熹晚年定居建阳考亭，也算水到渠成。

为求生存发展，朱松病逝前安排后事，将不到 14 岁的儿子托付给崇安五夫里的好友刘子羽。于是，朱熹奉母携妹离开建瓯，前往武夷山五夫镇，拜刘子羽为义父，在屏山脚下、潭溪之上开始新的人生。

从此，朱熹在武夷山生活、著述、讲学长达四十多年之久，以致著名历史学家蔡尚思写道："东周出孔丘，南宋有朱熹；中国古文化，泰山与武夷。"认为武夷山之于朱熹，正如泰山之于孔子，是他们学说的发祥之地；泰山、武夷山是两座巍峨的自然山峰，而孔子、朱熹则是两座高大的中华传统文化山峰。

当然，这四十多年间，朱熹并非全部待在武夷山，还在外地为官断断续续七年（一说九年），在建阳莒口马伏寒泉精舍、东山云谷晦庵草堂隐居十年。

作为一名大儒，朱熹身上有着一股难以抑制的隐士倾向。一段时间，他访禅问学，出入佛老，以心观心，以心会理，最后又逃禅归儒，完成了从"主悟"到"主静"，再到"主敬"的学术历程。朱熹从政，命乖运蹇。一旦官场受挫，他身上的隐士倾向就"抬头"了，总是找寻一处山清水秀、风光幽静之地，一边舔舐伤口，一边在学问中找回迷失的自我与自信。

乾道五年（1169年）九月，朱熹70岁的老母祝氏夫人病逝，官场不顺的他立即返乡，与擅长风水之学的得意门生蔡元定一同为祝氏夫人寻找安葬的风水宝地，最后选中了建阳崇泰里寒泉坞（今莒口马伏良种场旁）。第二年正月，朱熹葬母于此，并在墓旁建寒泉精舍，一则守墓尽孝，二则埋头著述，梳理总结这些年的学术心得。

一直寂静的寒泉坞，因朱熹的隐居变得热闹起来。对此，朱熹在给弟子蔡元定的一封信中写道："寒泉精舍才到即宾客满座，说话不成，不如只来山间，却无此扰。"

孝宗淳熙二年（1175年）初夏，著名理学家、"婺学"创始人吕祖谦专程前来拜访朱熹。两人的弟子也闻讯赶来，各有二十多人，开始了长达一个半月的学术盛会——寒泉之会。这场脍炙人口的研讨会，一个最重要的成果，便是在争论、商榷中达成共识，编撰了一本传至今天的理学入门书《近思录》。

一次，朱熹游览离寒泉坞不远的云谷山，发现这里的西山、庐峰等处古木苍苍、溪水潺潺、环境清幽、风景绝佳，正如他在《云谷二十六咏》中的《草庐》一诗所言："青山绕蓬庐，白云障幽户。"于是，朱熹又在云谷山建了三间草房，取名晦庵草堂，将隐居之地移至这一更为幽静的所在。

朱熹自葬母守孝，至淳熙六年（1179年）离开晦庵草堂前往江西星子县任南康军知军，这十年期间，除短暂外出，他一直在建阳莒口的寒泉坞、云谷山隐居，专事著述。据《紫阳朱氏建安谱》记载，朱熹在此完成了《家礼》《论孟精义》《资治通鉴纲目》《论语集注》《孟子集注》《周易本义》《诗集传》《伊洛渊源录》等著述共计19部266卷。

朱熹钟情建阳，还与夫人刘氏有关。17岁那年，建阳萧屯刘勉之将女儿刘清四许配给朱熹为妻。刘勉之是朱熹父亲的生前好友，朱松病危之际曾致信诀别。刘勉之原居崇安五夫里白水草堂，后迁建阳萧屯（今考亭破石）。由此可见，朱熹也属建阳女婿。就在朱熹隐居建阳莒口的孝宗淳熙三年（1176年），与他相伴三十多年的夫人刘氏病逝。朱熹悲恸不已，葬刘氏于建阳黄坑后塘大林谷。

大林谷位于建阳西北，离城区八十多公里。那里山高林密，十分偏远，我们乘车前往，在路上行驶了约一个半小时。当年山路崎岖，若从考亭步行而去，得一两天时间才行。朱熹对风水之学颇有研究，他母亲下葬的寒泉坞，附近有座太平山；

山北有片树林，名“寒泉林”；林中有个湖泊，曰“天湖”。朱熹母亲祝氏夫人墓，就葬在寒泉林中的天湖之侧。曾有风水先生对朱熹道：“龙归后塘，乃先生归藏之所。”另有一说，是朱熹在睡梦中神人对他言“龙归后塘”。不论何种说法，都将朱熹的最后归宿之地指向黄坑镇后塘村。经过一番考察，朱熹发现黄坑（旧名唐石里）九峰联峙、层峦叠嶂、古木参天、一溪穿流，是块难得的风水宝地。“山分罗带天风静，地抱金沙雨露深。”于是，朱熹掘双穴葬妻于此，为自己与刘氏合葬后塘埋下了“伏笔”。

淳熙六年（1179年）冬，朝廷诏命朱熹前往江西知南康军。临行之前，朱熹赶往大林谷告别亡妻。正值大雪，道路难行，不禁赋诗一首道：“春风欲动客辞家，霖潦纵横路转赊。行到溪山愁绝处，千林一夜玉成花。”（《唐石雪中》）

宋光宗绍熙二年（1191年），朱熹长子朱塾在浙江金华病逝。其时，朱熹正在漳州知事任上。中年丧妻，老年丧子，悲痛欲绝的朱熹葬朱塾于建阳大金山（今莒口镇社州村）后，决意辞官回乡。

日暮乡关何处是？此时的朱熹，不禁有点发愁了。他首先想到的自然是崇安五夫里，那里尚有一座故居紫阳楼呢。但是，经过一番抉择，他将晚年的安居之地最终选在了建阳。不回五夫镇的原因，可能与夭亡的长子有关，那里的山山水水一草一木，都留下了父子间的美好回忆，触景必然生情，晚年生活在一种悲伤压抑的氛围之中，实非朱熹所愿。他定居考亭后，在给陈亮的一封书信中写道：“五夫所居，眼界殊恶，不敢复归，已就此卜居矣……其处溪山却尽可观，亡子素亦爱之，今不及见此营构，念之又不胜痛也。”

建阳葬有他的母亲、妻子、长子；后塘大林谷是他理想的归葬之地；考亭“溪山清邃”，“却尽可观”，是父亲朱松“可以卜居”的地方，也是亡子朱塾平素喜爱之地；朱熹年逾花甲，著作等身，理学思想已然成熟，考亭离建阳城区较近，且环境清幽，闹中取静，是一处建立书院、传授学问的好所在。在古代，学说、思想的主要载体是文字、书籍，而建阳作为中国古代三大雕版刻书中心之一，印书业十分发达，被誉为“图书之府”。建阳刻印的“建本”，与浙江临安的“浙本”、四川成都的“蜀本”齐名。朱熹在《建宁府建阳县学藏书记》中写道：“建阳版本书籍，行四方者，无远不至。”建阳书坊，为朱熹印刷书籍颇多，如《近思录》《南轩集》《二程集》《二程外书》等，还出版过不少其他儒学、理学著作，并为书院生员提供大量教材……诸多因缘凑在一块，使得朱熹不再犹豫，将人生最后八年时光，定格在了建阳。

因为朱熹的存在，建阳考亭声名远扬，影响超越闽北，超越福建，成为南宋学术研究、书院教育的中心，就连金人也知朱熹大名。于是，天下学子纷纷前来求教，诸多名流慕名拜会切磋。绍熙三年（1192年）春，著名诗人辛弃疾赴福建提点刑狱任，专程来到建阳考亭拜访朱熹。他认为“历数唐尧千载下，如公仅有两三人”，对朱熹推崇备至。当年六月，朱熹新屋落成，辛弃疾又赶来庆贺。

晚年朱熹，除以“天下第一大儒”的身份被举荐入朝为皇帝讲学46天外，其余大部分时间，都在建阳教学、著述。至今仍留有姓名、生平、履历可考的建阳考亭朱门弟子，共有215人。这些学生，都是当时的社会精英。而因各种原因被历史风尘埋没的考亭朱门学子，更是不计其数。朱熹在考亭完成的著述，主要有《孟子要略》《周易参同契考异》《韩文考异》《楚辞集注》等。他经数十年精力撰著的《四书集注》，在建阳书坊也有刻本问世。朱熹临终之时，已经重病缠身，还为学生授课，撰写未完稿《诗集传》。死前三天，他在家人与门人的搀扶下，仍手握毛笔，颤巍巍地修改《大学·诚意章》。

庆元六年（1200年）三月初九，朱熹辞世。辛弃疾闻讯，挥毫写下挽联：“所不朽者，垂万世名；孰谓公死，凛凛犹生。”十一月，朱熹石椁从考亭运至后塘大林谷，长长的送葬队伍走了六天，才抵达目的地，与夫人刘氏合葬一处。当年留下的“伏笔”，此时得以“照应”。就当时的人口、环境、交通等情形而言，前来奔丧、送葬的门生、亲友、同道等数百人乃至近千人并非虚言，而《宋元学案补遗》所记“会葬者六千人”，就有些夸张了。

在建阳的三天采风时间里，我们游览的朱熹遗迹景点，除考亭书院石牌坊外，还有朱熹母亲墓，朱熹与夫人合葬墓，其得意门生蔡元定墓，建阳书坊古迹书林门牌坊，潭山公园门外广场新塑的朱熹大理石雕像等，甚至还抽暇去了邻近的武夷山市五夫镇，观赏朱熹故居紫阳楼及兴贤古街。特别值得一提的是，朱熹墓、朱熹母亲墓、蔡元定墓等建阳古墓葬，馒头状的土堆上，密密麻麻且极有规则地砌满了光滑的鹅卵石，显得十分别致，与我此前所见的纯土堆坟墓或水泥砌筑墓葬迥然有别。

朱熹与建阳，实属相得益彰。建阳美丽富饶的山水，为朱熹提供了适宜的生活讲学之所，为他的著书立说带来了充沛的灵气，他的思想学说在不断的锤炼中走向成熟，走出福建，走向全国，乃至超越时空。朱熹创作了歌咏建阳山水的诗歌近百首，他在建阳的足迹遍及城关、莒口、麻沙、界首、崇雒、书坊、徐市等11个乡里，他的血肉之躯最终也与建阳大地融为一体。朱熹在建阳的活动，有力地提升了当地的文化品位。

建阳过去立有“南闽阙里”“文公阙里”牌坊，如今享有“朱熹故里”之称，可谓实至名归。

（原载《书屋》2016年第7期）

袁世凯与蔡锷

李新宇

今年是袁世凯“帝制运动”100周年，也是蔡锷“护国战争”100周年。百年之后回头望，让我想起了袁世凯与蔡锷的关系。

一

在门户之见主导之下的历史叙述中，一个并非“自己人”的历史人物，要想不被遮蔽，就需要有足够的影响。因为有了足够的影响，遮蔽就非常困难。蔡锷有足够的影响，无法完全遮蔽，所以，从国民党的史家开始，就致力于另一工作：努力把蔡锷说成是自己的同道——也是孙中山的追随者。蔡锷在辛亥革命和护国战争中的作为，为这种改写提供了方便，所以一些人就把云南起义记到同盟会的账上，把护国战争也纳入孙中山领导的“反袁斗争”。然而，蔡锷在“二次革命”中的表现，却使这种叙述有点为难，因为事实摆在那里：蔡锷在“二次革命”中支持的是袁世凯，而不是孙中山。

众所周知，“二次革命”源自宋教仁案。1913年3月20日晚10点，宋教仁要从上海乘火车赴北京，因为大总统已经几次催促，要他进京共商大事。按照当时人们的估计，这大事主要就是要由宋教仁出任内阁总理。时间到了，黄兴、廖仲恺、于右任等一帮国民党要人陪他走向检票处，这时却突然有人开枪，宋教仁中弹被送往医院，抢救无效，至3月22日凌晨去世。

关于宋教仁之死，从20世纪30年代国民党人主导编撰的教科书开始，就一直认定是袁世凯主使的。直到今天，海峡两岸的主流史书依然如此。为了增强这种说法的逻辑力量，在讲宋教仁被刺之前，总要讲国民党在国会选举中的胜利，因为这胜利构成对袁世凯的威胁，才会有刺杀宋教仁的动机。然而，一百多年过去了，这个结论却仍然停留于推测，而没有确凿的证据。与此同时，从宋教仁被杀当时，就有另一种说法，认为杀宋教仁的不是袁世凯，而是国民党的高层。当年宋教仁的秘书北一辉，在案发当时就认定孙中山脱不了干系；近几年来，张永东的《百年之冤》、张耀杰的《百年悬案》，以及台湾作家张大春、大陆作家叶曙明等都把暗杀宋教仁的元凶锁定在孙中山的亲信陈其美。不过，这种说法同样多是逻辑推论，没有提供可靠的证据。所以，宋案元凶到底是谁，客观地说，至今仍是悬案。

然而，回到当年现场，事情却是这样：宋教仁去世三天，孙中山即从日本回到上海，当天晚上在黄兴住处召开国民党高层会议，就咬定袁世凯是刺宋元凶，并且主张武力讨袁。虽然黄兴等革命元老都反对动武，但袁世凯是宋案元凶的说法却传播开来。

面对这种说法，蔡锷于 4 月 14 日致电大总统和各省都督："宋案发生，浮言纷起……奸人乐架造蜚语，破坏大局"[①]，提醒人们不要为谣言所惑。半月之后，国民党人在上海召开全国公民大会，声讨袁世凯的罪行。蔡锷则马上致电参众两院和各省都督，认为大会"陷国家于至危极险之境地"，严厉谴责大会组织者"假托全国公民名义，意在借此大题，以为扰乱破坏之计"，并且表示："万一有人发难，当视为全国公敌，锷等才力纵薄，必不忍艰难缔造之民国，破坏于少数佥壬之手也。"[②]

然而，"二次革命"还是爆发了。此时的蔡锷一面致电独立各省的将领，劝他们罢兵休战；一面致电袁世凯、国务院和参谋部，希望迅速出兵平乱。他甚至说："积年痈毒，趁此一决，未始非福"，只是怕战事延长，难以收拾，所以建议中央"早日扑灭，以免星火燎原"[③]。在与四川都督胡景伊、广西都督陆荣廷、贵州都督唐继尧等人的联合通电中，他还表达了为维护国家稳定不惜决一死战的鲜明态度："锷等岩疆孤寄，未知死所，然一息尚存，对于国家前途，惟有以保土安民，巩固统一为第一义。苟反于此意，力所能至，歼除不遗。"[④]

由此可见，在"二次革命"爆发之际，蔡锷做出了明确的选择：反对"二次革命"，支持袁世凯。

二

从 20 世纪 20 年代末国民党人建立了自己的统治开始，教科书就以是否"符合党义"为标准，面对现代历史人物和历史事件，要以孙中山的是非为是非，以拥

---

① 曾业英编：《蔡锷集》，湖南人民出版社 2008 年版，840 页。
② 曾业英编：《蔡锷集》，湖南人民出版社 2008 年版，852—853 页。
③ 曾业英编：《蔡锷集》，湖南人民出版社 2008 年版，1071—1072 页。
④ 曾业英编：《蔡锷集》，湖南人民出版社 2008 年版，1074—1075 页。

孙还是反孙、拥袁还是反袁划线。这样一来，凡是反对"二次革命"的，甚至在"二次革命"中不积极的，就都是错的。而蔡锷却是像当时的大多数人一样，从根本上不认可"二次革命"。蔡锷的这种态度，当然对神化"国父"是不利的。所以，此后的史书基本只讲蔡锷兴兵讨袁，而闭口不谈他在"二次革命"中对袁世凯的支持。

蔡锷曾经支持袁世凯，这一史实是不应回避的。值得追问的是：蔡锷为什么支持袁世凯？

首先，蔡锷认为袁世凯是当时中国政坛人物中最有魄力和声望的人物，是有能力稳定大局、创建共和的领袖。1912 年 1 月，蔡锷在致黎元洪的电报中就说袁世凯"闳才伟略，实近代伟人……中国有必为共和之时机，而项城亦自有被举总统之资望"。虽然因为袁世凯终结帝制的工作进度缓慢，蔡锷也曾有过不满，但基本看法并未改变。南北和议成功，清帝退位，袁世凯当选临时大总统，出现了"定都之争"等一系列争议，蔡锷都是支持袁世凯。

其次，蔡锷是辛亥革命元勋，他爱他亲自参与创建的民主共和国，而当时的袁世凯是共和国的象征，是选举产生的，代表着民意。这时候反对总统，是对辛亥革命成果的不尊重，也是对国民意志的不尊重。

再次，在蔡锷看来，这么大一个国家，国体政体新变，亟须一个强有力的领袖，而袁世凯正是这样的领袖。此时推翻袁世凯，意味着要使国家陷入战乱，破坏这个新生的民主共和国。

总之，蔡锷拥护袁世凯，不是出于私情，也不是出于党派利益。他反对的不是哪个人或哪个党派，而是危害民国的力量；他拥护的也不是哪个人或哪个派别，而是有利于民主共和国的力量。他的敌友之分很简单，谁背叛和破坏民主共和，谁就是他的敌人。只要袁世凯拥护共和，是共和国的大总统，他就支持袁世凯。当袁世凯不再做"中华民国"的总统，而要做"中华帝国"的皇帝的时候，就成了他的敌人。

三

蔡锷进京之后，袁世凯对其生活等方面做了很好的安排。蔡锷过生日，袁世凯送了一万元。工作上，袁世凯给了蔡锷一系列职务，薪水加起来每月可领 5000 多块大洋。袁世凯经常见蔡锷，有时甚至是天天见，大事小事与他磋商。袁世凯还让他的长子袁克定与蔡锷拜了结义兄弟。

各种材料证明，袁世凯把蔡锷调到北京，是准备重用的，当陆军总长，当总参谋长，重建国家军队，都在计划之中，只是付诸实践的条件尚未成熟。事情不难理解，即使像袁世凯这样的人物，有些事也不能随心所欲。然而，袁世凯对蔡锷的重视有目共睹，别的职务不说，让他进了陆海军大元帅统率办事处，就足以证明。这个办事处只有 6 人，其他 5 人是:陆军总长段祺瑞、海军总长刘冠雄，还有萨镇冰、王士珍、陈宧。这是“中华民国”的最高军事指挥部，可谓中央军委。而蔡锷自己说了算的单位是全国经界局。对袁世凯的赏识和重用，蔡锷心中有数，而且给予了积极的回报。

但是，1915 年，袁世凯与蔡锷的关系出现了问题。

袁世凯准备改变国体，当然想知道一些重量级人物的看法。但袁世凯没有明问，蔡锷也没有直说。之所以如此，因为他们两人虽然相互尊重，却没有真正走近，关系有点夹生。究其原因，主要原因在蔡锷身上。蔡锷进京之后，袁世凯一直努力亲近他，但蔡锷的态度却让袁世凯有点摸不着头脑。比如，袁世凯对他非常关心，不仅送钱送物，连生日都记着，而且给他许多兼职。任何人都明白，那是大总统的特别关爱，因为一个兼职一份薪水。然而，蔡锷却在五份薪水中选了一份较少的领取，其余都没领。这让袁世凯怎么想?

再比如，蔡锷进京后第一次觐见袁世凯，身为将军，自然是一身戎装，一丝不苟。袁世凯送给他一件做工考究的大氅，并且亲切地跟他说:以后见面不必拘礼，穿便装就行。第二次召见，袁世凯却穿起了大元帅服，而且通知许多将官参加，大家提前到达，只等蔡锷到来。蔡锷正点到达，并没有按总统的吩咐穿便装，而是依旧着装整齐，马靴、手套、勋章一样不少。袁世凯的这一招，曾经在浙江的朱瑞身上用过，朱瑞真的身着马褂去见大总统，结果是尴尬得汗流浃背，而袁世凯也从此不把朱瑞放在眼里。袁世凯所用的，是考察人的常用方法，可以一下子看到许多方面，知道一个人是否有自知之明，是否知礼节，是否宜于亲近。有些人不宜亲近，给个鼻子就上脸，居高位者是不喜欢的。袁世凯努力亲近蔡锷，蔡锷却清楚地知道自己的身份和位置，半点不敢僭越。知分守分，显示的是一个人的自尊与自重。蔡锷谦谨自重，使袁世凯对他敬重有加。

然而，与这种谦谨自重的人交往，自身也必须谦谨自重。所以，面对年龄上是晚辈、职务上是下属的蔡锷，袁世凯一方面极力表示亲近，一方面却谦恭地称他

“先生”。这种关系，很难说是蔡锷的成功还是失败。用句俗话说：他们把关系搞生分了。

根据中国传统，用人就要先收服。要收服人，无非几种办法：一是投其所好，满足他；二是乘人之危，救助他。这些办法袁世凯大都用过，但蔡锷的情况却不同：他不爱钱，不好色，没什么可以投其所好；他谨言慎行，不惹事，不犯错，你想在他困难的时候帮助他、庇护他，他不给你这个机会。面对蔡锷这样的人，袁世凯这个有办法的人没了办法。蔡锷的表现，让袁世凯不敢轻视，却只能尊敬，而不能贸然视为亲信。

在帝制运动中，袁世凯弄不清蔡锷的内心，蔡锷也弄不清袁世凯的内心。如果是好朋友，蔡锷就应该对袁世凯有所劝诫。可是，蔡锷没有劝。因为他不知道袁世凯的真实想法，却知道做皇帝对一般人的吸引力。恢复帝制的列车加速，蔡锷做出了一个判断：复辟帝制势在必行。既然如此，需要的就不是一般的反对，而是行之有效的阻击。谁来承担这个重任？英雄之所以是英雄，就在于置身历史的关键时刻，对自己有准确的估计，而且有足够的自信。这时的蔡锷已经是责无旁贷。既然如此，他就需要有所准备，不能暴露自己，在袁世凯面前，就更不能说真话了。

8 月 14 日，杨度等六人联名通电全国，发表筹组筹安会宣言。第二天蔡锷就到了天津，与梁启超讨论了一夜。他们议定，由梁启超写文章公开反对帝制，然后蔡锷离京回云南，袁世凯什么时候称帝，云南就什么时候独立。

面对这段历史，我总在想，如果蔡锷与袁世凯的交往更坦率一些，如果他在关键时刻能与袁世凯推心置腹，直言反对帝制，帝制运动的列车会开出那么远吗？遗憾的是，他们都不直言，而是隔着肚皮猜。

（原载《湘声报》2016 年 1 月 15 日）

静看浮云杂水声

徐南铁

终于有机会拜访罗宗强先生。

我疏于人情来往，平生不习惯主动去拜访人，尤其是未曾谋面的人。但是对于有几十年淡淡书信交往的罗宗强先生，我却一直为未能拜访而遗憾。多年前我曾来过一次天津，记得是早晨从北京来，傍晚又赶回北京去看人艺新排的话剧《天下第一楼》。匆匆来去，没有时间作任何探访，留下了一个遗憾。这次到天津特地安排了住一个晚上，出发前我就想好一定要见一见罗老先生。

南开大学西南村的宿舍区路灯昏暗，安静冷清。老先生的家住六楼，电梯直达住房门口。

罗宗强先生今年已经八十多了，广东人，却基本没有了粤方言口音。同我一样，他有过在赣南一所高等院校任教的经历。尽管前后不同时，他去的时候叫师专，我去的那年已经升格为师院了，据说又要改为师范大学。但是时光的间隔并不妨碍我的认同，不改变我们因那一所学校而形成的纽带，不影响我对他有格外的亲切感。何况他有那样浓厚的亲和力，让人一见如故。

老先生住房条件还算不错，宽敞、整洁，家具是传统式样。墙上有一些字画。其中一幅紫藤立轴，竟然是他 15 岁时的作品。那是一位中学同学多年的收藏，后来还赠给了他。

他的太太也出来陪我们，老人家也已经年届八十，慈眉善目，满脸都是笑。老两口除脚步稍有蹒跚之外，气色、精神都不错，而且耳聪目明，思维清晰，记忆力也很好。前些年，老两口共同作画，还将花鸟作品印成了册子，也寄给了我一本。

罗宗强先生对我主编的文化批评刊物《粤海风》一直很关注，并有《社会环境与明代后期士人之心态走向》在《粤海风》刊发。但是让我记忆尤深的，是他有一次回我的约稿时写的信：

南铁先生：

蒙不弃约稿，甚感甚感。

弟对于目前学术之堕落，愤恨悲怆，实有难以言说者。贿赂公行（评博士点、一级学科、中心等等），剽窃成风，浮躁喧哗，深陷泥潭而未见稍为收敛之意。外行之指挥棒，将导引学术走向万劫不复之境地。

当此之时，刊发再多之言论，均为多余，评这评那指挥棒在，学术即无清静之地。

为此，有负先生之嘱。余欲无言，闭门读书以冷眼静观中国之学术走向何方。匆匆。

颂编安！

弟　宗强　上

三月三十日

信写于2003年，用毛笔所写。年已古稀的老先生在信中非常老派地谦称自己为“弟”，委实让我惶恐不安。信中对知识分子以及学校、学术的腐败痛心疾首，“万劫不复”一词惊心动魄。他的这种担忧和愤慨也是我的深切感受，因而很希望他能在我的杂志上公开发出抨击之声。但是他却不想说什么，因为知道言之无用，懒于像堂吉诃德那样去与风车大战。他的愤懑无言，或许属于一种无可奈何的表态吧？由此我对老先生的感佩由学术而进入品格。

听也在南开大学中文系做教授的朋友李新宇说，老先生填履历表说到自己曾经担任中文系主任的经历，一定要在主任头衔前面加上“民选”二字。“民选”两个字的潜台词很是丰富。他当主任是1991年至1995年的事，他之所以强调“民选”，或许是表明某种立场，或许是珍惜知识分子极为看重的自己的羽毛？

如今流光飞逝，一切成为过去，老先生正与病魔纠结。近日做一较为复杂的肾脏结石手术，还只完成手术的第一阶段，次日要去医院做超声波检查，以确定下一步治疗的方案，所以嘱我须今晚去。我告诉他因工作安排的缘故，到他那里的时间可能会晚一些，他说没有关系。

自然要问及他的治疗。我问，学校是否会派车去医院？他说没有这种惯例。而且不需要，打的很方便。

从家里到学校的正门，当年每天要送女儿去那上幼儿园，那时的他只需要步行15分钟。如今需要45分钟。

在这个历史悠久的校园里，他已经消磨了四十多年光阴。

我在那里坐了一个小时左右，老先生不谈学术，只谈人生。关于学术生涯，他说，自从2013年1月，中华书局出版《明代文学思想史》之后，他就没再这样做学问了。《明代文学思想史》是由他主编的"中国文学思想通史"丛书中的一种，分为上下两册，共62万字，花12年工夫写成。老先生曾题签送给我一套。他在该书后记里说："已到风烛残年，像这样的研究，以后是不会做了。"这也印证了他此前说过的：有生之年若能完成该书的撰写，就感到满足。

他的不再做，定然与日常不得不分精力应付身体状况有大关系。但是谁又能说与社会、与时代没有关系呢？他叹息自己没有机会从青少年时期开始打基础，待到知天命之年才来边打基础边研究。在几本专著的后记里，他都发出悲声：一生荒废，不堪回首！

每个人的荒废，叠加起来就是社会的荒废，演绎了时代的悲剧。

对一个年轻时代即有志于学，曾经在学术道路上长途跋涉并积聚了丰富经验的人来说，告别学问是一种悲哀。学术之钟就此停摆，人生角色就此转换，这种人生重心的挪移让人唏嘘不已。

2009年夏天，他寄赠《晚学集》给我，那是他70岁之后文章的结集。他在后记里说到书名的来由："有孤灯书卷，未敢懈怠，虽在残年，仍将勤谨学习之意。"但是"晚学"二字，是否也寄寓了他对人生道路的慨叹？他在文末写道："想做点事，才开始，时光就流逝了。"这是一种难以倾诉、更无法挽回的人生伤悲。赣南山陬耗费的那些岁月，是被社会轻易褫夺的，但是谁也不可能予以偿还。

我有意引他谈赣南师专。他是从南开大学硕士毕业去赣州的，时间是1964年。当时他读的文学批评史专业已经取消，这门课也不复存在。同学们作鸟兽散，他则因为赣南离他的老家广东揭阳稍近而被分配到赣州，算是照顾。有近十年时间，他跋涉在赣南的山水之间搞"中小学教改"，常常在只有五六个学生的村小听老师教拼音。他一直想不通的是，这与自己所学专业有什么干系。

他跟我说到在赣州的两件往事。一是在自己作为"臭老九"被批判的岁月，某日，他蹲在路边向摆地摊的小贩买梨，梨已经称好，他正站起来掏钱，恰恰几个红卫兵路过。小将们喝道：罗宗强你还有资格吃梨?！其中一人当即飞起一脚，将梨踢得老远。

另一件事是说，他被安排下放，去偏远的山区县寻乌的吉潭公社当农民，连户口都从赣州市迁出去了。那天早晨他准备坐车出发，行李也已经交运，但是突然发现尿血，赶紧到医院看病。医生告诉他，必须立即治疗，不能去寻乌。等三个月治疗完毕，教改的事情因为形势变化取消了。宛如塞翁失马，寻乌已不必再去。

关于第一件事情，他没有加以评说，只是淡淡地回顾。与他在被批斗时挨枪托的打击相比，这当然算不了什么。但事情本身有足够强的说服力，足可以描绘出他当时的生存环境。至于第二件事情，他认为命运不可知，却很重要。不过他谈命运只是感叹而已，没有自怨自艾，也没有愤懑不平。

他告诉我，当时赣南师专的一位美术教师朱坦，如今在上海，出版了一本画册，其中有赣州的素描。他从书房把画册拿了出来，站在那里翻页寻找了好一阵子。看来他对赣州依然有感情，毕竟在那里待了十来年。尽管在那里留有许多令他感伤的记忆，他却对那块土地没有一句恶语。在《玄学与魏晋士人心态》的后记里，他不无顾念地写道："那山林，那空山秋夜，那深山里的贫穷淳朴的人民，我却至今未能忘怀。生生不息的生命，无处不在，而这正是精神赖以支撑的甘泉。"

20世纪的70年代，他的太太因胸椎结核，开胸三次移植骨头，每次均需卧床半年。有一次，他从赣州回天津照料妻子，自己却也病倒了。他在天津的两个旧同窗见他劳碌辛苦，实在活得艰难，便为其奔走，帮他联络调回南开大学。南开答应了，中文系却没有接收，尽管他是那里毕业的硕士。他只好拂去身上的赣南红土，去南开大学的学报报到，后来才回到中文系任教。那是1975年，罗宗强已经四十出头了。

以罗宗强的才情和勤勉，要是十年前起步，或许可以更早就在学术上崭露头角，或许可以取得更加骄人的成就。但是在20世纪中期的中国，挣扎、浮沉在世俗生活的波澜之中是知识分子的共同命运。

据罗宗强说，他离开南开大学奔赴赣南时，时任南开大学中文系主任的李何林鼓励他："不要紧，你要是愿意做学问，到哪里都可以做；你要是不愿意做学问，条件再好你也不会做。"道理虽然是这么说，也符合儒家信奉的哲理，但是李何林说这话的时候想必自己也不一定真的相信。此前的1960年，河北省文联编的《批判李何林修正主义文艺思想论文集》就已经由百花文艺出版社出版。虽然李何林是1927年参加南昌起义并于同年加入中共的老革命、资深学人，却也逃脱不了时代强加的遭遇，也不可能“到哪里都可以做”学问。事实是，从 1951 年到 1959 年十年间，李何林能够出版 4 部著作，而接下来 60 年代他却没有一本著作问世，70 年代中期开始有他的著作出版，却也只能是“内部发行”。他对学生说的“不要紧”，恐怕是理想和现实挤压下的言不由衷。

幸好不管怎样说，罗宗强总算可以离开赣南山陬回到天津，而且回到著名的高等学府，回到他熟稔的文化氛围，为他今后的学术起步和发展留下了空间。

刚回到南开的那一段时间，可能算得上是罗宗强人生最为艰苦的岁月。妻子生病卧床，他不得不独力支撑家务，每天中午和晚上下班赶回家，做饭、带孩子、服侍太太吃饭。星期日在家要洗一大堆衣物。那时经济条件不好，要保证太太每天吃一只鸡蛋，就保证不了孩子吃。但也就是在这种艰苦的环境中，他的学术开始起步。

说到那段岁月，罗宗强先生说：尽管又要照顾妻子、孩子，还要尽快踏上学术研究之路，但当时并不觉得苦。我想，这或许就是那一代知识分子的宿命和心灵交响。时代的大浪汹涌，多少人沉入水底，或者被推移到荒凉的岸边，遗弃在野草和芦苇深处。如果罗宗强自我怜惜，在艰难中封闭自己通向学术殿堂的心灵通道，也就不可能在此后的人生航道上激起生命的浪花。

1980 年，回到南开的第五年。当新的阳光普照中国大地，罗宗强出版了《李杜论略》。从此，他在学术道路上的脚步一发而不可收。但是此刻的他已经年近半百了。人生正如他的晚年诗句所形容：“待到升平人已老，空留锦囊贮哀辞。”

此后罗宗强的情况，大致都能够从媒体上得知了。他成为中国文学批评史专业的博士研究生导师、学科带头人，致力于研究中国文学批评史和中国古代士人心态史，并开创了文学思想史的课程教育；著有《李杜论略》《隋唐五代文学思想史》《唐诗小史》《玄学与魏晋士人心态》等；获得的学术奖项众多，其中《隋唐五代文学思想史》获得全国高等学校首届人文社会科学优秀成果一等奖；除几十种专著之外，更有许多论文发表。有意思的是，专攻古代的老先生竟然还有《论海子诗中潜流的民族血脉》在《南开学报》发表，可见他的思想活跃，视野开阔，并不囿于千百年前的风景。

随着学术地位的确立，称赞甚至崇拜早已经司空见惯。但是罗宗强此前的生活道路却鲜见于记载。人们都看到了他手中的鲜艳的花，却不一定知道这捧鲜花经历过的风雨，难以想见它们在孕育过程中随时可能遭遇的凋零、枯萎。这种情状其实很正常，本就是社会和人生的必然。

在《明代文学思想史》的后记里，罗宗强先生说："可自慰的是，我此生努力了，勤勤谨谨，不敢丝毫懈怠。青灯摊书，没有假日也没有娱乐。只是由于处世能力的极度缺乏，谋生无术，积毁销骨，唯一值得庆幸的是，有几个知心朋友，学术路上相伴；有几个出色的而且关心我的学生，不至于感到人生太寂寞。人生不易，但也终于在坎坷、失落、感伤中边走边读，读书，读人生。"

这里所表达的，已经不是学术陈述，而是深沉的人生感慨，令人读去感伤不已，不由掩卷长太息。

罗宗强还在那篇后记里，提及自己一篇悼亡友旧文中说过的话："在这个世界上，我们便是如此匆匆走过，没有一丝痕迹。"他似乎不把自己的学术跋涉和研究成果当作"痕迹"来看。确实，我们每一个人身上满是社会胡乱刻画的道道，自己能够给社会留下的痕迹却微乎其微，完全可以忽略不计。以世俗的眼光看，老先生的学术成就已经可以告慰于人生，告慰于社会，告慰于时代。但他心中的目标显然更为高远，翻山越岭而来的他终于歇息在连续攀登的途中。他已然进入生命的另一重境界，不再从属于某种理念，不再需要努力去得到认可。他是自己的，包括身体、思想、情感。能够顺利回归这种境界当是人生的大幸福。

用老先生的话说，做学问是"凝神寂寞对青灯"的差事，自然需要严肃、严谨。他的灵动的柔情却常常展示在那些学术专著的简短后记里。比如在《魏晋南北朝文学思想史》的后记里，他写道："岁月匆匆，转眼已是暮年时光。人到老年，总喜欢回忆往事。一天劳累之后，坐在窗前，外面是寒夜的萧瑟的白杨，不知为什么，故乡的那一条静静的榕江就又来到眼前。往事如梦又如烟，留下的只有这无尽的温馨与眷念。"这些文字漫溢着松弛与静怡，也流泻着惆怅和感伤。这是罗宗强灵魂深处的脉动，与他的学术文章一起构成了一个学者的立体形象。

就在我去拜访罗宗强先生的两天前，同是南开大学教授的来新夏先生去世。提起此事，在座的人自然不免叹息人生。我还记得来新夏先生曾给《粤海风》寄来一篇悼念亡妻的稿子，感情诚挚深沉，可惜因为与杂志风格有所不合，犹豫再三，终没有刊用，成为一件憾事。如今悼亡之人也已经去了，徒留我们这些后来人坐在这里感慨人生的无常。罗宗强先生说，前些天见到来新夏还是好好的呢。这位著名历史学家、文献学家、图书馆学家比罗宗强年长10岁，享年92岁。我为来新夏先生的仙逝哀悼，同时也衷心祝福罗宗强先生益寿延年。

春夜沉沉。虽然老两口没有倦意，但是想到先生八十高龄，想到他明日一早要去医院，面对病痛的一场折磨，我不敢久坐，只能怀着深深的祝福离开。尽管我很希望能在这里多坐一阵子。

下得楼来，春风拂面，却见夜色更浓，宿舍区在昏暗中一片静谧，似乎可以感觉到人生的轨迹，就在这昏暗和春意的融合中默默延伸。不由想到罗宗强先生的一联诗句：“流光已逝情怀在，静看浮云杂水声。”浮云过眼，流水不回，只有一片安静逗留在心里。

（原载《羊城晚报》2015年7月28日）

自梳女，即将消逝的故事

莲 子

2015 年 3 月，网传一段视频显示，一个被称为“自梳女”的群体，她们将头发挽髻梳起，以示终身不嫁。我很清楚，这是指中国最后一批自梳女，她们如今就生活在广东。五年前，我去探究过岭南珠江三角洲这一古老而奇特的女性群体。

蓦然间，这段网传视频触动了我一个念头：我不应该只停留在五年前粗浅的探究。作为一个长期生活在岭南而又对女性命题的思考和研究有所侧重的写作者，我有责任抢在最后一批自梳女逐渐凋零之前，对昔日珠三角这一独特的社会现象，以及对这组独特的近代中国女性进行细致梳理，系统剖析，以还原这一独特群体的生存状态、不低头命运的精神特质，以及她们为珠三角 20 世纪中后期的发展所奠定的经济基础和人文积淀。

没有纠结，没有犹豫。主意一定，立马联系佛山市顺德区妇联。

果不其然，顺德区妇联的同志直言相告：“要赶快来，越快越好。这是在抢抓历史文化遗产。上个月，96 岁的十二姑也走了，没剩几个啦。”

仅存的自梳女到了迟暮，如石火风灯，命在须臾。几乎不假思索，旋即，我约请《中国妇女报》驻广东记者站站长、我的中山大学中文系学妹林志文组成课题小组，一起再度走进珠三角宁静的水乡背后那深沉古老的历史和故事。

所谓再度，是因为五年前的初次探究，我们都有着共同的感喟和萦绕心头经久不散的特殊印记。

一个多世纪前，珠三角那河涌萦绕、蕉林遍野、桑基鱼塘满目的古老水乡，孕育着古老的民风，也孕育着惊世骇俗的自梳女的故事。当年，那些从钟灵毓秀的水乡深处款款走出的妙龄少女们，面对大多数女性在封建礼教束缚下唯唯诺诺、逆来顺受、附庸一生的景况，为追求身心自由与人格独立，勇敢地解下缠绕身上的礼教绞索，自己梳起发髻终身不嫁。依今日观点看来，当年，那些晨出暮归，采桑养蚕，不守困自封的乡村女孩；那些挽发素装、乌衣木屐、不仰人鼻息的缫丝女工；那些不低头于命运，在看似寻常实则决绝的自梳生涯中坚韧若磐笑对沧桑的奇女子们，真乃中国率先觉醒的女性群体。据载，作为这一独特风俗最重要发源地的顺德，一直拥有数量庞大的自梳女。30年代，顺德有女性40万，自梳女就超万人，这在当时颇为石破天惊。都说，女人的一生都在渴望爱情。女人是为了感情活着的。可当时代的荒谬和社会的不公让女人获得人格独立要以牺牲人伦幸福为代价的时候，她们不得不将勃发的青春激情掩藏起来，而去选择无夫可依的命运独旅。

从这角度讲，似乎可以说，自梳女的历史是一卷凄婉的历史！

五年前的那个秋日，我们就是带着对自梳女这些最初的认识，来到坐落在顺德均安沙头管理区的自梳女安老院冰玉堂。

古意盎然的冰玉堂，弥漫着岁月留下的印痕和南洋风格的落寞，给人一种恍如隔世的感觉，笼罩着一丝神秘。这是当年漂洋过海到南洋打工的自梳女们念乡怀土、怅望落叶归根而用血汗钱兴建的，取名冰玉堂，意谓超然尘世，冰清玉洁。这里曾居住过数十名自梳女。只有在这里，心静如水涟漪不生的姐妹们才得以躲避世俗眼光，寻觅到心灵最自由独特的空间。当她们玉殒香销、魂飘天国之后，冰玉堂的侧房便成为步尘而至的姐妹们焚香喃喃，祈祷她们在天国自如寻觅到心灵最后归宿的独特天地。同时，冰玉堂又是那些静静地度过青葱岁月的自梳女们聊天相聚的场所。岁月写下苍老。如今，她们年已耄耋，发缕已白，多与家人同住，隔三岔五，就到冰玉堂围桌闲话，或打牌、看报纸，或在穿透尘嚣慵懒的夕阳下，慢悠悠地呷着香味满口的新加坡咖啡，淡泊悠闲地度过她们独特的晚年岁月。每逢七月初七等传统节日，有些甚至还从新加坡、马来西亚赶回来。虽然她们年华渐瘦，渐老，能回来聚首的姐妹已越来越少，但还是默默地坚持下来，为的是能够与心灵结伴唇齿相依的姐妹们把盏共话，抚摸往事，细说当年。聚也依依，散也依依。有时，她们也会细细地抚摸着墙上那些落满岁月尘埃的老照片，在悠长的回想中絮絮叨叨地说着梦呓般的无限心绪，也不忘点上一炷清香，在袅袅烛香中寄托后人不绝如缕的幽思。

记得那次，端详着冰玉堂里昔日那些乌发素衣、端庄秀雅，笑容里透着沉静与笃定的自梳女的合影，置身没有爱恨纠葛的老姑太们敞开心扉的欢声笑语中，我想起影片《霸王别姬》中戏班主的一句谶言：人要自个儿成全自个儿。我觉着，这句谶言对敢于叛逆、素心自怡、沿着自己选择的路义无反顾地走过一生的自梳女来说，再恰当不过。不错，人生的路归根结底靠自己走，仰人鼻息终究要受制于人。做人身上的衣服迟早要被扔掉，而有独立人格的人才能让心灵站立。

由此我又联想到当今社会。谁都清楚，新旧思想的交替和碰撞使男人对女人的要求常常在自相矛盾，一方面希望女人自尊自爱，抬头走路；一方面又希望女人是“花瓶”“月亮”“依人的小鸟”。可即便这样，女人穷一生的心血也难保不被婚姻戏弄，难保感情的绿野不会荒芜。女人从此陷入困境，伤痕累累血迹斑斑更多的是失守自己。幸好，在无硝烟的战火中厮杀拼搏之后，她们懂得了：人生，就是要在荆棘丛中杀出一条自己的生路。至深至切的伤痛过后舐血重生，她们变得厚重深沉，气定神闲了。因此，纵使含悲带泪身心布满鞭痕，依然追求生命的质量。纵使命运对她们不公，依然崇尚活着就是最好。学会坦然地承受没有和弦的吟唱，因为想通了人生本无常，何必徒悲伤；学会在无奈和失落中寻求美丽，因为明白了每一种人生体验都是一笔财富；学会在生命的酸咸苦辣中咀嚼出缕缕甘甜，因为终于了悟唯有如此，才能获得更加成熟而完整的生命。

生活不是戏，而是严峻的现实。看过《霸王别姬》的人都知道，影片中的程蝶衣越过于迷恋理想化的人生，世道就越跟他过不去。他经磨历劫，大彻大悟：制度与物质并不能让他获得解放，使他解放的力量在于人类自身。人，的确要“自个儿成全自个儿”。这既是一道古老的人类母题，又是一条严谨的人生哲学命题。

生命之舟属于自己，不要把船桨交给别人。读任何一个自梳女的人生故事，之所以没有泫然欲泣，正是因为那些在人类婚姻史和民俗史上具有活化石意义的自梳女群体，其精神特质和可贵风格折射出了这样的生活哲理。

岁月匆匆，五年时光一晃而过。

2015年初夏的一个午后，当我再度来到古朴简约中透着浓重沧桑感的冰玉堂时，我注意到，五年的光阴，让这里悄然发生了一些变化。有喜有忧：喜的是当地政府和相关部门对自梳女这一昔日独特的社会现象越来越重视，竭尽全力，把冰玉堂两侧原本阒寂的阁楼打造成了博物馆，里面陈设着大量原本深藏于自梳女家中的珍贵图片和各种资料、物件，让尘封已久的历史展示出感人的细节和引人注目的片断。具有可贵风骨的老姑太们也越来越得到人们的关爱与真诚礼赞。忧的是我看到五年前拄着拐杖行走的老姑太如今只能坐轮椅了，能相约相聚来到冰玉堂的姑太也越来越少。我甚至看到在冰玉堂侧房的神龛上，已亡人的灵牌密密麻麻，越来越多。长生牌上盖着红纸的寥寥无几。我细数了一下，只剩16个长生牌用红纸盖着。一旦谁故去了，谁牌上的红纸就会被撕掉，成为黑色的灵牌，以供后人祭奠。我知道，在健在的这 16 个姑太中，最年长的已是 102 岁，其余都已八九十岁以上。我不敢想象，再过几年，当我再度来到静穆的冰玉堂，还有没有幸存的姑太能笑对沧桑，与我们对话？

同样，在广东肇庆、东莞和佛山西樵山下的古建筑里，也有着为数不多的最后一代自梳女守着沉默的往事，伴着青灯檀香、黄卷佛经在安度余生。她们都垂垂老矣，随时都可能倏忽而逝。因此，我被一种强烈的紧迫感催逼着，和课题助手一起，与时间赛跑，夜以继日，竭力劳作，穿越在日渐剥落的时光隧道里，为镌刻厚重历史的中国最后一批自梳女书写即将消逝的故事。这些普通不过的人，这些静静流淌的命运，携着不容抗拒的气息将我卷入其中，纠结缠绕，无边无际。或许，我们对自梳女的心灵历程还勾勒得不够完整;或许，我们对这一独特社会现象的历史、文化内涵还缺乏更为深入的大量考证和研究，但抢抓一种穿越时光的文化记忆，完成对自梳女远去的足声及其人文精神的探知和原始记录这两点，我想，我们是做到了。

（原载《中国最后的自梳女》，花城出版社 2016 年版）

，世 事

历史研究无“误区”

方志远

读了黄朴民教授《历史学研究中的四个“误区”》(《光明日报》2013年3月20日)，深受启发，又觉言犹未尽，草成此文，求教于朴民教授与学界同道。

一、选择了“学术”就选择了“冷”

时下确实有两个极端的现象。

一方面，历史成为大众读物乃至大众娱乐的重要内容。充斥银幕的热播剧、摆满书摊的畅销书，许多都是以历史为题材。从炎黄到三代，从唐宗宋祖到洪武康熙，乃至凭空编造的还珠、甄嬛，等等;从“走下神坛”“走下圣坛”的伟人，到“亮剑”“我的兄弟叫某某”之类的传奇，乃至荒诞不经的“飞鹰”“枪花”等等，无不受部分大众的热捧。

另一方面，学者皓首穷经的研究成果，则很少有人问津，甚至被无知者用“历史是任人涂抹的小姑娘”之类的“名言”进行嘲弄。

但冷静一想，这种现象又不仅仅发生在中国大陆，即便在今日之美国、日本，在中国的台湾、香港，也无不如此。在台湾的民众中，是钱穆、傅斯年，还是吴宗宪、张惠妹知名度高?在世界的华人社会里，是陈寅恪的《柳如是别传》，还是金庸的《鹿鼎记》发行量大?

同是“三国”，读《三国志》的有几人，《三国演义》却是家喻户晓。同是《三国演义》，电视进入每个家庭之后，有多少人读小说，又有多少人看电视?即以“二司马”为例。司马迁尽管有“究天人之际，通古今之变”的抱负，但在世的时候，有几个人关注他在写《史记》?司马光尽管有政府的经费支持，但生前也没有看到《资治通鉴》的辉煌。即便今日，《史记》《资治通鉴》名声虽大，又有多少人真正读过?否则，怎么可能发生二十年前柏杨的“白话本”《资治通鉴》在大陆火爆的事情。其实，即便这个白话本的《资治通鉴》，买了的人也未必读。所以人们常常如此看待当下的书市:真正的读书人一般不买畅销书，买畅销书的一般是不怎么读书的。

但是，不能因此而否定小说《三国演义》《鹿鼎记》及电视《三国演义》《鹿鼎记》对培养小孩历史兴趣的功能。回想我们这一代人，有多少人是因为读《三国演义》《水浒传》而喜欢上历史乃至走上历史研究道路的，又有多少人一开始就是捧读《史记》《通鉴》的？显然是前者。所以，千万不要鄙视大众读物，不要轻视大众读物乃至影视对于唤起人们对历史、对历史学产生兴趣的作用。即以《明朝那些事儿》为例，作为明代史研究者，我倒觉得作者的态度是比较认真的，完全可以成为大众普及明代历史的读物。

这其实是作品的功能问题，并非是因为史学研究出现了误区。因为，学术著作本来就是“藏之名山”，让人“吸收营养”的；文学艺术作品则是直接提供给大众（包括学者在内）消遣的。受众群体的不一样，决定的作品的“热度”不一样。同时又是一个作品的表现形态和传播方式问题，越是采用现代传媒手段，其辐射面和影响力也就越大。

或者正是因为忽略了这个基本事实，使不少朋友产生了历史学“受冷落、被边缘”的感慨。其实，除了个别疯狂的时代，历史学从来就没有受过热捧，从来没有进入中心地带，这是学科特点所造成的，而非学者本身的原因所致。可以说，选择了学术就选择了“冷”，选择了历史研究、哲学研究，就选择了“特冷”。所谓“板凳要坐十年冷”，即便坐了十年，板凳也未必就一定会热。但没有办法，因为这是我们自己的选择，完全不必理会社会对我们是冷还是热。

毋庸讳言的是，时下确实有一些学者被人瞧不起。但究其原因，并不是因为他们是在做“冷门”学术。恰恰相反，如果真正是在做“冷门”学术，并且做出了一定成就，是会受到社会和大众尊重的。被人瞧不起的学者，真正的原因是放下了学术的尊严，欲望太多，汲汲于寻求“买家”。或者是寻求政治上的买家，是为“权欲”；或者是寻求经济上的买家，是为“财欲”。任何时候，任何国度，做学术是需要有一些献身精神、需要安贫乐道的。其实，现在中国大陆的学者，只要有所成就，还不需要太大的成就，如果不和官场、不和商场作攀比，应该说并不是太穷。尽管如此，仍然希望国家（因为当前的社会资源主要还是由国家掌控）对于那些正在“上穷碧落下黄泉”，正在“坐冷板凳”而且没有赶上“福利分房”的青年学者给予高度的关心和爱护，否则，诸多的“绝学”将后继无人。不要以为这些学术无关“GDP”无关“政绩”，一觉醒来，可能会发现某些“绝学”的研究关乎民族尊严、国家利益，有可能发现洋人（包括东洋和西洋）竟然在研究甚至抢夺我们的文化资源。到那个时候指责国内学术界为何没有人研究或者研究得不如洋人，就毫无道理了。

二、“宏大叙事”需要“细节”支持

朴民教授在文章中列举了四个历史研究的“误区”：追求虚幻的绝对“真实”、排斥合理的宏大叙事、陷入思想方法论上的片面性泥淖、执迷于所谓的“科学”规范。这些问题确实存在，有些还比较严重。

比如一些学者时时采用洋文表述方式，其实大可不必。各种语言的不同表述，是民族语言长期形成的习惯。同一种方式，用英文表述极其自然顺畅，但照搬到中文，就拗口而费解；反之亦然。当然，也许是因为并没有真正理解老外在说什么，所以找不到合理的汉文表述方式，只好“硬译”。更有甚者，明明在中国是尽人皆知的道理，却要说“正如”某洋人所说。有的则无视国内已有的很好的研究成果，却拎出洋人并不准确的表述来为自己壮胆，似乎一扯老外的大旗，就可以抬高自己的学术分量。

再比如越来越多的考古发现，既对文献记载起了很好的补充作用，也形成了一定的挑战。尽管如此，却不可轻易用考古发现否定文献记载。因为，虽然文化遗存自有规律，考古发现却多有偶然，考古发现可以证明此处有、此处是，却无法断定他处无、他处非。

此外，随着历史学科的“社会科学”化，一定的“科学”规范确实需要，但过于拘泥于社会科学的“科学规范”，抹杀历史学科的“人文”本质，却是很大的问题。正如朴民教授所说，势必损害中国历史学几千年来形成的强大生命力。

但在指出这些问题的同时，也需要对不同类型学者的研究有更多的尊重。

虽然历史不可能重复，历史研究也不可能“复原”历史，但决不能因此而否认“求真”“求实”的理念，否则，历史研究将失去最基本的功能。任何时候，求真、求实都应该是历史研究的起点，也是它的终点，尽管这种求真、求实只能是相对而不可能绝对。“虚幻”的“绝对真实”概念的提出，极易引导出历史研究无真实可言的极端结论，从而为各种各样的“戏说”提供口实。

“史料即史学”的提法虽然不免偏颇，但决不能因此而否定这一理念在历史研究中的实践意义。“史料即史学”的本意是一切从史料出发，是言必有据，而不能曲解为“史学即史料”。同样，强调历史研究需要有正确的理论和合理的方法，也并不意味着可以忽视史料的发掘和正确的解读。“史料即史学”的提出，是针对空泛的理论说教；“以论带史”的提出，则是针对缺乏正确的理论指导。它们都是在特定历史时期、特别学术背景下提出的带有“矫枉过正”的批评，并不意味着“非此即彼”。

朴民教授指出，一些学者的研究过于琐细，琐细到“一叶障目”，甚至用这种琐细的研究排斥“宏大叙事”。朴民教授的这一说法，似乎言之过重。

学术的细分化，是当代一切科学包括自然科学、社会科学、人文科学的发展趋势。合理的、细致入微的“个案研究”，应该是历史研究的重要组成部分，它和“宏大叙事”应该是相辅相成、并行不悖的。学者的个人性格、学术背景、学术机遇，决定着他们的学术路径，或者沉湎于“个案研究”，或者热衷于“宏大叙事”，这也是学术研究的“宏观”与“微观”路径，还有的学者选择了“中观”。所有这些研究，都是学者有意识或无意识的自我选择并形成的学术习惯，理应相互尊重、相互推动，而不应该相互排斥、相互歧视。

如朴民教授所说，也确实有“个案”研究的学者对“宏大叙事”表现出排斥与“不屑”，但完全可以视为这些学者因社会阅历和学术素养的欠缺而表现的“不懂事”，不必过于计较。相信当他们的研究达到一定境界的时候，会加入到“宏大叙事”的行列。但是，如果因为有“个案研究”的学者排斥“宏大叙事”，我们于是也排斥“个案研究”，岂不犯同样的错误？而就我的目力所及，好像还没有发现哪一位“个案研究”或社会史研究真正卓有成果并且进入到一定境界的学者排斥真正意义上的“宏大叙事”。

如果说历史研究有被社会“边缘化”的趋势、历史学的价值发生了“严重失落”，其影响“更趋式微”，我倒认为这并不是“个案研究”者的责任，因为他们选择了“琐细”的路子。责任恰恰在于选择了“宏大叙事”的学者，也包括我在内。因为我们虽然选择了“宏大叙事”，但没有做好，没有对前人的研究产生明显的超越，乃至有些研究还在重复前人的成果，所以没有能够产生出强大的学术影响和社会影响。

究其原因，既是因为我们在理论上和方法上没有大的创新和突破，也是因为我们没有认真从个案研究、“琐细”研究中吸收营养。“宏大叙事”不仅是重要的，而且就我看，应该是历史研究的“主战场”“主阵地”，是历史学科产生重大社会影响的唯一途径。但是，要在“宏大叙事”中取得突破性的进展，就必须要有理论和方法的创新。任何好的理论、好的方法，都需要与时俱进。与此同时，必须关注个案研究，包括具体的村庄研究、城镇研究、家族研究、疾病研究乃至“男人的胡子”“女人的小脚”的研究，用个案研究的成果，丰富宏大叙事的内容。也就是说，“宏大叙事”需要有“细节”支持，否则，只能是不断“重复过去的故事”，那注定是没有生命力和新鲜感的，且不说不可能产生重大的社会影响和学术影响，连来自“个案”乃至“琐细”研究学者的挑战也无法回应。

客观地说，正是因为有了文化史、社会史的研究，才使得当代中国大陆的学者有了更加宽广的视野，更加关注历史的细节，更加关心当代的社会问题。最近读一位青年学者的博士后出站报告，报告提出了一个振聋发聩的观点：“荒唐事件的冷静善后，是衡量一个民族政治上是否成熟的重要标准。”学术研究其实也一样，看上去不合理的现象，往往包含着十分合理的诉求。

三、学术需要“生态”和“生态链”

从本质上看，科学起源于大众对自然、社会、人类自身的认识。而各门学科的建立过程，则是一个逐渐脱离大众、逐渐由专门人员掌握的过程。由于这一过程的本身是有阶段性的，因此，虽然科学越是专门化，离大众的距离也就越远，但其阶段性过程中所形成的知识和专业人员的层级，却使科学永远和大众密切相连：一方面，人类的新认识、新发现通过各条渠道、各个层次，逐渐专门化；另一方面，专门化的知识也通过各渠道、各层次全方位影响大众。各个学科最前沿的成果，反映了人类对这一领域的最新和最有价值的认识，但又离大众最为遥远，甚至最难以为大众所了解、所认识、所接受。这就需要有一条与大众联系的纽带，或者说要有一个向大众进行传播的渠道，这条纽带或渠道便是学科知识和专业人员的层级分布。作为专业研究人员，应该根据自己的条件和才情，为自己选择合适的位置和层级。

这就是学术的“生态链”。犹如石油的开采和运用：需要有人研究地质地貌的构成，提出地下蕴藏的可能性；需要有人根据这些理论和前人积累的经验，进行勘测，寻找油田所在，并且进行钻探、开采；需要有人对开采出来的原油进行加工，炼成汽油、柴油、机油等等；需要有人建立起供油系统，把成品油输入到千家万户。

历史学也一样。首先，需要有人甘于寂寞，“上穷碧落下黄泉”式地搜集资料，不断开拓新的学术领域、推进学术进步，这是历史学得以强大，得以和其他学科并存的基本前提和条件。其次，需要有人在这个基础上，进行提炼与综合，不断推陈出新，充实到宏大叙事中，创造出具有重大影响的学术作品。再次，需要有人运用民众喜闻乐见的方式，向大众进行传播，这也是我们通常所说的科学普及工作；甚至需要有人将这些成果用文学的方式、艺术的方式，小说、戏剧、电视剧的方式，进行演绎，使其中的一些人物、一些事件家喻户晓。

在这个“生态链”上的所有学者，都应该具有责任感，需要相互之间的充分尊重，而不应该相互歧视或诋毁。这无论对一个学科还是这个学科的研究人员来说，都是一荣俱荣、一损俱损的关系。

学科的发展需要有学术生态链，也需要有良好的学术生态。学术成果从品质上来说，确实有高下之分，这很正常，如同自然界有菌类、藻类等微不足道的生物，也有草丛、灌木等不十分起眼的生物，而在莽莽林海之中，不但有用材林，还有杂树林、原始林，等等。正是因为有多种多样的植物，才构成植物世界的丰富多彩。

历史学的著作本来就有不同的类型，古代有纪传体、编年体、纪事本末体、史论体、目录体、语录体，等等，各有各的贡献和存在价值，章学诚更提出“六经皆史”。今日学者对于政治问题、经济问题、文化问题、人物问题等，研究方法和表述方式是可以不一样的，既应该有学者进行理性的表述，强调科学性和实证性，也应该有学者进行感性的描述，加强史学著作的可读性和感染力；既应该有学者采用《史记》《左传》的手法，也应该有学者采取《春秋》的手法；《史记》未必就是尽善尽美，《春秋》也未必就是“断烂朝报”。这才是“百花齐放”的态度。

正是因为有众多的学者在不同的层面、用不同的方式共同努力，才形成今日中国大陆史学的繁荣。学者之间也应该建立起相互之间足够的尊重，光秃的山冈、贫瘠的荒原，是难以长出参天大树的。

从这个意义上说，历史研究无误区，但理念上的偏颇应该尽量避免；史学研究也无“定法”，所以也很难说有方法上的“错谬”。因为每个学者都可以根据自己的才性，根据自己的条件和喜好，选择自己愿意研究的对象，采用适合自己的研究方法。只要是努力工作、踏实研究，都是在为历史研究的发展做贡献。即便是一时走错了，也可以给自己或他人提供教训；一旦返回正道，可能比没有经过弯路的学者有更多的自觉性。

谁也不能否定，改革开放三十年来，中国大陆历史学取得了革命性的进步，而真正好的历史作品，社会也是不会排斥的。对于一个历史学者来说，研究什么很重要，用什么理论和方法进行研究也很重要，但更重要的是拿出了什么样的作品，服务社会、服务大众，并对本学科的推进做出贡献，这才是最为重要的，因为学者最终是以成果说话的。

如果说史学研究有误区，误区应该是学术的不端，反反复复地炒现饭，以及近年来一些学者热衷的对历史伟人包括当代伟人的数典忘祖式的“揭老底”。

至于种种的“戏说”和“穿越”，并不属于史学研究的范畴，而是大众的娱乐，所以也谈不上是误区。

（原载《光明日报》2015年5月16日）

关于“九头鸟性格”与湖北文化

樊　星

一

一说到湖北人，人们就会想到那句广为人知的顺口溜：“天上九头鸟，地上湖北佬”。不需多解释，“九头鸟”的怪异形象就会令人感到不安。

虽然，“惟楚有才”的说法也流传甚广，可这种说法显然比较严肃。而“天上九头鸟，地上湖北佬”的说法更具有调侃意味，因此也更容易在民间传播。

其实，“九头鸟”的含义十分复杂。据学者考证：“‘九头鸟’的形象早就出现在《山海经》，未经丑化，保持着夷殷祖灵——太阳神鸟的重要特质。《大荒北经》有神名九凤，它‘九首，人面鸟身’。”既然是“神鸟”，为何会转成“恶鸟”？与种种迷信传说有关：“明明是太阳神鸟却强调其致旱；仅仅是‘宵飞而夜伏’……就暗示它代表病亡或导致覆亡。”①

而在那些传说的深处，还有北方人对“南蛮”的歧视心理作祟。宋代文学家欧阳修有《鬼车》诗一首，其中写道：“昔时周公居东周，厌闻此鸟憎若雠。夜呼命庭率其属，弯弧俾逐出九州。射之三发不能中，天遣天狗从空投。自从狗啮一头落，断头至今清血流。迩来相距三千秋，昼藏夜出如鸺鹠。每逢阴黑天外过，乍见火光辄惊堕。有时余血下点污，所遭之家家必破。我闻此语惊且疑，反祝疾飞无我祸。我思天地何茫茫，百物巨细理莫详。吉凶在人不在物，一蛇两头反为祥。”可见对九头鸟的仇视，来自春秋时曾被楚人战败的周公的恐惧。中国历来有地域歧视，如“南蛮”“荆蛮”“湖南骡子”“河南侉子”“广西猴子”等等，“九头鸟”的说法亦属此类。

有趣的是，尽管由于“偏见的固执，习惯的天成，北方人还是视南方为蛮夷，至少要在语言上贬损他们是没有文化、没有门第、没有资历的‘暴发户’”，“可是，

---

① 叶舒宪、萧兵、【韩】郑在书：《山海经的文化寻踪》（下），湖北人民出版社2004年版，第2160—2161页。

楚人呢，你贬也罢，褒也罢，夸也罢，骂也罢，一概不在乎”。不仅如此，雄才大略、武功赫赫的楚武王甚至早就自称“蛮夷”了！[①]自称“蛮夷”，充分体现出楚人不信邪、不怕事、不服周的豪情冲天。一直到当代，武汉人把“九头鸟酒家”开到了北京，凸显的也是那种自称“蛮夷”的遗风。

何况，文化界还有“巫楚文化”一说。司马迁《史记》中关于西楚“俗剽轻，易发怒”[②]的说法，还有班固《汉书》中关于楚人“信巫鬼，重淫祀”[③]的说法，也都常为学界所引用。“巫风”“易怒”这些词，也是很容易给人以不快感的吧。虽然，“楚虽三户，亡秦必楚”的说法也为人熟知；虽然，屈原作为流芳百世的楚国诗人，一直是楚人，也是中华民族的骄傲；虽然，近代以来，“两湖地区更处在风云际会的漩涡中心。……湖南在十九世纪后半叶与二十世纪上半叶对中国社会变革发挥的巨大作用，是举世皆知的；湖北则在二十世纪初叶崛起成为仅次于上海的工商业基地，继而成为辛亥革命首义之区，大革命心脏地带，土地革命的主战场之一”[④]，可这些说法，依然远不及“天上九头鸟，地上湖北佬”的顺口溜那么普及。奈何！

因此，就很有必要去总结荆楚文化的遗产，去传播荆楚地域文化的软实力。

二

事实上，湖北的政治家、思想家、文学家、普通人一直在为复兴楚文化的精神而努力——从张之洞督鄂，使湖北成为洋务运动的重要基地，到辛亥革命一群基层革命党人打响推翻帝制的第一枪，再到董必武、陈潭秋、李先念、林彪等人在共产主义运动中起到的重要作用，为改变湖北的面貌可谓居功至伟；以熊十力、闻一多、胡风等文化人为湖北文化、学术的大放异彩而做出的巨大贡献；连同随着当代楚文化遗址的多次重大发现而产生的“楚学”的繁荣；以及随着改革开放的新时期到来，湖北作为“九省通衢”在交通、商贸、制造业、旅游、高等教育等方面发挥的重要作用……这一切，都显示了楚魂的重新焕发，“惟楚有才”的传统再谱新篇。

---

① 萧兵：《楚辞文化》，中国社会科学出版社 1990 年版，第 164—165 页。

② 司马迁：《史记·货殖列传》。

③ 班固：《汉书·地理志下》。

④ 冯天瑜、何晓明、周积明：《中华文化史》（上），上海人民出版社 1990 年版，第 49 页。

三

湖北，是楚文化的故乡。说到楚文化的传统，现代学者的阐释可谓丰富多彩——鲁迅先生早就盛赞《楚辞》："逸响伟辞，卓绝一世。……其影响于后来之文章，乃甚或在三百篇以上。"并以"其言甚长，其思甚幻，其文甚丽，其旨甚明，凭心而言，不遵矩度"这几句话概括了《楚辞》的文学特质及其深远影响。[①]李泽厚在《美的历程》中也高度评价了"屈骚传统"："充满浪漫激情、保留着远古传统的南方神话——巫术的文化体系。"[②]由此拓展出进一步发掘"南方文化"特质的思路。在李泽厚、刘纲纪合著的《中国美学史》中，也突出了楚文化传统的思想意义："屈原的思想同庄子蔑视儒家礼法，遗世独立，逍遥宇宙，追求个体人格的无限自由的思想有了某种相通之处。"[③]后来，李泽厚研究传统文化的起源，认为"巫"是中国文化的重要起源，"巫的理性化"是中国文化的根本特点。[④]而萧兵则将对于浪漫楚风的思考深入到了地域与民风的深层："《离骚》尽管庄重、典丽、飘逸，但更有一重热烈，一种放浪，一阵嘶喊，那来由也不仅是个性的，而也有那个'时代'的大胆，那个'地方'的狂放，那个'民风'的强悍。"[⑤]

是的，峻急的民风。楚人性情峻急，易冲动，众所周知。《史记》中就记载有"其俗剽轻，易发怒"的楚风。王充的《论衡》中也有楚俗"促急"之说。[⑥]袁宏道亦在《叙小修诗》一文中论及"劲质而多怼，峭急而多露，是之为楚风"。[⑦]张正明在《楚文化史》中亦特别指出："楚人做起事来，往往迸发出炽热的情感，风风火火。""楚人比较率真，容易激动。"[⑧]从楚庄王问鼎中原到屈原问天，从伍子胥复仇的狂热到申包胥哭秦廷，都充分体现出这一点来。从"天人感应"的角度看，这

---

① 鲁迅：《汉文学史纲要·屈原及宋玉》。

② 李泽厚：《美的历程》，文物出版社 1981 年版，第 67 页。

③ 李泽厚、刘纲纪：《中国美学史》（第一卷），中国社会科学出版社 1984 年版，第 371 页。

④ 李泽厚：《说巫史传统》，《己卯五说》，中国电影出版社 1999 年版，参见：《浮生论学》，华夏出版社 2002 年版，第 14—20、246—247 页。

⑤ 萧兵：《楚辞文化》，中国社会科学出版社 1990 年版，第 264 页。

⑥ 王充：《论衡·率性篇》。

⑦ 见《历代文选》（下册），中国青年出版社 1963 年版，第 244 页。

⑧ 张正明：《楚文化史》，上海人民出版社 1987 年版，第 120—121 页。

样的性格与楚地这片热土上气候变化迅猛显然有关；从信仰的角度看，也隐隐显示与“楚人确信自己是日神的远裔，火神的嫡嗣”有关。[①]辛亥革命、黄麻暴动，都爆发得非常突然，却比好些深谋远虑的起义取得了更出人意料的胜利，也是证明。这峻急，显然不同于“温良恭俭让”的儒者之风，也有别于“三思而后行”的谨慎做派，却是生命力健旺、雷厉风行、一往无前、快刀斩乱麻的另一种活法。这种活法，在革命的年代里大放异彩；到了改革的岁月里也是干事业不可缺少的精神元素。当然，在平平常常的日常生活中，这峻急也易于引发许多本来可以避免的争斗与冲突。

——以上，便是关于楚文学的影响力、楚文化传统的影响力的一些精彩论述。而其中关于浪漫、逍遥、热烈、狂放、峻急的概括不正好揭示了楚文化精神的源远流长，魅力常在么？中国，从来就有思想解放、个性自由的传统。这精神从屈原、庄子到“竹林七贤”、李白、苏东坡、李贽到顾炎武、黄宗羲、王夫之再到龚自珍、胡适、鲁迅……可谓薪火相传，代有传人。的确，从这个角度看，楚文化的当代意义，不言自明。

不仅如此。

郭沫若也早就高度评价了屈原的怀疑精神和不甘心精神。他在写于1942年的《屈原研究》中就指出：“《天问》这篇要算空前绝后的第一等奇文字……那种怀疑的精神，文学的手腕，简直是前无古人后无来者。”“那儿不仅是对于带着宗教色彩的神话传说表示着怀疑，对于一切历史上的记载、人事上的伦理，也一概都表示着不能信任。”另一方面，“他的不甘心也就是楚人的不甘心。由这不甘心所生出的他的悲愤的文辞也就是楚人的呼吸。楚人特别爱他的辞，特别哀他的死，更由他的辞与死而增长了民族的义愤。所谓‘楚虽三户，亡秦必楚’的预言之所以产生，以及那个预言之卒由楚人的项梁、项籍而实现，都是这个不甘心的成果。”[②]怀疑的精神中，透出不拘一格的痴心；不甘心的精神，则来自楚人筚路蓝缕、自强不息，虽做大做强，却一直受到北方强敌歧视的屈辱记忆。虽然，在中国的北方文化中，也有怀疑的精神（如陈胜的名言“王侯将相宁有种乎”，以及王充的《论衡》那样的

---

① 张正明：《楚文化史》，上海人民出版社1987年版，第105页。

② 《郭沫若全集·历史编》（第四卷），人民出版社1982年版，第29—30、55、60页。

富有批判锋芒的著作），也有不甘心的精神（例如“文王拘而演《周易》；仲尼厄而作《春秋》；屈原放逐，乃赋《离骚》；左丘失明，厥有《国语》；孙子膑脚，《兵法》修列；不韦迁蜀，世传《吕览》；韩非囚秦，《说难》《孤愤》；《诗》三百篇，大抵贤圣发愤之所为作也”），但像《天问》那样的汪洋恣肆的怀疑精神，如“楚虽三户，亡秦必楚”那样的坚定信念，却散发出强烈的生命热能。当代湖北学术界对于楚学研究和“长江文化”研究的重要贡献则充分揭示了楚文化作为中华文化重要组成部分、长江流域也是中华文化的重要源头的史实。这样的结论不仅进一步推动了中华文化史的发展，修正了“黄河是中华民族的摇篮”的传统说法的偏狭，也特别凸显了中华文化研究的“南方意识”。

还有神秘意识。崇巫便充分体现了楚人对神秘世界的敬畏。“楚人因信仰的奇诡、驳杂，历来被视为荒唐怪诞之尤。”楚地风物中，“辟邪的形象，神秘而古怪；镇墓兽的形象，神秘而凶险；虎座立凤的形象，神秘而壮美”，都体现出楚人的浪漫思维特色。[①]尽管，科学的发展在不断为人类认识世界提供理性的框架，可仍然有许许多多的神秘事物难以破解——从宇宙起源之谜、生命起源之谜、人类起源之谜到情感之谜、灵感之谜、直觉之谜……二十世纪是科学迅猛发展的世纪，可心理学（如弗洛伊德破解梦境的猜想、荣格关于“集体无意识”的猜想），以及物理学（如量子力学对于“波粒二象性”的发现）的新发现都使世界的神秘感有增无减。如此看来，保持对于世界神秘感的敬畏依然具有不可低估的意义。人类既需要发展科学，又不能不正视科学发展带来的负面效应；而人类在保护文化、保持信仰方面做出的艰苦努力，又常常与神秘文化紧密相连：从心灵的深不可测到信仰的根深蒂固，还有传说的奇幻瑰丽、想象的无边无际……就像“长阳人”“郧阳人”的化石隐藏了远古人类的起源之谜、神农架的“野人之谜”、恩施土家族的白虎图腾传说、鄂北名不见记载的古曾国考古发现之谜、与荆州有关的三国传奇故事、武当山的张三丰神奇传说、黄梅的禅宗祖庭……都弥漫着诱人的迷雾，也因此分外引人入胜一样。

就这样，热烈的浪漫情怀、刚烈峻急的民风、勇于怀疑和不甘心的精神，以及深深的崇巫之风，便构成了楚风楚魂的丰富内核。这一内核不仅一直贯穿了湖北文

① 张正明：《楚文化史》，上海人民出版社 1987 年版，第 297、198 页。

化的发展史，也非常鲜明地活跃在当代湖北人创造新奇迹的进程中。

一切都在历史的记忆中灼灼闪亮。

一切也都在生活的激流里常说常新。

四

其实，说到湖北的软实力，“千湖之省”“九省通衢”“鱼米之乡”这些闻名遐迩的称号就已经是了。从毛泽东“又食武昌鱼”的诗句到“精武鸭脖”“周黑鸭”“油焖大虾”等小吃走向四方，从武昌城、黄鹤楼、“文赤壁”、“武赤壁”、“荆州古城”、“襄阳古城”到武当山、神农架、清江画廊等名胜常年吸引了八方游客，都彰显了湖北饮食与文化生活的强大诱惑力。而这一诱惑力又因为湖北地处“九省通衢”的优越位置而有了得天独厚的强化。当现代化飞速发展、多元文化迅速流动的年代，人们的生活水平和消费欲望有了长足的增长时，湖北的地域区位优势也有了前所未有的凸显。这一切，应该足以消除历史上形成的“九头鸟”印象、“南蛮”的蔑称意味了吧。

另一方面，武汉的高校阵容空前强大，武汉市在校大学生数量已达118万，位居全球大城市中第一名，这也大大提高了武汉的文化影响力与竞争力。另一方面，“武汉在校大学生人数虽众，但在高端人才的教育培养、科技创新成果、毕业大学生就业能力、对经济社会发展之贡献等方面，与国际国内名城差距明显，只算得上高教大市，但并非全球高教强市”。[①]这一评估切中肯綮、发人深省。

类似的问题也普遍存在于湖北的工商界、文化界。湖北曾经产生过诸多工商业知名品牌，如“洋务运动”中的汉冶萍公司，第一个五年计划中的武钢、武重、武锅等大型企业，还有20世纪80年代闻名全国的“汉正街小商品市场”、“活力28”洗衣粉，20世纪90年代到21世纪初期非常火爆的吉庆街夜市……都曾经名重一时，却由于种种时代巨变或管理失策等原因，好些终于没有成就长久辉煌的业绩。文化方面，湖北的戏剧、杂技、通俗文学也都是全国的文艺名牌，“文坛鄂军”也名家辈出，但湖北文艺界对自己的认识常常是：“我们是文艺大省，却不是文艺强省。”这种不甘心、不知足的自我定位也实事求是、耐人寻味。

---

① 《武汉高校学生人数达118万，位居全球大城市中第一名》，《楚天金报》2014年6月26日。

如此看来，如何在已经取得的成就的基础上，进一步发掘湖北的地域优势、经济优势、文化优势，去超越制约发展的各种“中等”瓶颈，去创造新的经济奇迹、文化奇迹、生活奇迹，成为举足轻重的国际大都市，是需要有关管理部门和各方面人士共同努力、积极探索的重大课题。进入新世纪以来，随着交通基础设施建设（尤其是高铁、地铁）突飞猛进的发展，随着武汉国际车展、中国（武汉）期刊交易博览会、武汉国际园林博览会、武汉国际赛马节、武汉网球公开赛等一系列高规格展会、赛事的频繁举办，武汉加快了走向国家中心城市和国际大都市的步伐。湖北人在创造新生活、新奇迹方面显示出的热烈、峻急的精神辐射力，已有目共睹。

五

湖北，在历史上曾经有过几度辉煌：春秋战国时期的楚国，曾经励精图治、一飞冲天、问鼎中原。三国时期，湖北的荆州、赤壁、夷陵曾经是三国争雄的大舞台，留下一系列不朽的英雄传说。到了清代，汉口镇崛起，与河南朱仙镇、江西景德镇、广东佛山镇并称“四大名镇”，何其风光！晚清，张之洞督鄂，兴办实业，使汉阳有了“东方曼彻斯特”的美名；兴办新学，为“惟楚有才”谱写了新的篇章。而辛亥革命，更使武昌成为“恢复中华”的首义之城；大革命年代里，武汉曾是革命风暴的中心之一……一代又一代湖北人，为这片热土的富强前赴后继，可歌可泣！

对武汉文化深有研究的何祚欢曾经说过：“‘大武汉’不是随便叫的，中国也只有两个城市名前加了‘大’，一个大上海，一个大汉口。上海那是一个城，汉口才三镇之一，可见武汉之大”，“到现在，武汉的城区面积能排得上全国第二，第一名是上海”。他还介绍说，20 世纪 30 年代，武汉出现过“黄金 9 年”，“大汉口”之名此时产生。1935 年的统计数据显示，上海国民生产总值全国第一，达到 3700 万，武汉有 1700 万，广州和天津分别为 700 万和 500 万。①

后来，因为天津、广州的崛起，因为在改革开放的沿海发展战略中，湖北由于地势所限、政策倾斜不够，一度落伍。不甘居于人后的湖北人不断寻找着新的历史机遇，终于在高铁时代开始了新的腾飞之旅。在新的时代，湖北人在发挥软实力的同时，也应该克服自身存在的问题——

---

① 《何祚欢妙语评说大武汉》，《武汉晚报》2013 年 2 月 25 日。

例如“九头鸟性格”中过于精明的问题。精明为经商的重要素质。所谓“眼观六路，耳听八方”。但过于精明，就滑向贪图小利、斤斤计较，甚至唯利是图、欲壑难填的歧途了。特别是有的贪官在管理工商业方面以权谋私、蝇营狗苟、贪得无厌，常常直接挫伤了商人的事业心，妨碍了工商业的健康发展。

还有“峻急”的另一面——浮躁。湖北商界在总结经验教训时常常提到“醒得早，起得迟”的问题——为什么湖北人打造工商业品牌，常常有好的开头却难以持之以恒地做成著名品牌？与急功近利、稍遇变故就退缩的心态恐怕很有关系。

还有“码头文化”的负面影响——嘈杂、脏乱、粗鲁、斗狠，像满嘴脏话、随地吐痰、乱扔垃圾（尤其是高空抛物）、招摇撞骗、噪声扰民、商贩缺斤少两、为鸡毛蒜皮琐事动粗，等等不文明恶习的积久难除，也在一定程度上影响了良好社会心态的养成。2011 年，宜昌入选第三批全国文明城市。2015 年，武汉市当选第四届全国文明城市。这些来之不易的殊荣体现出湖北人克服历史的积弊、开创新的局面的努力卓有成效。

“沉舟侧畔千帆过，病树前头万木春。”愿湖北在千帆竞发的年代里，“乘风破浪会有时，直挂云帆济沧海！”

（原载《文艺新观察》2015 年第 12 期）

不在场的在场：早已消失但总被人念念不忘的两棵枣树的故事

钱振文

一

1924年9月15日，在搬入宫门口西三条21号新居不到四个月的时候，鲁迅写了后来出版的散文诗集《野草》中的第一篇《秋夜》。开首第一段就是："在我的后园，可以看见墙外有两株树，一株是枣树，还有一株也是枣树。"《秋夜》后来被编入中学语文课本，"一株是枣树，还有一株也是枣树"这个奇特的句式给所有的中国人留下了难忘的印象。实际上，早在20世纪50年代，鲁迅的学生许钦文就在回忆鲁迅的文章中说："'一株是枣树，还有一株也是枣树'，这已成为大家爱颂的句子。"（许钦文《在老虎尾巴》）

鲁迅搬入西三条那年的冬天，年轻的李霁野在同样年轻的小学同学张目寒的带领下去看早就崇拜的鲁迅先生，在漫长的聊天中，鲁迅告诉他们说："他的文章里找不出两样东西，一是恋爱，一是自然。"（李霁野《忆鲁迅先生》）在鲁迅的文章中，对鲁迅说的"自然"即现实环境中的风景的描写，大家熟知的只有两处，一个是《〈呐喊〉自序》中那个S会馆里曾经"缢死过一个女人"的槐树，另一个就是西三条21号院后墙外的两株枣树。但令人遗憾的是，这两处地方的槐树和枣树都在不知道什么时候的时候就消失了。这两处早已不在场的风景都在北京的西城，距离并不远。几十年来，无数慕名参观绍兴会馆和鲁迅博物馆的游人，在走进著名的"槐树院"和"西三条21号院"的时候，都会不由自主地寻觅那个在脑海深处贮藏许久的大槐树和两株枣树。当他们得知大槐树和两株枣树早已不复存在的时候，无一例外都会流露出难以掩饰的惋惜和叹息。在得知这个令人扫兴的事实的时候，大多数人都会无可奈何地表示接受。毕竟，树木也是生命，也有生老病死。但有的人对这个事实难以接受甚至表现出痛苦和愤怒。毕竟，槐树和枣树不是什么珍稀植物，而是北京的常见树种。在北京老城区的四合院中和胡同边上，到处都可以看见百年树龄的老槐树和老枣树。为什么偏偏消失的是鲁迅先生看见的那两株枣树?

四五年前，一位外地的鲁迅迷潘卫华先生在第一次访问鲁迅故居并得知那两棵枣树“早已枯死多年”后，就曾经“痛心疾首，扼腕叹息”，在此之后，三番五次专程到北京，研究和考证鲁迅在《秋夜》中所写的两株枣树，最后写出了很长的文章《谁动了鲁迅故居的枣树？》。在这篇文章中，潘先生得出的结论是:“我要大声地告诉人们，先生笔下的那两株枣树并没有枯死，它们仍然健在！仍在倔强而茂盛地生长着。”得出这个结论的过程是，当潘先生踯躅在鲁迅故居后小院时:“回头望去时，分明有两株高大的枣树，映入我的眼帘。一株位于前园的西墙外，一株位于过道的西墙外。‘那最直最长的几枝’，分明正‘默默地铁似的直刺着奇怪而高的天空’。”潘先生发现的两棵枣树，一棵位于从前院通往后院的夹道，另一棵位于故居的西邻院，当年住在这里的是曾经帮助过鲁迅的姓白的木匠。这两棵枣树的确是潘先生请植物学专家论证过的“树龄至少应在百年以上”的老树。鲁迅博物馆的工作人员每年都会在大枣成熟的时节上树打枣吃，当然不会不知道这两棵枣树的存在。当然，把这两棵枣树当作是鲁迅看到的“两株枣树”的并不只有潘先生一人。鲁迅博物馆的老专家叶淑穗就曾经发现,2013年6月23日《北京晚报》上的一篇文章《北京名人故居中的古树》，也同潘先生一样把这两棵活着的枣树当作是《秋夜》中的两株枣树。就在我写这篇文章的同时，《河北日报》的记者原付川先生（他前些日子来鲁迅博物馆采访鲁迅收藏正定隆兴寺观音像的事情）还打来电话，询问《秋夜》中的那两株枣树到底是不是现在院子里的这两棵枣树。实际上，故居前后院夹道里的这棵枣树的确引人注意。早在1949年10月19日鲁迅逝世纪念日也是鲁迅故居对外开放的第一天，《人民日报》就发表了记者柏生的文章《访鲁迅故居》，文中写道:“大门里是一个小而雅致的院子。院子当中有一株枣树，在前院通往后院的门外墙角边还有一株枣树。一九二四年，鲁迅先生在这所屋子写了《秋夜》一文，提到在他的后园墙外有两株枣树。所以这两株枣树是很令人注意的。它们端庄地矗立着，它们的枝干仍像往日一样地刺向天空。”文里所说的院子里的一棵枣树大概也是鲁迅先生搬来之前就有的，因为，1925年初，作家章衣萍的年轻妻子吴曙天第一次来这个新落成不久的小院访问鲁迅，在随后发表的文章中就提到“院里有一棵枣树，是落了叶子的”(《访鲁迅先生——断片的回忆》)。很显然，当时，鲁迅故居院子里还没有现在枝繁叶茂的鲁迅在1925年4月亲自栽种的丁香树。这棵在前院更显眼位置栽种的枣树鲁迅故居上年岁的工作人员也是见过的，当然，也在不知道什么时候的时候死掉了。关于北京人的爱在院子里种枣树，郁达夫的一篇文章《回忆鲁迅》也可以为证。1923年鲁迅从八道湾11号搬到西四砖塔胡同61号租房居住的时候，郁达夫在这一年的冬天正在北京大学做经济学教授，有一天去看鲁迅，就发现："一个三四丈宽的小院子，院子里长着三四棵枣树。"现在，如果你去鲁迅博物馆外西二环路边上的街边公园转一转，就会发现许多棵比鲁迅故居院子里的枣树还要粗大的老枣树，这些枣树肯定也是原来的四合院拆迁后保留下来的。

二

但是，所有的这些枣树都不是鲁迅在《秋夜》中所看到的枣树，那两棵枣树的确是在很早的时候就没有了。

的确如叶淑穗老师所说："这两株枣树，新中国成立前已经枯死。1956年10月鲁迅博物馆建馆后几经补种，均未成活。现今从鲁迅故居后院的墙外，已看不见这两株枣树了。"（叶淑穗《〈秋夜〉中的两株枣树》）就在《人民日报》记者柏生的文章中，也写到了这两株枣树："有人问起后院墙外的两株枣树，现在已经看不见了，许先生用脚踢着一根已经干枯了的枣树根说：'这里原有一株枣树，不知后来被谁锯掉了。'我们已经看不见鲁迅先生所说的那些野草，更看不见小红花在那里做梦了。"（柏生《访鲁迅故居》）文里的"许先生"就是许广平，新中国成立后担任中央人民政府政务院副秘书长，在百忙当中积极进行的一件重要的事情就是北京和上海两地鲁迅旧居的整理和对外开放。两地旧居中的许多事情，她都是当事者和见证者。1950年3月，许广平把宫门口西三条21号鲁迅旧居和全部鲁迅遗物捐献给国家，文化部文物局给她颁发了"褒奖状"。5月，文物局派人去故居进行文物清点工作，许广平亲自指导。在清点工作的最后一天，许广平说到了这两棵枣树，"最后，她无限深情地来到了后园，仰望着后墙，良久，她说：'很可惜那两棵枣树没有了，1946年我来时，就没有了。当年，我们在'老虎尾巴'与鲁迅先生谈话时，确实看见墙外的这两棵枣树。'矫庸也补充说：'观众中不少人都问这两棵枣树到哪里去了？'"（罗歌《我要把一切还给鲁迅》）这里说的"看见"墙外的两棵枣树的"当年"，应该是1925年，从这年的4月，许广平开始和鲁迅通信，12日，许广平第一次到鲁迅家探访。许广平肯定在此之前已经看过了鲁迅在几个月前发表在《语丝》上的《秋夜》，因此，在16日许广平给鲁迅的信中说：“‘尊府’居然探检过了！归来后的印象，是觉得熄灭了通红的灯光，坐在那间一面满镶玻璃的室中时，是时而听雨声的淅沥，时而窥月光的清幽，当枣树发叶结实的时候，则领略它微风振枝，熟果坠地，还有鸡声喔喔，四时不绝。”

不知道是许广平的这次清点工作中对两棵不在现场的枣树的观望发生了作用，还是故居管理员矫庸对不少观众“都问这两棵枣树到哪里去了”的重视，总之是在这不久，故居后院院墙外就补种上了两棵枣树。鲁迅博物馆前副馆长王士菁回忆自己1951年7月第一次参观鲁迅故居时说：“故居前院的丁香是鲁迅手植的，后院的一簇簇丛生在井边的刺梅也是鲁迅亲自买来的，墙外两棵生长在邻家院内的枣树，那是后来补栽的。”（王士菁《杂忆》）但显然是这次补栽并没有成功，因为，根据叶淑穗老师和鲁迅博物馆当年的记载，都说明在1956年鲁迅博物馆建馆的过程中又补栽过一次，但根据当年的记者孙世铠在1956年10月19日鲁迅博物馆开馆前的报道，这次补栽的两棵枣树中的一棵还是没有成活：“文中所指的枣树早已被邻人砍去，1956年又补种了两株（一株已死，现剩一株）恢复了往日的情景。”（孙世铠《鲁迅在北京住过的地方》）不知道这次补种之后是否又曾补种，但根据曹聚仁编辑的《鲁迅年谱》，可以肯定的是到十年后的1966年，这里仍然生长着两棵补种的枣树。在《鲁迅年谱》中，编者说：“编者最近去看了一回，那两株枣树，原已砍去了，而今又补种出来了。”（曹聚仁《鲁迅年谱》）至于后来这两株枣树是什么时候怎么没有的，就没有说法了。

三

几十年来，人们对找到散文诗《秋夜》中所描述的两株枣树的对应原物的审美冲动一直没有消停。最近几年，鲁迅博物馆围绕鲁迅故居风貌复原的话题，不断产生再次在原址补栽《秋夜》中两株枣树的想法。但到了时过境迁的今日，补栽的意义其实并不大。即使有两棵年轻的枣树生长在原来的地方，也早已经不是当年许广平他们看到的枣树，更不是鲁迅在那个秋夜看到的那两株枣树了。

其实，在鲁迅故居周围的各个地方并不缺少枣树，但“野渡无人舟自横”，并没有人对这些普通的自然物多看上几眼，更不会产生文化的联想。鲁迅所看到的那两棵枣树本来也只是普通的枣树，只是因为鲁迅把它纳入到了自己的主观观照和意义框架中，才让它们产生了符号的动能和象征的意义。

当然，如果那两株鲁迅观照过的枣树还在的话，它们肯定也不是普通的自然物，而是充满意义的符号。只是，由于符号和意义之间距离遥远，我们普通人对它的欣赏，不一定能够解读出鲁迅所说的“而最直最长的几枝，却已经默默地铁似的直刺着奇怪而高的天空”。倒是20世纪70年代，在没有了实物的情况下，画家周元亮、陆燕生等根据鲁迅作品创作的画作《秋夜》等中的枣树，更接近鲁迅所看到的那两株枣树。

其实，那两株枣树在鲁迅写完《秋夜》的时候，就已经完成了自己的历史使命。虽然不在现场，但当许广平和所有来鲁迅故居参观的人们，在后院向后墙外眺望的时候，脑海中分明涌现出两株桀骜不驯、冷硬不屈，和其他在场的枣树迥然不同的枣树。正因为不在现场，才让人们几十年来持续不断地对它述说和描绘，以填补两株缺席的枣树所留下的空白。

“但识琴中趣，何劳弦上音。”

那两株枣树其实没有死，它们就在那儿——在鲁迅的《秋夜》中——活着。

（原载《博览群书》2015年第5期）

莫言小说：感觉之外皆游戏

何　英

我觉得莫言对当代文学最大的贡献在于，他达到了一个作家打通各种感官并夸张呈现感觉的文字极限。但一旦想要建立某种超越性的宏大理性的时候，就是他捉襟见肘、气虚神散的时候。

作为价值观念的生产者和传播者，为理念贫困时代提供理念是人们对人文领域，尤其是文学的一种理想主义期待。而莫言的民间性"复魅"，无疑已将自己的剩余价值榨取最大化了，它们最终所可能达到的极限也已到了它的时限。只是可怜了中国民间经验被如此低价值地在世界范围里大大超出本国人想象的可悲塑形。

一

一次突发奇想的火车旅行让我家一本有两块砖头厚的《莫言全集》派上了用场。我用来体味四个小时和四十个小时的旅程在时间长度上的哪些不同。当家人兴致勃勃拿回来这两块砖头厚的全集时，我不失时机地表达了某种程度的对跟风的鄙视：人没得奖时你咋不买。四个小时的旅程可能没有欲望看不进去的，在四十个小时的旅程中成了不错的消遣，并且也有了想说说莫言小说的欲望。

我觉得莫言对当代文学最大的贡献在于，他达到了一个作家打通各种感官并夸张呈现感觉的文字极限。仅就这一部分而言，莫言的表现也不是没有问题的。美国作家厄普代克在《纽约时报》上发文说，"中国小说或许由于缺乏维多利亚全盛期的熏陶，没有学会端庄得体。因此，苏童和莫言兴高采烈地自由表现生理细节，其中往往伴随着性、出生、疾病及暴死"。话又说回来了，莫言要是学会端庄得体，就没有莫言了。有时候，一个作家仅凭这种天才的能力就有可能立于某种特定文学场域中的不败之地。莫言很好地证明了这一点。

从《丰乳肥臀》开始，莫言的思想或理性有什么过人之处呢？他一旦想要建立某种超越性的宏大理性的时候，就是他捉襟见肘、气虚神散的时候。种的退化？生命强力？渎神并张扬自我意识？女性崇拜？如果说，《红高粱》系列站在西方现代生命哲学和"民间性"的价值立场上，对二十世纪八九十年代文学被"文学现代化"

思维控制，难以突破某种政治观念和儒学观念的现状是具有革命性的创新发动，之后的莫言小说的思想路径也无非是如鲁迅《在酒楼上》“轮回的悲哀”般隐喻了民族历史的“巨大的轮回”。即使是莫言小说的核心理念：生命强力，也是当时不少作家如张炜《九月寓言》的价值立场。“文学生命热”历经30年，其理念光芒早已褪色。民间故事型结构的传奇或寓言，用作思想的载体几乎无一例外地显得过于粗陋。“在我的心中，没有什么历史，只有传奇。”当一个又一个合目的论的传奇故事被炮制出来的时候，莫言反要怪评论家没把他当正宗的现实主义看。他的人物为着传奇的好看与刺激，不死就疯，死也一定要死得够野蛮够变态。这些极度夸张的修辞格以及大面积泛滥的感官感觉就是莫言小说的实质。他还真没有办法取得现实主义在描述刻画现实上的可信度——极度夸张的修辞格自我取消了这一功能。带有极强烈的主观随意性的状物描写：狗也有红、绿、蓝，太阳也可以是绿的，血也可以是金黄的、蓝色的……也许在某种特定意识时刻里，狗、血、太阳都可以变成莫言描绘的颜色，但当这些本来常态化的事物被经常性地极端夸张地处理了，常态反而不见了，与夸张对立的对比面不见了。当夸张成了常态，现实就消失了。这是为什么莫言就算有很深刻的思想，表现出来的时候也像秃子头上的虱子那么一目了然了无理趣。

二

韦勒克认为：“叙述性小说的两个主要模式在英语中分别称为‘传奇’和‘小说’。……小说是现实主义的；传奇则是诗的或史诗的”。这句话放在中国的文化语境里也算斯言诚哉。莫言不管这一套。他一再强调自己的小说是现实主义的，好像现实主义是块金字腰牌，谁拿着谁就可以自由出入皇宫大院。当代文学的一个可悲景观就是，反智主义倾向成了某种对抗的替代品或泻药。谁敢于搞出当代中国的拉伯雷式狂欢，粗俗粗鄙粗糙粗硬的推土机大胆蛮横地往前推他的叙事，谁在思想上就高人一筹，谁就有思想。扪心自问，一百年来，不，几千年来，底层老百姓活得还不够水深火热，还不够悲惨凄凉，我们需要的也许不是对自我苦难的狂欢化的消费，也不是通过极度夸张的修辞格来讽刺挖苦让人灭绝希望的，更不是连自我同情的能力都丧失的永恒的蒙昧，我们希望在我们视为有光的人那里不仅仅看到一个“本然”的世界，更应看到一种“应然”的可能。用清明的理性精神、用爱、用一切崇高的理念照亮我们混沌愚昧的民间，照亮我们的心灵，这是我们渴望看到的，也是伟大文学的力量所在。

莫言小说中举不胜举的非理性情节设置真的令人目瞪口呆。“水质偏酸，酒生涩难以下咽，撒上一泡健康的童子尿，变成一坛香气馥郁的，饮后有蜂蜜一样的甘饴回味的高级名酒‘十八里红’，没有任何的荒谬，童子尿是地球上最神圣最神秘的液体，里面含有不少宝贝元素，鬼都搞不清楚，日本首相为了身体健康、精神愉快，每天早晨都要喝一杯尿，我们酒国市委蒋书记用童便熬莲子粥吃，治愈了多年的失眠症，尿神着哩，尿是人类最美好的象征。”“那个兵嗓子里哼了一声就把头扎到毛驴背上，如果四老妈要撒尿恰好滋着他的脸，温柔的碱性丰富的尿液恰好冲洗掉他满脸的黑血和白脑浆，冲刷掉他那颗金牙上的血丝……他就一头栽在驴肚皮下去了。假如这不是匹母驴而是匹公驴，假如公驴正好撒尿，那么黏稠的、泡沫丰富的驴尿恰好冲击着他痉直的脖颈，这种冲击能起到热敷和按摩的作用，你偏偏逢着一匹母驴，你这个倒霉蛋！”“每当四老爷跟我讲起野外拉屎时的种种美妙感受时，我就联想到印度的瑜伽功和中国高僧们的静坐参禅，只要心有灵犀，俱是一点即通。什么都是神圣的，什么都是庄严的，什么活动都可以超出外在的形式，达到宗教的、哲学的、佛的高度。”至于《欢乐》中对母体生殖的露骨描写，《球状闪电》中对披着肮脏羽翅的疯子的大段赘述，《檀香刑》中对“凌迟”“阎王栓”的以强烈感官刺激为目的的叙写……你很难相信他在亵渎谁。这些作家的文字写出来要是他自己不愿意再三修改锤炼，出版之后到读者手中的就是目今看到的这副尊容。于是，任性随意的倾泻被当作了先锋，凌空蹈虚的嫁接被炫耀成珍品。

莫言早期的奇异化叙述，某种程度上达到了奇异化效果，但中后期硬性追求奇异化的结果是带来叙事的不可信。一百年的启蒙白启了，中国民间社会的混沌蒙昧藏污纳垢似乎百年不变铁板一块。莫言个人化的历史想象力，他硬性返回历史的民间性视角，成功地令民间从从前的沉默的无言的底层变成了沸腾的狂欢的生命主体。可这个生命主体大多数时候接近动物本能，接近各种器官。莫言似乎有着很强的女性崇拜意识，可是看完他的小说，作为女性，大概很少有人会领他这份情。他笔下的女性似乎只有器官和生殖欲望，是作为男性的对立面而被强化出来的男性的陪衬。她们的存在只是更增加了莫言小说文本的传奇性和刺激性，如巴赫金所说：“猥亵以女人及其出现为对象，哪怕是想象的对象，它试图让女人来进行性刺激。……猥亵的对象的名称常常是些幻象、呈象的替代物。猥亵披上俏皮话的外衣，就更隐蔽了自己的意图，使它更能为文化意识所接受。”莫言的小说有时披上俏皮话的外衣，为的是更为文化意识接受，绝大多数时候，他对此是完全无所顾忌的。他笔下的女性无脑或脑残级地受尽人间的苦难和折磨最终被神化为乡间的某个动物神，引起人们对她邪恶力量的敬畏和膜拜。儒家文化的庙堂里怎么会允许女性神的存在，连观音都能编成受尽人间磨难的凡女最后死去成仙作为人们对她的一种补偿心理和奖掖。《丰乳肥臀》里上官家的女儿们，老大老三都是性欲没满足就成了花痴。上官金童青春期性想象也成为过一段花痴。原来成为花痴可以传染成一种惯性。原来在民间花痴的比例是如此之高。

作者书中对乳房连篇累牍不厌其烦的物质主义描写，每个女人出场的第一笔必是她的乳房，生命结束最后一笔也必是乳房。这些夸张的疯狂文字除了将小说拖向彻底的无聊和恋物癖想象（这一点倒也许能使小说大卖有望）之外，于小说的整体有何必要意义？把女人降到动物器官层面于男人又有什么好处？他要是动用如此多的篇幅也不厌其烦地写写男性的生殖器官，不知男人们会不会觉得冒犯了他们？不知葛浩文是怎么翻译莫言小说中那些让女性主义者看来太有亵渎女性嫌疑的章节细节的，据说西方自女性主义发轫以来就有着严格的关于对女性描写的禁忌审查。我为老外可怜，他们根本无缘看到莫言小说中毫无禁忌为所欲为的污名化女性的那些精彩表现。

三

大概从《丰乳肥臀》开始，甚至更早，莫言对“身体”的关照就变得肆无忌惮起来，成为一种有意为之的叙述意图。如果说在《檀香刑》里，莫言有意识地将暴力与身体捆绑来了一次人类极限的感官刺激体验，到《四十一炮》，莫言直接动用对“肉”的想象力，又进行了一次在“概念的统治”下的极性发挥，罗小通对“肉”的渴望，将村长兰老大、父亲、母亲之间围绕着“肉”而产生的恩怨关系演变成了一部动物性全面大胜人性的形而下饥饿史。

莫言非常善于用他一支打通各种感官的笔，将语言的可视性发挥到极致。譬如《民间音乐》中对于盲人乐师新奏乐曲的大段视觉化感受的文字，以及在后面的《丰乳肥臀》以及《生死疲劳》等中，此一技巧的使用已成惯例。“矛盾在于作者独特的心理关联域组成的语码系统与时代规范基本的语言系统之间的冲突。后者毕竟是阅读接受的基础。特别是恐怕很少有人可能阅读他的全部作品。这就使单篇作品的破译接受会遇到作品语码的障碍。譬如《欢乐》《红蝗》这样的作品若不是放在特殊的心理关联域的语码系统中，极容易产生恨世的歧义。此外，过分地夸张感觉，特别是不加节制地追求视觉化的效果会导致艺术的浮华？终不免“七宝楼台炫人眼目，拆开了不成片断的形式主义弊端”（季红真）。

可视性的语言风格成为当代文学的技术指数及辉煌景观？文化史学家赫伊津哈在《中世纪的衰落》中说，衰败的中世纪心性的最基本特征之一是，视觉感受的突出，这一突出与思想的萎缩密切相关，思想带上了视觉图像的形式，真正赋予思想一个概念就要首先有一个可见的形状。“当代文化的感官性或生活意义的感官主义、视觉主义和身体经验的多重感官刺激，成为几个世纪之后此一衰败的轮回？幻想的激情宣泄、“多重感官崇拜”（波德莱尔）在当代又有了进一步的发展与变形？

莫言的小说也经常令人感到细节可能具有的意义被湮没在细节的海洋里。如果不是故事的传奇性要求情节持续地推高下去，细节会永久沉溺于细节而见不到整体。越写到后来的《生死疲劳》，放纵语言的快感，显摆冥想的奢侈与华丽，描述性语言的过剩，都令这部长篇臃肿饶舌。炫技式的被浪费的语言和修辞，与所描述对象的浅显、事物存在本身的简朴构成反讽。

本来，给予意义是叙述的动机。但莫言的小说却令人深刻体会了观念创造历史的终结。作为价值观念的生产者和传播者，为理念贫困时代提供理念是人们对人文领域，尤其是文学的一种理想主义期待。莫言的小说给我们提供了哪些有价值的理念呢？“当一个几乎是陌生的人获得诺贝尔奖后，我们需要为他贴上标签。2012年诺贝尔文学奖得主莫言最近一次访问西班牙时，他的标签是中国的‘新卡夫卡’（西班牙《消息报》）。格里高尔变甲虫之后仍然想的是如何克服爬得慢去公司上班、为父亲还债。这是卡夫卡为世界贡献的关于荒诞、关于“异化”的理念。《生死疲劳》在西门闹生硬地变成驴、猪、猴什么的之后，并没有为读者创造出一个像“异化”这样最终震撼全世界心灵的理念，动物们不过是在“概念的统治”下又一次狂欢地讲了一些各种力量相互抵消的故事。

四

莫言的小说似乎讽刺了中国人生存的动物式景观，预言了历史理性的虚无：《生死疲劳》里生出来的没肛门的世纪婴儿、《檀香刑》里最残酷的刑罚与最狂欢的猫腔表演同时达到高潮；他用狂欢体来抒写民间苦难，造成一种哭笑不得的阅读心理，小说的张力达到撑破的边缘，但也因此模糊了自己的价值召唤。从莫言的小说中完全看不到更高层面的人类社会应建立在某种希冀之上的召唤，只是低层次低循环地返身民间性寻求一种价值。有时候基于其农民身份及视野，甚至还召唤出对某种拥有生命强力的个人人格的迷信和膜拜。社会理念人格化是早就应该破产的价值理性。道德或社会正义的化身在现代社会应更多地体现为制度理性，而非某个神格化的人。韦伯说：那种非理性的先知灵气，是人类狂热、偏执和集体倒退的根源。我们这个爱听故事爱讲故事的古老民族的历史宿命，似乎就是生产一轮又一轮的神格化理念，而现代社会呼唤建立在理性之上的公约精神，希求的是一种能把内心的伤害，创伤性的经验变成一种理性反映的能力，一种指向更高层面的诘难的能力。也许莫言也曾想激起读者的激动人心的道德情感反映，但民间故事本来具有的嬉戏性倾向，总是能毫不费劲地将痛苦变成了喜剧，意义不足感当然是最后的结局了。读者期待的更新的人文思想遁形了，人文精神也最终瓦解了。

也许文学正在日益变成游戏。资本世界中无足轻重的知识或情感的游戏。关心存在问题，生死和灵魂的拯救问题变得不可能。道德关切都时尚地转向了审美趣味。人们在书中进行的模拟是一种游戏，是精神、思想与观念的游戏，而非精神和思想本身。但人不能放弃以观念塑造现实的意图及努力。理性已经成为人类自觉的历史命运，而文学艺术在塑造感知方式、思想风格和情感形式方面，在成为改革社会的理想主义策源地，成为美好生活的社会学理念的源泉，成为社会伦理学的生动表达上将永不泯灭它的生命力。它那作为乌托邦的批判力量正是它的生命力所在，文学应该是一种启蒙的力量与形式。是对人的理解力和感受力的无限启蒙，培养我们的敏感性，对观念细致入微的辨析力，对他者经验的感同身受的想象力和同情感，最重要的是，把混沌不清的经验体验为意义的形式的能力。（耿占春）

而莫言的民间性“复魅”，无疑已将自己的剩余价值榨取最大化了，它们最终所可能达到的极限也已到了它的时限：全面工业化时代的到来，将使野蛮蒙昧的民间性经验成为古老的传说从而不再具有现实生命力。而民间性的美学价值转变成市场价值也将自然终结，不再有更多读者能欣赏这锈迹斑斑被莫言变质变形的古董是其一，而其贩卖中国民间生活经验的奇观化书写也将成为不能为继的游戏，越来越多的有识之士会看透这套游戏背后的那点动因及其一贯的操作手法，只是可怜了中国民间经验被如此低价值地在世界范围里大大超出本国人想象的可悲塑形。

（原载《文学报》2015 年 2 月 6 日）

“墓门深更阻侯门”析证

刘斯奋

明末清初复社文人冒辟疆（襄）尝撰《影梅庵忆语》，以追述其与江南名妓董小宛（白）之姻缘而受到长久关注。其中董小宛之死一节，《忆语》中固已直言之，而同时友人以诗或文记其事者甚伙，均未有持异说者。及至清末民初，乃有罗瘿公、陈石遗等，据吴梅村《清凉山赞佛诗》、《题冒辟疆名姬董白小像》（下简称《题董白小像》）、《古意》诸诗，牵合清初顺治皇帝出家（1659年），因逢所宠董鄂妃之丧（1660年），旋亦亡故（1661年）之事，遂指此董鄂妃即董小宛，谓小宛并未死，实系被强取入宫，并深获顺治爱宠。而冒辟疆逼于征服者之威，惧且祸及，不敢明言，遂伪言其死云云。因罗、陈俱为当时名士，此说一度播传甚广，更有以《红楼梦》之宝、黛姻缘附会其说者。直至后来孟森《董小宛考》长文出，以翔实之考证指董小宛病殁时二十八岁（1651年），顺治皇帝福临才只十四岁，年纪相差一倍，断无将小宛收充妃嫔之理，才将一度甚嚣尘上的流言平息下去。

然而，此事的考证也仍旧留有缺口，即吴梅村《题董白小像》组诗。其中第八首云：

江城细雨碧桃村，
寒食东风杜宇魂。
欲吊薛涛怜梦断，
墓门深更阻侯门。

引起关注的是后两句，意谓死者与活人固然已是墓门深隔，何况墓门之外还横阻着一扇王侯第宅之门。罗瘿公于《宾退随笔》中即据此质疑：“若小宛真病殁，则侯门作何解耶？岂有人家姬人之墓，谓其深阻侯门者乎！”

的确，这两句诗是回避不得的。因为一是吴梅村写作态度严谨，向有“史诗”之誉。其次，他与冒辟疆为密友，洞悉冒董姻缘始末。诗中涉及情景纵属耳闻，但既获冒辟疆认可，则当系事实。因此，如果不将“欲吊薛涛怜梦断，墓门深更阻侯门”二句的所隐藏的本事弄清楚，使这两句诗获得令人信服的解释，罗瘿公等人所引发的这一桩公案，仍旧无法画上一个圆满的句号。

也许正因如此，在接下来的近一个世纪内，这两句诗便作为一桩悬案，吸引着研究者的目光，并引发出各种各样的推测与解释。归纳起来，大致有这么几类：

一、回避类。如孟森先生，他在《董小宛考》中，虽然引用了吴梅村《题董白小像》组诗中的两首（“乱梳云髻下妆楼”、“念家山破定风波”），并分别作了释证，但对第八首却完全回避不提。

二、猜测类。如陈寅恪先生。他在《柳如是别传》中，一方面认为孟森的论证是正确的，董小宛确实不是董鄂妃，但又认为：“亦是被北兵劫去。冒氏之称其病死，乃讳饰之言欤？”这个猜测的依据是《影梅庵忆语》中冒辟疆对董小宛死前两个噩梦的追忆，以及同时人钱谦益的一首语意含混的七言律诗。但也仅仅是一种推测而已，因为始终找不到确凿的记载。相反，正如孟森所言：董死于顺治八年，“当是时，江南军事久平，亦无由再有乱离掠夺之事”。加上此年董已二十八岁，据当时社会的标准，已经步入中年，非复少艾，而且有病在身，也不应该再是“侯门”猎艳渔色的对象，更遑论入贡宫廷了。事实上，陈先生对此也仅止于猜测，同样并未直接对“墓门深更阻侯门”进行释证。

三、曲解类。如果说，孟、陈二先生作为在历史考据和古典诗词两个方面涵养甚深的前辈学者，对“墓门深更阻侯门”都采取慎重的态度的话，那么，在接下来为数众多的释证文章中，却直接大胆得多。诚然，作者们的热情和努力无可厚非，其奈所运用的方法却颇成问题，难以得出使人认同的结论。

例如，有一种观点是把“墓门”和“侯门”分拆开来，认为“墓门”是说的董小宛之死，而“侯门”则是说的冒辟疆早年的情人，当时已成为清朝平西王吴三桂宠妃陈圆圆的事。此说的问题在于：一、吴《题董白小像》八首，前七首全部都是咏董小宛的事，绝未涉及同时的任何其他女子，怎么会在全无铺垫或暗示的情况下，忽然在最后扯出个陈圆圆？这本身就不符合古体诗词的写作规则。二、这种解释还无视“深更阻”三个字的语法表述，把前后的递进式关系，扭曲为并列关系。三、此时董小宛虽然已死，但陈圆圆还活在人间，也没有将她拉进来一起接受“凭吊”之理。[①]

又有一种观点则把“深更”，理解为“深更半夜”。认为“深更”实与诗的前句“梦”“魂”联系，意为深更半夜时，冒辟疆于“魂”“梦”中将董小宛葬身“墓门”，与当年陈圆圆被夺入“侯门”两事混而为一，对她们都离开了自己深感悲伤。这种说法同样难以成立。盖“深更”决不能理解为“深更半夜”。因为“深更半夜”的“更”为平声字，“更加”的“更”是仄声字。按照古体诗的格律，此句应为“平平仄仄仄平平”，又按一、三、五不论，二、四、六分明的定则，第四字“更”必须为仄声，因此只能是“更加”“更复”之意。至于认为“阻”字，古作“疑”解，故诗意即“疑为，以为”;因又“阻”字，古亦作“淹”解，故诗意即“淹入、埋入”云云。揆诸前贤之作，未见有如此运用者。吴梅村为清初大家，其诗作亦以典雅畅达为特色，舍此而旋折深求，实难称通允。[②]

再有一种情形，是罗织拼凑材料进行论证。例如认为吴梅村《题董白小像》组诗中间其实还有两首，是因为怕触文网删去了。又说“所幸的是吴、冒不愿违背初衷，将被删的一首混编在紧邻的《古意》（之六）中（吴梅村亲手编次的诗集），使我们今天还可以看到一些真相。”并认为“珍珠十斛买琵琶，金谷堂深护绛纱。掌上珊瑚怜不得，却教移作上阳花。”就是说的董小宛。其实，认为《题董白小像》组诗中间还有两首，完全是想当然，毫无材料佐证。至于“珍珠”一诗，虽然是写被掳入宫的汉人姬妾的遭遇，但当时这种事情远非个别，明末清初作者多有以之入诗者。例如屈大均就有《大都宫词》组诗，其中写到：“佳丽征南国，中官锦字宣。紫宫双凤入，秘殿百花然。卓女方新寡，冯妃是小怜。更闻乔补阙，愁断绿珠篇。”可见被掳入宫的女子包括寡妇、王妃、宠妾等等，不一而足。只要细读吴梅村《古意》诗组，就不难明白，六首诗其实是分咏宫中各种身世遭遇不同的女子，与屈大均的《大都宫词》属于同一类型的作品。虽然未必没有一定的原型依据，但是着眼点却在于揭示一种共性的苦难，因此诗中并不提供独一性的细节（这一点，只要与

① 见顾启、姜光斗文：《释“墓门深更阻侯门”》，载《盐城师范学院学报（人文社会科学版）》1985年02期。

② 见唐宇元文：《也说“墓门深更阻侯门”》，载《盐城师范学院学报（人文社会科学版）》1985年03期。

《题董白小像》组诗对比便可了然），自然也就不能认定写的是董小宛。[①]

那么，吴梅村这两句诗到底怎样理解呢？我以为，归根结底，还应该从当时的社会状况和冒辟疆本人的遭遇来寻索。

众所周知，十七世纪中叶清朝取代明朝，是关外的满族入主中原导致改朝换代的一次大变局。与历史上一切政权更迭一样，必然伴随一个利益重新分配的过程。就新立的清朝来说，为安顿进入关内的大量满族移民，当时所采取的一大措施就是“圈地”，即圈占所谓无主之地，转由入关的满人拥有。这种使广大汉族民众深受掠夺之害的政策，虽然在顺治初年已宣告停止执行。但实际上仍在或明或暗地延续。而且尽管大规模的圈地停止，却并未能结束其他方式的巧取豪夺。而在这一场利益重新分配的变局当中，首当其冲的被剥夺者，必定是政治上的异己分子。这可以说是古今中外的通则。冒辟疆作为至死不肯改节仕清的明朝遗民，其命运遭遇可想而知。事实上，清兵平定全国后，入仕新朝的旧友陈名夏曾致信给他，透露当权人物曾夸他是“天际朱霞，人中白鹤”，表示要替他向新朝“特荐”。但冒辟疆以身罹痼疾为由，断然谢绝。康熙年间，清廷开“博学鸿儒科”，下诏征“山林隐逸”。冒辟疆也名列其中，但他仍旧坚持不赴。这样一种“顽固”态度，加上他又是如皋县的曾经首富，于是注定他在新政权治下必定备受欺凌，不仅卷入“通敌”官司，更成为权势之家巧取豪夺的对象。由于这不是什么光彩的事情，所以在他的日常诗文中很少提及。直到行将就木之年，他才在一篇自述中沉痛地写道：

> 献岁八十。十年来火焚刃接，惨极古今！墓田丙舍，豪家尽踞，以致四世一家，不能团聚。两子罄竭，亦不能供犬马之养；乃鬻宅移居，陋巷独处，仍手不释卷，笑傲自娱。每夜灯下写蝇头小楷数千，朝易米酒。

在这里，“墓田丙舍，豪家尽踞”八个字十分值得注意。墓田，自然是指冒氏家族的墓地，所谓丙舍，则是指墓园中的房舍。董小宛死后葬于其旁的“影梅庵”，即属于此类建筑。正因为“墓田丙舍”，已经被“豪家尽踞”，才迫使冒氏族人中的许多后死者不能入葬旧日的墓园，而只能分葬各处，这才造成“四世一家，不能团

① 见赵之蔺文：《董小宛疑案：被迫入宫 未成嫔妃》，载《北京青年报》2010年8月10日。

聚”的情形。至于董小宛，则因为死得比较早，因此所葬之地还是在冒家原先的墓园之中，而且在早期也还是可以凭吊的。这有冒辟疆的朋友陈贞慧之子陈维崧于董死后八年的1659年，写有《春日巢民先生拿舟约同务旃诸子过朴巢并问影梅庵》一诗，题下自注：“庵为董姬葬处”，中并有句云：“有冢却愁人断肠”可证。然而，之后又过了十年，到了吴梅村写诗时，却是已经“墓门深更阻侯门”。为什么呢？如果联系冒辟疆自述“墓田丙舍，豪家尽踞”（这当然是一个渐进的过程）的背景，就不难醒悟：原来这时本属冒家产业的墓园，已经被势豪之家所霸占，划入其领地的范围。这样，董小宛的“墓门”之外，便又多了一重“侯门”，以至冒辟疆及其朋友们连进入凭吊的权利也被剥夺了。

这样来解释“欲吊薛涛怜梦断，墓门深更阻侯门”二句诗，既能够正面回应罗瘿公所提出“岂有人家姬人之墓，谓其深阻侯门者乎”的质疑，又不必节外生枝地作违反诗词创作规律的曲解；而且，还能更深切领会到这组诗所包含的沧桑之感，应该说是比较合理和确当的。

（原载《中华读书报》2015年7月1日）

烟袋斜街上的斜门歪店

崔济哲

北京城胡同多，胡同的名字也千奇百怪。但北京胡同中把“街”叫做胡同的不多，把斜街喊做胡同的似乎除地安门大街鼓楼下的烟袋斜街别无其他。

烟袋斜街很难称得上是条街，地道的胡同，称其斜倒名副其实，不正，歪歪着就斜岔出去。据说先人们给它起名时有根有据，其形其状皆像烟袋，东口往里是烟袋杆，西口往里像烟袋锅，迈着四方台步从胡同东口出西口半个钟点到了。但烟袋斜街的名气大。老人们的话：有皇上的时候，甭管穷的富的，当官的为民的，男的女的老的少的，谁能离得开烟袋？甭管它是旱烟袋水烟袋？提起烟袋，你就知道了有烟袋斜街胡同，这胡同还能了得？

同治年间，烟袋斜街胡同差点废了，当年要在胡同西口，对着什刹海为庆亲王的贝勒爷修建贝勒府，在胡同东口，守着鼓楼要建巡查营，要不烟袋斜街胡同早在140多年前就烟消云散了，但同治爷“驾崩”了，一朝天子一朝臣，重打鼓另开张。可能从那时候，人们不再叫烟袋斜街胡同了，仿佛从一天早晨起就约定俗成喊烟袋斜街了。

烟袋斜街的神奇在于它的名副其实。它不但形似烟袋且“瓤”也是烟袋，在这条短短的斜街上开着七八家烟袋铺，除了卖各种旱烟、水烟袋，还定做各种烟袋，卖各种烟丝，最有名的是在“烟袋杆”头一家六间门脸的烟袋铺子，正堂横卧着一棵足有一丈长的旱烟袋，烟袋锅子锃明瓦亮，金光闪闪，和田玉的烟袋嘴白里有翠，和光温润。玻璃柜中有一根“老烟袋”，蟒皮纹的杆花，黄铜碹的烟袋锅，青白玉的嘴，下面有一鉴：大清王朝吏部尚书、体仁阁大学士刘墉用的烟袋。称“天下第一烟袋”。

烟袋斜街专卖他的烟袋，像琉璃厂专卖他的古玩，但烟袋斜街当年出名是在那家“歪门斜店”上。此店在光绪末年应该在光绪二十七年开在烟袋斜街烟锅子拐弯处，最不显眼，最不“起山”的地方，门随街走，斜街斜门，门脸两间半，青瓦灰砖，枣木窗榆木门，蜡黄木横匾，三个东倒西歪的大字：汲古阁。知道内情的行里人都懂，此店系一位琉璃厂的大掌柜开的，三个看起来并不显山露水的字乃清宫内总管崔玉贵的字，可见其背景。但为什么在烟袋斜街的拐角口开这么一个“不阴不阳、正不正，斜不斜”的小店？无人知晓。

真实是可怕的，唯一的原因是离故宫近。琉璃厂的大掌柜的要求“越灰越冷越清静越好”。其妙处难与君说。

故宫内有一个“三希堂”，是乾隆皇帝的书房，匾额也是乾隆皇帝亲题的，据说皇帝写了十几幅，这幅是反复挑选出来的珍品。两侧也有他书写的对子“怀抱观古今，深心托豪素”。三希堂乾隆收藏了晋以后历代名家134人墨迹340件以及拓本495种，其中最著名是“三希”，即王羲之的《快雪时晴帖》、王献之的《中秋帖》和王珣的《伯远帖》，这三件国宝，皆世上绝无仅有的无价之宝，当今这个世界上亲眼见过这三件国宝的人已然凤毛麟角，谁能想到这后两件就是通过烟袋斜街的斜门“汲古阁”悄然流出皇宫，又神鬼不知地流向民间的。这其中该有多少莫测风云？该有多少惊心动魄？该有多少波谲云诡？

琉璃厂的大掌柜在烟袋斜街设店铺乃事出有因。因皇宫内的宝物一再流失，流失的方向大都指向琉璃厂，而且绝大部分宝物都是皇宫内的大小太监监守自盗。因此清廷缉查开始把网撒在琉璃厂，也查获了几件大案，最后为破案，甚至把卖宝人抓到衙门剥光衣服查看是否为太监。

烟袋斜街的“汲古阁”应运而生。

故宫后门离“汲古阁”比离琉璃厂近得多，宫女太监们出故宫后门过北海不过三四十分钟，那时候那条街也清静也背人，乌鸦落一路，见人都不飞。

“汲古阁”掌柜是位山西籍的“老汉”，姓叶，叶掌柜的平日大门不出，二门不迈，抽着旱烟袋，喝着大叶茶，戴着一副又厚又圆似棕似灰的石头镜，一顶青皮小帽下露出一条谁都想不到的又粗又大，又黑又亮的大辫子。再看叶掌柜的那脸那眼那皮肤，叶掌柜的懂得养生也讲究吃喝。这位叶掌柜的从来不张罗生意，来客也好，清静也罢，总是笑眯眯地坐在桃木桌后面养神，属于那种“三年不开张，开张吃三年”的掌柜。其实不然，他是属于姜太公钓鱼，愿者上钩。他心里有底，稳坐钓鱼台。

行家不打诳语，圈内人要见他的真功夫，行语叫“趟水”，看你趟过趟不过。

一位文质彬彬的中年人送来一幅古画，打开一瞧，画古旧得已经残破了。叶掌柜的打那位夹着画的人一进门，就开始不动声色地打量着来人。石头镜真奇妙，他看人家真真切切，人家看他雾里看花。三眼过后，叶掌柜的已经判断出此人系宫中人，且是位有一定地位的公公。坐椅不靠不倚不跷二郎腿，喝茶先端示礼不吹不晃不摇摆，抽烟不呼噜，吐烟不冲天。净脸无须，细嗓尖音，更主要的是叶掌柜的一眼就看见来人无喉结，估计应在七八岁入的“蚕室”。

这是一幅赵孟頫的山水，丝麻底，细网衬绸托裱，看画那气势云蒸霞蔚，既满眼春风，一派好山好水好诗情，又细腻真切，一笔一画一个感受。用墨用气用功，题词印鉴留跋。那位太监并不心急，稳稳地坐着，慢慢地品茶，两眼似看非看。对叶掌柜的常规的问话也答也非答。

良久，叶掌柜放下放大镜，笑容可掬地坐到来客的对面，敬烟上茶，然后绵绵地说，此画的确是宫里的，但不是元代赵孟頫的画，题款是“吴兴赵孟頫”为后人伪款。应该是明朝张宏张君度仿的，张君度仿的画极少，也算是好东西，一件宝贝。来客不再赘坐，行礼道谢，夹起画来走人。

叶掌柜清楚这是宫里人前来“趟水”。

几天之后，又有一位客人带着一个木匣来见。打开木匣是一柄青铜剑，来人断言是春秋越王勾践的宝剑，剑的尺寸、大小、形状，薄厚都对，剑首外翻卷成圆箍形，内铸有间隔的同心圆，剑身上有黑色菱形暗格花纹，前锋曲弧内凹，上有鸟虫书铭文“钺王鸠浅”和“自乍用剑”。叶掌柜审视再三后把脸一沉，并无二话，端茶送客，伪作，这可能是同行“趟水”。

“汲古阁”终于不显山露水地开始进宝。有资料说当年王献之的《中秋帖》和王珣的《伯远帖》都是经过光绪皇帝的爱妃珍妃的姐姐皇贵妃瑾妃之手，“顺”出去的。据说瑾妃感到宫用用度实在拮据，只好忍痛割肉。本想把“三希堂”中王羲之的《快雪时晴帖》也“顺”出去，但慑于王羲之的这副贴名气太大，恐怕出手时会引来大麻烦，就拿起又放下了。王献之和王珣这两幅名帖是何时从烟袋斜街“走”出去的说法不一，叶掌柜当为个中之人，但因是国宝，叶至死未提。

叶掌柜收过一对从故宫直接送过去的明成化斗彩鸡缸杯，说白了，就是明朝成化皇帝的御用酒杯。有多珍贵？现在北京故宫博物院仅存有两只，据说还有专家认为那两只斗彩鸡缸杯不是成化年间的，很可能是明晚期仿制的。2014 年一只明成化斗彩鸡缸杯竟然拍出 2.8124 亿港元。

叶掌柜打开包装刚一看到这对成化斗彩鸡缸杯时，竟然觉得双膝一软，男儿膝下有黄金，叶掌柜是方家内行，他一眼就看出那是两座金山。

他毕恭毕敬地擦干净手，轻轻地摘下石头镜，拿出老花镜，又掂起放大镜，屏住呼吸，目不转睛地看起来。他看得那么认真那么仔细，那么一丝不苟，眼睛瞪得仿佛要跌出来。叶掌柜心里明白，这对宝贝是从宫里“顺”出来的没假。但成化斗彩鸡缸杯从明朝嘉靖、隆庆、万历年间就开始仿制，热度没减，官窑和民间的高手纷纷献艺，到大清王朝的康熙、雍正、乾隆更是仿得几乎天衣无缝，看漏一眼就可能被蒙混过关，叶掌柜就可能家破人亡。叶掌柜的生意不好做，那是在刀锋上玩悬。

当送“东西”的太监喝茶喝到第三壶时，叶掌柜像刚刚动完一台大手术走下手术台的外科大夫，他长长地出了一口气，身上的血液仿佛才开始一下畅流起来，他敢拿身家性命担保，这一对明成化斗彩鸡缸杯是货真价实的地地道道的真品。他不敢想象这么珍贵的宝贝玩意怎么会从皇宫中“流”出来。但他掐掐人中清醒地觉得，大清王朝真的气息奄奄了，人命危浅了，朝不虑夕了，这么贵重的国宝就那么“仨瓜俩枣”地出手了。真可谓败家子，大清王朝不亡谁亡？

这对宝贝当年是珍藏在慈禧居住的慈宁宫中，有一说是被总管崔玉贵“顺”走的，但怎么出宫的传得极度神奇。

当年怕太监盗宝，因此出宫把得极严，检查分三道，最后一道要一丝不挂赤身裸体，这对成化斗彩鸡缸杯如何能“纹丝不动”地溜出皇宫，几乎是一道跨不过去的门槛。机会终于等来了，宫内有一太监因病暴亡，但死不发殡，一直挺着放着捂着，虽说是三秋之中，但尸臭之味渐起。这时候，才按宫中的规矩抬出宫去入土。人是死了，但出宫检查依旧，把死太监要随身携带的行李翻得几乎底掉。连破鞋烂袜子都翻过来掉过去地检查。一丁点毛病都没有，是个穷太监。最后一道关就是验身。尸体都发臭的太监也得剥光，熏得检查的官员差点背过气去，真乃一丝不挂，一无所有。只是在其两腿裆下有一不大的白布包，也肮脏得灰白不分，斑斑点点让人疑为血迹。这是从“蚕室”中取回的太监的“根”，出家时被阉割的“男根”按太监规矩，死后要“根”附身，和人一块下葬，保佑来世转身一个囫囵男人。这东西也应该解开验着，但哪位官员愿下手解开系“根包”的系带？又臭又脏又污秽，谁下手谁会倒霉的，那东西又丑又脏又恶心，男人没人愿见，也没人敢见。民间有宁去杀一人，不去阉一人，更不能看被阉下来的“男根”，那是要遭报应，遇恶鬼的。官吏们捂住鼻子，挥手让走。明王朝成化斗彩鸡缸杯就这样被“顺”出皇宫。

有一种说法，韩滉的《五牛图》从宫中“流”出的第一站也是烟袋斜街的“汲古阁”。但叶掌柜否认，他说“汲古阁”没经这道手。

叶掌柜经商是“逆思维”，生意越火越大，调子越低越沉。每天“开脸”不洒水不扫街不掸门窗，不擦家具，不招呼客人，不拉买卖。叶掌柜就像见不得风的产妇，从不站在店门口张望，绝不和闲人多说一句话。到点关张，从不拉晚。就这样朝廷的稽查终于顺着烟袋斜街找到了“汲古阁”。

两位缉查把“汲古阁”踅摸了个够，又把叶掌柜问了个烦，终于安营扎寨。“汲古阁”刚刚一开门，二位准时进店，叶掌柜挂板下班，二位才抬屁股走人。渐渐地，叶掌柜三天打鱼两天晒网，他坐的圈椅上慢慢积了一层薄薄的落尘。

“汲古阁”什么时候摘匾转手的，烟袋斜街上的人没注意，就像投进什刹海里的一块小石子，涟漪也不过溅起三圈半。叶掌柜也无影无踪，直到抗战胜利，在东北吉林长春赶巧了，那地方也叫个什么斜街，新开了一间古董铺子，掌柜的正是京城烟袋斜街“汲古阁”的叶先生。人老了，但做派不改，更沉稳更老练更有底了。叶掌柜在那个“乱劲”开古玩店就是瞄着伪康德皇宫中的宝贝，叶掌柜看得更远、更深、更准。他铺里雇有两个会日语的伙计，专门做走街串巷收古董的生意，且专门上日本人住的街巷，敲日本人的房门。这在老北京，称这类上门收古董的为“打鼓”的。那个时候日本军官的家属区就像被开水灌过的蚂蚁窝，没死的全靠当卖东西过日子，有的还不敢去当铺，也不熟悉中国的典当行。全靠“打鼓”的随口价。叶掌柜真有眼光，真会捡漏，他说不能让鬼子把中国的好玩意儿“顺”回日本。叶掌柜曾收到一对元青花云龙纹一尺六高的梅瓶，一看能把人惊得魂销三分，地道的皇宫宝贝。在战乱期间能保存这么好真叫人难以置信。主人是个日本军官，已经被苏军打死，但叶掌柜判断，那个死在异国他乡的老鬼子一定是位十分懂中国瓷器的日本专家。叶掌柜够狠，他只花了一百块钱外加两袋高粱米。他心里挺平静挺踏实，因为他觉得谁知道死了的那个老日本鬼子是怎么着从中国人手中抢去的这对国宝？

新中国成立以后，抗美援朝那年，叶掌柜曾雇了辆三轮回了趟烟袋斜街，在他的“汲古阁”老地方，他让车夫停下来，静静地看着，仿佛在回忆那一幕幕惊心动魄的历史，但他没有下车，只是远远地注视着，一言未发，“汲古阁”那地方已经变成了五金杂货铺，改卖烟筒铁炉子洋铁壶了，谁也不知道叶掌柜想什么？叶掌柜用脚轻轻点了下车底踏，示意走人。从此叶掌柜再也没回过烟袋斜街。

（原载《北京晚报》2016年6月17日）

零落成泥，其香如故

——《白色花》出版轶事

若　琴

1981年人民文学出版社推出一本书：黑色的封面背景上，一朵素色小花傲然挺立；书名《白色花》下方，作者署名的位置，仅有“二十人集”几字，这是一部诗歌合集。

该书面世后，年轻的读者突然发现：原来历史上还有这样一批诗人，写过这样一些诗篇。文学界传递着一个似旧还新的专有名词——“七月诗派”；一段时间里，《白色花》似乎成了“七月诗派”的代表作。

事实上，《白色花》并非一般的文学书籍，也不是单纯的流派之作，它原本是部平反诗集，一部名副其实的平反诗集。平反所指，即20世纪50年代中期轰动一时的“胡风反革命集团”案。

称《白色花》为平反诗集，自有缘由，不妨先了解一下选题目的。

该书扉页标有两位编者名，但他们却不是《白色花》的选题者，选题者另有其人；主张为“胡风集团”案中的诗人出一本合集的提议者，是人民文学出版社诗歌组组长刘岚山先生。刘岚山1919年生人，人称“无党派民主人士”。他于四十年代开始从事编辑工作，1952年调入人文社，1960年担任诗歌散文组组长。他提出该选题时，平反“胡风集团”案的中发（1980）76号文件尚未下达，选题具体时间应早于1980年初夏。

日后，刘岚山在自己的《业务自传》中提到《白色花》：“这本书的出版，在落实党的政策、体现双百方针的贯彻等方面，都不无某些意义。”《白色花》出版前，刘岚山发表述评说：“从三十年代末起，中国人民在伟大的抗日民族解放战争的熊熊烈火中，冶炼出一大批热爱祖国、向往革命和投入战斗的青年诗人，铸造出许许多多经历过时间风雨的冲刷而仍然保持着旺盛生命力的诗篇。现在还活跃在诗坛上的许多老诗人和陆续出版的他们的选集，其中一部分就是由此而来的。另有一部分诗人，则由于历史的错误，就像行进在沙漠中的骆驼队突然遭遇到漫天风暴的袭击，他们被深深埋进了沙丘；经过二十五年漫长的岁月，他们有的已经‘凋谢’，化为‘猿鹤虫沙’，多数还活着，但都已是年过半百的人，好像老树逢春，在党的十一届三中全会的阳光照耀下，正舒展青枝绿叶，张臂欢迎得来不易的春天。”

身为一名老编辑，刘岚山颇具前瞻眼光。之前在艾青的“右派问题”尚未解决时，他即提议组编《艾青诗选》。在“胡风集团”案尚未平反前，他再次想到，要为该案受伤诗人出本合集，与久违的读者见见面。人文社领导眼亮心明，顺应形势，无障碍地通过了该选题。

选题确定即该组稿，但“胡风集团”案长达25年，情况错综复杂，如何联系相关作者呢？正好，人文社内就有两名“胡风分子”：1953年来社的牛汉，在胡案中被“隔离”两年，后被定为“一般胡风分子”，留在原单位，但被开除党籍；1962年来社的绿原，原是中宣部的干部，在胡案中被“隔离”7年，进过秦城监狱，被定性为“胡风骨干分子”。曾有人撰文说：人文社有三名“胡风分子”，还有一名是舒芜。这种说法纯属政治误解，不知晓“胡风分子”是一顶政治帽子，它的全称是“胡风反革命分子”，舒芜与这顶帽子从来一毛关系都没有。牛汉涉案浅，1979年他的“胡风问题”提前获得解决，恢复了党籍。他与刘岚山同为现当代文学的编辑，先得知合集选题信息。绿原在选题确定时，尚未政治平反，但出版社领导于1979年曾推荐他以“特邀代表”的身份参加全国第四次文代大会，对他迈进历史新时期不乏鼓舞作用。既是“分子”，又任本社编辑的牛汉、绿原，为这本诗合集出力，自然责无旁贷。刘岚山因而与二人密切合作，他代表诗歌组说明：诗合集是“为了平反，主要不是为了彰显流派”。当年案中人往来信件也有类似记录，绿原曾给鲁藜写信说：“那本诗集，是由诗歌组主动约编的。初步决定，不标什么派别，只是把这一批为诗受苦的人们的早年作品搜集起来，给今天的读者看看。”

牛、绿二人商研后，达成共识：合集作者以“胡风集团”案受牵累诗人为主，收集作品以新诗为主，其中又以曾经发表过的在读者中有影响的诗作为主。随后他们联系了北京的同案人，大家又分别与外地的朋友设法沟通，共同打听其他同案人的下落，组稿工作就此铺展开。牛汉已具自由人的身份且有《新文学史料》编辑组稿的方便，诗稿就由他汇总。

25年来“胡风集团”案涉案人之间大多失去联系，有的音讯全无，生死不知；有的虽近年“出土”，但手头空空如也；资料散佚，搜求困难，连图书馆当年都和他们的著作划清了界限，旧作多被淘汰干净。开始组稿进度不太快，曾卓6月知晓，9 月才寄出自己的诗稿；鲁藜则艰辛地从图书馆内部搜寻到自己的旧作。

9 月底平反“胡风集团”案的中发（1980）76 号文件传达后，进度明显加快了。

确知已经离世的同案朋友（如阿垅、方然、芦甸，传说还有化铁），他们不可能再自己提供诗作了，幸存的朋友则设法找到旧日期刊，抄出他们的一首首遗作。彭燕郊 11 月 4 日写信给牛汉说：“我的诗，“文革”中全烧了，我在省图书馆找到《战斗的江南季节》，抄下三首，你看可以用不？”曾卓 12 月 6 日写信给绿原说：“信收到，《诗选》不知定稿否？郑思的诗集我已清了出来，既已有十八人，他应该也可以算一个的，《秩序》可以入选。如需要，我可马上寄来。”《秩序》是郑思（1955 年在隔离审查中自杀身亡）在《希望》上发表的唯一诗作，后收入合集。这期间，有同案人寄来旧体诗，也有入选作者将新旧诗作同时寄来，结果旧体诗都未选用。

诗合集计划第二年 5 月出版，最后截稿时有 20 名作者。若问“为什么是这 20 位”，也许可以这样理解：在组稿的时间窗内，他们的诗作因缘际会地被选留。如延长组稿时间，肯定还会收入更多的人与诗。绿原日后就遗憾地提到伍禾、罗飞、林希等写诗的同案友人未能入编，其实还有更多人，只是时间老人无法再等了。

这 20 名作者作为一批人的代表，他们的创作与胡风先生有过或多或少的关系。其中，有 15 名为胡风刊物作者：三位为单纯的《七月》作者（彭燕郊、钟瑄、杜谷），七位为单纯的《希望》作者（郑思、绿原、胡征、鲁煤、化铁、朱健、朱谷怀），五位是《七月》和《希望》两刊的作者（阿垅、鲁藜、孙钿、方然、冀汸）。另外 5 名：牛汉为《七月诗丛》第 2 辑作者，曾卓为《诗垦地》作者，芦甸为《平原》诗刊作者，徐放为《现实诗丛》作者，罗洛为《呼吸》《泥土》作者。这里提及的“青年同人刊物”，据说与《七月》《希望》的创作倾向大体相同，几位作者也都与胡风本人相识。

但是，与胡风及其刊物有关的诗人远不止这 20 位，而这 20 位同时也在其他刊物上发表诗作，所以他们主要不是作为流派的代表入集的。曾卓寄诗稿时就说：“不过，我算‘七月’，总像有点勉强。”

再观察案情层面：20 名作者全都在“胡风集团”案中受到牵连伤害，四分之三被正式定为“胡风分子”，所谓“骨干分子”约占一半；1958 年被公安部门留下来的“问题严重者”，在 20 人中近三分之一，他们是阿垅、方然、徐放、绿原、冀汸、芦甸。6 人中 3 人在平反前就已身故：方然于 1966 年“文革”中非正常死亡，阿垅 1967 年瘐死狱中，芦甸 1973 年在劳改中死于脑溢血。可见。被邀入集者，更应被视为“平反诗人”，而不是单纯的“流派诗人”。

似乎还有一个疑问：既然是平反，为什么没有收入胡风的诗作？

由于选题者与编者都已谢世，无法解答，笔者推测可能有两个原因：一是胡风的身份与 20 名作者不同，他是诗人不假，但他更是一位理论家，让他挤在这些较他年轻甚至可称为后辈的诗人中间露面，混淆了他的学术身份；二是社会的思维是层层推进的，如同剥笋：先简单后复杂，先边缘后中心。数年后，胡风的《诗全编》独立问世。

诗集内容基本确定，就需作序了。序言是桥梁，是读者与作者间的桥梁，对于在文学史上几近湮灭的一群诗人，重新面世的序言十分重要。

写序的最佳人选自然是胡风老先生，但是高龄的他离开高墙未久，尚未对接红尘，就又被疾病缠身。其次适宜人选是阿垅：既是诗人，又是诗评家，令人难过的是，他离开人世已 13 个年头。组稿当初，商讨选定的序作者是曾卓。他那首《悬崖边的树》感动了无数读者，而且除了写诗，他还写散文，其抒情笔调很受青年读者欢迎。只是，多年的政治灾难损伤了他的肺脏，此时他旧病复发，无法紧张地写作。

发稿在即，时间不等人，于是出版者的眼光转向了绿原：他是本社编辑，理应为本社出书救急；刚获政治平反，为同案人代言，也是情理中事。而绿原内心明白：在“七月”队伍里，他是“后来的”，且并非理论研究者。虽然过去 25 年他一直也在思索，而要代表 20 名作者与新时代对话，手中之笔也着实不轻。不过正如台湾农村俗语所言：“时到时担当，没米就煮番薯汤”，此刻自己必须“直下承担”了。

写出序初稿，绿原拿给牛汉、徐放、鲁煤和来京出差的罗洛细读，请各位朋友“字斟句酌，加以修改”。四位朋友对局部细节提出了补充意见，对全文却未做原则性的改动。之后，上海的同案朋友耿庸来京开会，这是一位名副其实的理论工作者，也是一名所谓的“骨干分子”，绿原又征求了他对序稿的意见。耿庸“边读边有点感想”，却认为“不必有所改动”。

1980 年 12 月 27 日，绿原在给上海的何满子、耿庸的信中说：“《白色花》（诗集）已发稿，争取明年五月出书。序言将另发《当代》，领导的批示。责编还将写文介绍。牛兄说，想不到如此顺利。那篇序言虽由我执笔，但观点是大家的。如能要到清样，当寄一篇给你们。

耿兄动身次日，徐放、鲁煤和我一同到医院去了。谈了两小时，病人（指胡风先生）哭了三次。就便谈到诗集（指《白色花》）事，问他如何看待‘流派’创作的特点，他断断续续地说：‘时代的真实，加上诗人自己对于时代真实的立场和态度的真实，才能产生艺术的真实。’足见思维能力未衰。已将此句纳入诗集序言中。”由此可知，经过绿原的消化整理，《白色花》序吸纳了胡风本人的观点。

合集作者的三分之二生于20世纪20年代，绿原也在其中，所以他写序的思路带有这个年龄段的特点。序言首先介绍合集作者多是在四十年代初20岁上下开始写作的，是同抗战文艺一同成长的。回顾他们经历的那个历史时期：民族危机笼罩，政治形势严酷，在中国的苦难土地上和人民炽烈的斗争中，诗作者们在政治上有共同的信仰和向往，坚信并热望人民革命斗争的最后胜利，因而，现实生活是他们创作的唯一源泉。

尽管风格各异，他们在创作态度和创作方法上却又有基本的一致性，即努力把诗同人联系起来，把诗所体现的美学上的斗争同人的社会职责和战斗任务联系起来，以及由此而来的对于中国自由诗传统的肯定和继承。

对于人与诗的关系，他们是这样理解的：首先，诗的生命不是格律、辞藻、行数之类所可赋予的，诗在文字之外，诗在生活之中。其次，诗的形式不单纯是一般意义上的形式，而是和内容不可分割地成为整个诗的有机的组成部分。内容和形式的和谐统一，才是诗的极致。而最重要的，由于历史环境、时代性格和个人经历对于诗人的主观性的教育作用，他们进而要求自己在创作过程中，通过严格的自我审查，争取同人民大众的思想感情相通，反射出时代和人民的精神光泽。

序言认为，生活在四十年代的时空，对于合集作者这一批文学青年，诗不可能是自我表现，不可能是唯美追求，更不可能是消遣、娱乐以至追求名利的工具；对于他们，特别是对于那些直接生活在战斗行列中的诗人们，诗就是射向敌人的子弹，就是捧向人民的鲜花……他们坚定地相信，在自己的创作过程中，只有依靠时代的真实，加上诗人自己对于时代真实的立场和态度的真实，才能产生艺术的真实。这种创作态度是他们最基本的特色之一。

序言还认为，在新文学史中，四十年代不论从什么角度来看，都是一块巨大的里程碑。不但诗人艾青的创作以其夺目的光彩为中国新诗赢得了广大人民的信任，更有一大批青年诗人在他的影响下，共同把新诗推向了一个坚实的高峰，其深度与广度是二十年代和三十年代所无法企及的。

诗合集记录了作者们当年所走过的一段道路，在抗日战争和解放战争的洪流中，为自由诗运动的兴起和发展起过力所能及的促进作用。但到了五十年代，这批诗人一齐被迫搁笔，有的接着相继谢世。序言最后说：作者们愿意借用“白色花”这个素净的名称，来纪念过去的一段遭遇：我们曾经为诗而受难，然而我们无罪！

从序言结尾可见，《白色花》作为平反诗集，是确定无疑的。

关于《白色花》序，绿原日后曾说：“里面有些看法未必完全属于我，又不能说完全不属于我。”因为他毕竟不是代表个人执笔，而“我们”这个称谓却是有时空性的，不同的阅读者可以赋予它不同的内涵。

1981 年 8 月《白色花》终于“开放”。

之前绿原将序的校样转给上海的朋友，何满子拿给王元化看，王看后回复说：“满兄：绿序奉还。稿上我作了两处记号略有点小意见，指出当时不可能同工农群众有密切联系，故题材狭，知识分子味浓，这是从文艺工农兵方向去评骘。我觉得今天还是强调马恩文艺观重要。”何满子同意王元化的看法，同时认为序文应增加对于诗派所受限制的外在条件（历史条件等）的阐述，例如拉普思想的干扰，当时浮嚣的文风等等，认为这对现实和未来都有教育作用。耿庸将何、王的意见寄给绿原时，仍认为序文“不必有所改动”：因为鲁迅先生早有联系人民大众的教导，文字上别人如何理解则可不必计较，一些问题正面阐述就可以了。

胡风先生可能认为《白色花》序文是代表“七月派”发言的，他在给诗评家周良沛的信中说：“艾青，是对读者影响较大的一位。但对七月派诗人们本身，有的有影响，大多数没有影响。《白色花》的断语是欠慎的。”虽然序文实际仅代表诗集的 20 名作者（更是代表其中的青年作者），而平反诗人与“七月诗人”的内涵虽有相交却不完全相同，但绿原认为，胡风先生的意见对于新文学史的研究是不可或缺的。

何剑熏先生也曾是胡风刊物的作者，说话一贯俏皮，他写信对绿原说：“《白色花》序拜读，写得好，是一篇《翻案宣言》，你把胡的那个‘主观战斗精神’，解释得比他自己还清楚。”

但绿原在主观上恐怕没有想去阐述胡风先生的“主观战斗精神”，他认为自己只是写诗之人，阐述理论更是学者的任务。自己在非常时期代言写序，仅是尽一份历史责任。介绍平反诗人，不能不涉及文艺观，不能不涉及流派，话到嘴边，不得不说，不足之处自然难免，因而对于各方意见，他都乐于吸纳，以做进一步的思考。

他认为，所谓“七月诗派”，就是从抗日战争爆发到1949年这段艰苦岁月以内，环绕胡风主编的《七月》《希望》两个美学立场坚定、创作性格鲜明的大型刊物而形成的一个诗人群体。而平反诗集《白色花》反映的只是该流派的局部投影，尚不能从艺术倾向上完全代表这个流派。

不过“胡风集团”案的平反和《白色花》的及时出版，客观上促成“七月诗派”在历史中复活重生，同时有力地证明了四十年代的新诗绝非空白，不管人们喜不喜欢、承不承认，这一历经了两个战争时期并与斗争的时代同呼吸共命运的诗派，都真实热切地存在过。

绿原还相信，这一群诗人尽管被时光的尘土湮没了，但绝没有在文学史这片“战场”上就此“阵亡”，他们当年永不满足、永不停滞、永不迷狂地为诗献身的精神将会长存，如同无数躁动不安的溪流一样，在从来并不平坦的大地上，绕过大大小小宁静而自得的池塘和沼泽，勇敢而自信地向着大海的方向奔去……

近20年后，《白色花》被评为“百年百种优秀中国文学图书”。

（原载《随笔》2015年第6期）

《超脱》：文明是心灵的毒药？

谢宗玉

一

其实我的很多影评，都算不上严格意义上的影评，我只是用某部电影做论据，来论证我对人类社会某些现象的某种看法。这一篇，当然更算不上。

这篇文章，我想说说文明与心灵的关系。之所以要拿电影《超脱》作例证分析，是因为前不久，时光网一位素昧平生的小网友给我留言："他们的评论都弱爆了，强烈要求谢老师就《超脱》写篇影评，以慰我心！"我答应了她。

用支离破碎的镜头，来表现人类文明病入膏肓的绝望境地。美国导演托尼·凯耶2011年推出的《超脱》算不上新奇，类似的电影，已有不少。一年前我看这部电影，虽然给了高分，但并没有写影评的冲动。

什么是文明？定义上百种。我的定义是：文明是人类追求集体利益最大化的工具。群居的人，想要猎获更多兽肉，打败或征服别的部落，就要制订一些规则，以便疏导矛盾，形成合力，这些规则既是文明强有力的催生剂，又是文明最坚实的基础。如果可以把人类文明比作一座大厦的话，那么，原始部落最初的那些规则，便是文明大厦的简易构图。而在这之前的种种文明现象，都是散落的、不成系统的文明之芽。比如，简单工具的使用，简陋艺术的诞生，等等。

什么是心灵？定义也上百种。我的定义是：心灵是个体把自己同他人区分开来的行为原动力。心灵也是欲望的一种。人有生存和繁衍的欲望，这跟其他动物没有区别。但人还有追求个性自由、强化或消除内心某种情愫、给自己的人生注入意义的欲望，这属于一种精神范畴的欲望。这种精神欲望，就是我们所说的心灵。

动物有没有心灵呢？应该也有。那些能因哀伤而流泪的动物，或者能用一些无关生计的肢体动作来表现自己喜怒哀乐的动物，都可看作是有心灵的。但它们心灵的格局毕竟很小，且始终处在一种纯生物性的懵懂中。随着文明的发展，人类彼此间的合作越紧密，展望美好未来的欲望越强，开拓社会生活的想象力越丰富，人类的心灵空间就会变得越开阔。而人类的心灵越开阔，文明的进程就会越顺畅。

总之，在人类的进化史上，文明与心灵有过相当漫长的一段蜜月期。

那么，如文章的标题所言，我何以会怀疑“文明是心灵的毒药”呢？

这还得慢慢说道。

二

文明，在很多人看来，是精神范畴内的一个词。但其实精神只是文明的外衣，文明的本质是非常物质化的。人类文明的出发点就是为了在生存和发展方面，尽可能地不受地球上别的物种威胁或影响。什么样的文明有利于人类集体利益最大化，人类就会将它“合法化”、正规化、日常化。

“心为形役”这个词在古文中的那个意思，只是浅层次的，它其实还有更深层的含义。肉体是心灵的窝棚，没有肉体，也就没有心灵。所以，无论多“高尚”的心灵，也得依靠世俗的肉体。尽管很多时候，看起来，是心灵在指引着我们的肉身行事。可再向前深究一步，却是我们“歪瓜裂枣”式的肉体在潜意识中塑造我们的心灵，并因肉体的“歪瓜裂枣”，肉体的不同类型的缺陷，导致心灵各有各的暗疾。甚至心灵的后天性塑造，也跟身体内某些物质的多寡有关。正因为这样，生活在同一环境，受同样的教育，有人成为枭雄，有人成为狗熊。有人像天使，有人如魔鬼。

正因为心灵从诞生的那一刻起就是肉体的仆从，而肉体又受控于基因密码，始终把世俗的生存和繁衍摆在首位。所以心灵无论怎么高调出场，它都类似于《红楼梦》中“心比天高、命比纸薄”的丫环晴雯。肉体搭什么戏台，心灵就得在什么戏台上演唱。就像我国提倡的时代主旋律一样。以阶级斗争为纲，就有八个样板戏出笼；以经济建设为中心，就有《新星》《大厂》等经济改革类型的文学作品上市。

从某种意义上讲，心灵是为文明粉饰太平的帮凶。人类该干什么，不该干什么，文明的选择常常充满了血腥气。心灵则要自欺欺人地把这些血腥气抹除掉，以便尽可能地适应文明的进程。

这话可能不怎么好理解。我举个例子来说吧，电影《楢山节考》中有一个“送老人上山”的残酷习俗。为了让族群向着更有利于未来的方向发展，日本某个偏僻的山村，老人上了七十岁，就得由后辈背到山上，任他（她）自生自灭。这种习俗的好处，是在生存环境极其恶劣的情况下，尽可能地节约生存资源，让子代繁衍下去。但它带给个体心灵的摧残，却是无比残酷的。应该说，面对这种遭遇，没有哪个心灵强大到无惧无畏，但为了族群的整体利益，村民们又不得不这么做。

怎么办？这时只能采取宗教、道德、文学和艺术的手段，掩饰这个习俗的血腥气。把老人背上山，说成是献给山神，目的是为了死后升天。心平气和地接受这种命运的老人，则是有尊严的，是值得歌颂的。反之，哭着喊着不愿上山的老人，则是羞耻的，会遭万人唾骂的。并且，在上山之前，还会举行某种庄严仪式，以加强这种习俗的神圣性。“谎话说一千遍便成真理”，当这种习俗与道德和宗教等等完全融合在一起了，习俗的野蛮性逐渐被淡化，其正统性和合法性由此彰显。从那以后，大多数“循规蹈矩”的个体心灵，面对这种凶残的习俗，就不会留下那么重的恐怖阴影，而是“半推半就”地接受了。很多一辈子笼罩在宗教和道德之下的老人会想，或许这样真的能够升天吧？

三

问题是，人类文明的进程实在太快了。好多规章制度不等形成习俗，就以“顺我者昌，逆我者亡”的法律面目在社会上推广开去。好多习俗则还来不及被宗教、道德和文艺很好地粉饰融合，就囫囵吞枣地以政治口号的模样在人群中推行开来。这时，跟不上文明步伐的心灵，其痛感会一天天加重。最后，终于病了。且病得不轻。当越来越多的心灵暗疾呈显性出现在人们的行为中时，整个社会就显得特别邪乎。这正是我为什么会说，文明是心灵的毒药。

而社会发展到后工业时代，心灵的这种伤害和病痛，会呈几何倍数加深加重。为什么？且听我详释：

狩猎时代，农耕时代，包括工业革命初期，绝大多数人的工种都差不多，即便有某种不同，也只是局部的、浅层次的，只要体会或体验一下，基本上都能心领神会。就是说，那个时期，在差不多的生存环境中，彼此的心灵容易沟通一些。在差不多的生存环境中，所有约定俗成的东西，容易被一个种群甚至一个民族共同享受。文明是种群中所有人共有的文明，文明的传承是一件自然而然的事情，不会遇到多大的阻力。

而后工业时代，社会工种从几种、几十种，变成了数以万计。人们在同一城市生活，却不再做相同的事情，甚至连人类共同的基本生存技能，比喻做饭，也有很多人不会了。

交通的便利，大有把地球变成村庄的势态，但文明的无比繁杂，却将个体的心灵锁在了一个个无形的封闭空间。生活在你周围的人，由于工种、阅历、爱好、习俗和社会心理等众多不同，将很难与你沟通，也没有热情和兴趣与你沟通。每个人成了每个人的困局，每个人成了每个人的囚笼。

人群汹涌，却孤独成疯。

就连一个家庭也不例外。比如说，我的青少年算是在“农耕时代”度过的，我的性情品格都是那个时代的产物，而我儿子一出生，就生活在消费至上的大都市，这时，我拿什么生活经验去教育他？这是一个问题。而他在心理上又会多大程度接受我的教育？这是另一个问题。我搞的是文学创作，而我妻子做的是财务审计，我们之间的共同话题在哪里？再加上两个与电子时代格格不入的老古董（我爸我妈），整个家庭，真的有点互成困局的意味。我们现在的话题，似乎只剩儿子的学习和教育了。而这个话题，却成了我们四个大人矛盾冲突的渊薮。一个家庭尚且如此，一个学校，一个社区，又会好到哪里去呢？

如果把工业革命之前的文明比作一幢房子，那么后工业时代的文明已膨胀成一座硕大无比的城市。作为个体的人，没有哪个能够全部掌握它。文明以其无可比拟的繁复性，使得人类不得不分成数以万计的群体，去共同分担它的传承任务。

要命的是，那些与自己传承同一份文明的，往往不在一个家庭，一条街道，一个城市，或一个国家。我们的“知己”都散落在他乡，散落在人海中，我们根本无法与他们取得联系，即便有联系，也会囿于地域，因交往成本过高，而无法达到“水乳交融”的状态。

况且，由文明的不同传承，衍生出来的不同消费观、娱乐观、性爱观、价值观、世界观、人生观等等，又另设樊篱，将人们一个个疏离在各自的内心之境。文明大了，人群却小了；文明强悍了，人群却破碎了。

无比丰富的世界在个体的人眼中变得无比陌生。每个人的心灵都是一座孤岛，其病痛一半来自孤独。每个人的心灵又是一间囚室，其病痛另一半来自突围不成功。

人群的混居，使得父辈找不到“接班人”，越来越多的父辈在教育子女方面无能为力，越来越多的子辈不再因循父辈的职业。人群的混居，还使得老师失去了教育的方向性，大而化之的教育内容与众口难调的学习目的，成了每一座学校最尖利的矛盾。

四

读到这里，我想，那个小网友，应该有种豁然开朗的感觉吧？我以上观点正可以诠释电影《超脱》的主题。如果观众把电影中那个充斥着各种丑恶和绝望、濒临关闭的学校仅仅只当作一座学校的话，那也就太小看导演托尼·凯耶的格局了。很显然，托尼·凯耶把这座学校当作了整个人类社会的缩影。唯其如此，影片传达给观众的悲凉才是那么真切而深刻。

电影结尾，寒风扫过空荡而荒凉的教室，满地白纸招魂般飞扬，凭借《钢琴师》而荣登奥斯卡影帝宝座的忧郁王子艾德里安·布洛迪（饰演代课老师亨利），坐在凌乱不堪的讲台上，朗诵爱伦·坡小说《厄舍府的倒塌》的开篇一段：

"那年秋季，某个枯燥、灰暗而瞑寂的长日，沉重的云层低悬于天穹，我独自一人策马前行，穿过这片阴沉的、异域般的乡间土地。最终，当夜幕缓缓降临的时候，厄舍府清冷的景色展现在我眼前。我未曾目睹它过往的模样，但仅凭方才的一瞥，某种难以忍受的阴郁便浸透了我的内心，我望着宅邸周围稀疏的景物，围墙荒芜，衰败的树遍体透着白色。我的灵魂失语了，我的心在冷却，下沉，显出疲软的病态。"

那种无比透骨的压抑和凄凉，跟世界末日又有多大区别呢？

并且，在朗诵之前，代课老师亨利·巴赫特还做了提示性说明："厄舍府不仅仅只是一座老旧的摇摇欲坠的城邸，它还代表我们自身的存在。"这意味什么？意味当外部世界破败腐朽时，我们的内心世界也跟着化为尘埃。或者说，当我们内心的大厦轰然坍塌时，外部世界才会变得满目疮痍、苍凉无比。

如果把电影里那座丑陋的学校，比作整个人类社会，那么老师给学生传授的为人之道和各种文化知识，便可看作是文明的传承。显然一点也不成功。电影中几乎没有一个老师教育好了哪怕一名学生。正如电影台词中所说，每个人都是"白天带着问题出门，晚上又带着问题回家。"特别是那个喜欢摄影的女孩，她虽然很胖，但她的艺术天分比她身上的脂肪要多得多。年纪轻轻，其创作的艺术作品就几乎可以与一流的艺术家相媲美，可惜的是，她被她的父亲、老师和同学集体遗弃了，最后因为孤独，她自杀身亡。

为什么会这样？导演支离破碎的镜头并没有给出明确答案，所以豆瓣网近九百篇就事论事的影评也找不到明确答案。他们总以为，困局的出现是电影中某一个人或几个人所致。但看了我这篇文章就知道，电影中种种揪心的现象完全是文明在传承的过程中出现了问题，是个体的人被繁复的文明孤立了的缘故。文明就像一个无边无际的沼泽地，个体的人一个个深陷其中，难以拔足，既无法自救，又无法他救。

并且，从电影《超脱》中，我们会发现，文明的传承已出现鱼龙混杂、泥沙俱下的局面。工业革命之前，文明的整体性和通透性都很强，传播和继承的途径也很纯粹。就是说，父辈们有共同的玥确的观念和工艺技术可以传给子代。但后工业时代，文明变得繁复而混沌，个体的人再也无法整体把握，这时父辈们就没有共同的东西可以传给子代了。价值观混乱的父辈很可能将他在人世间所受的伤害，化作种种暴戾阴暗的性格，直接烙在子代身上。换句话说，就是后工业时代，文明在越来越多的人身上已出现传“恶”而不传“善”的现象。比如电影中那个雏妓、那个胖妞，包括代课老师亨利所遭受的种种负作用力，就是文明传“恶”大于传“善”的有力证据。由于电影的细节不甚清晰，很多网友认为亨利是他祖父和母亲的私生子，并与反对派在网上争论不休。事实上亨利是不是私生子，这并不重要，重要的是，父辈的种种经历的确在他身上打上了很深的烙痕。现在正是这烙痕阻碍了他与人群的交流，他虽然是一个老师，却始终把自己摆在一个局外人的位置。这种心态，又如何将文明的正能量更多地传递给他人？

五

最近一段时间，我在重读塞缪尔·亨廷顿的《文明的冲突与世界秩序的重建》，亨廷顿从民族和国家入手，把世界划成大约六到七个文明区域，认为今后漫长的一段时间，不同文明的碰撞所引发的地区冲突将不断升级，还有导致世界大战的可能。亨廷顿的这本书是1996年出版的，五年后举世震惊的“9·11”事件发生，使得著有这部书的亨廷顿先生俨然成了一个寓言家。而这部书也持续列《华盛顿邮报》图书排行榜非小说类榜首。

而我认为，随着科技的爆炸式发展，经济和文化的频繁交流，国家和民族分界线将会越来越淡化。传统文明的冲突，根本不要一百年，就会从主流的位子逐渐淡出江湖。

现在我们真正要关注的，是如何避免个体的人被繁复的文明所孤立。我几乎可以肯定，越来越多的人将不再死于战争和肉身之病，而是死于孤独，死于自我囚困。

由分工不断细化而引起的人性大分裂，会让每个人都有一套迥异于他人的生存观念。如何尽可能地“合并同类项”，把散落在人海中的“同己分子”通过某种形式聚集起来，让他们在全球文明的大前提下，形成和完善新的可以共同分享的小型亚文明，或许将是以后的社会学家和哲学家长期努力的方向？

好比说，现在的文明是由无数粉尘组成的一个大球体。那么将来的文明，可不可以由数量适当的小球体组成一个大球体呢？那些小球当然不再是亨廷顿笔下的那六七个传统文明了，而是几百、上千甚至上万种的以行业为主导的新型亚文明。这种新型亚文明的出现，可以缓解甚至消除人类个体的孤独感，同时又因为它不是根据同一地域结盟的，也就避免了人类重新“占山为王”的对抗局面。而且，有了这样清晰度很强的亚文明体，人群之间的交流，自主选择的余地就大多了。再不会像电影中那样，当心灵的触须无选择方向地伸往外部时，每一个人都在碰壁，并且，碰得很痛。

人群太庞大，分类太繁多，当亚文明群落的形成清晰可辨时，我们就可以只找相同或类似的人群，共同打发短暂的一生。地球上那些从事见所未见、甚至闻所未闻职业的绝大多数陌生人，如果我们对他们没什么兴趣，就根本不要管那么多，完全不必去交往。我们只要知道，他们是文明不可或缺的一环就可以了。他们唯一与我们相关联的，就是利益的分配。那由各亚文明利益的代言人彼此去权衡好了。

当然，这仅仅只是我一个人的美好愿景。

导演托尼·凯耶的目光因为达不到我剖析的这个高度，所以电影《超脱》虽然内涵很深，但格局毕竟还是小了点，所以传染给人的情绪，消极得近乎绝望。以前我也写过这样黑暗消极的文艺作品，但四十岁后，我反对这样的创作方向。

“心为形役”，不应该是一个贬义词，而应该是一个中性词，因为它道出了人类生存的本质。既然这样，心灵就得乖乖地“听将令”，无条件地接下肉体发出的潜意识指令，将文明艰难地进行下去。谁叫你生而为人，并且活在人群中？

（原载《作品》2015 年第 12 期）

怀旧的美国人

韩　晗

一

赵毅衡先生有一句名言：欧洲是前现代，美国是现代，中国是后现代。

这句话真不错，中国人早已淘汰的蓝屏手机，在美国正大行其道；我们的扫码支付、微信等等新鲜玩意，老美几乎是闻所未闻，有时候一个我们看起来习以为常的事情，需要花费许多时间向美国人解释。

后现代面对现代，当然代沟很深。可这种代沟是相互的，当现代面对后现代时，我们也会感觉到不理解与不适应。

当中使我记忆最深刻的，就是“Money Order”。

这个东西，我相信没有去过美国的“80后”“90后”朋友都不知道是什么，我第一次听说时，也莫名其妙，因为我实在找不到一个合适的词来翻译它，有的留学生称之为“私人支票”或“个人汇票”，但我认为都不准确，所以还是建议用“Money Order”称呼它。

记得我刚刚准备从酒店搬到租住的公寓里，物业处收取押金与租金时，竟然拒绝我使用国际信用卡。

“麻烦您用这张卡去买张Money Order。”公寓经理说。

“什么叫Money Order？”我吓一跳，这世界上还有不接受信用卡的物业公司？

“这个我也说不清楚，对面的荟食（Whole Food）超市就有卖的。你去问，然后让那边的服务员帮你操作，你就说买两千四百二十美金的Money Order，教你一次你就会了。不过你以后再支付房租，就可以使用信用卡在网上结账。”

我和妻赶紧跑到对面超市去，拿着护照，说要买Money Order，服务生愣了一下，继而哈哈大笑，“第一次买？”

“是的。”

这个热情的黑人小伙子接过我的护照，然后从抽屉里摸出一张类似空白发票一样的东西，继而让我在刷卡机上用国际信用卡支付两千四百二十美金，并再给他五美金现金作为手续费。我操作完这一切之后，他将手上那张“空白发票”塞到打印机里，不一会儿，“发票”出来了。

“你在这里填写你的签名和你的护照号码，这个地方填写物业公司的名字。”黑人小伙子笑得露出满嘴白牙，“你先把这个给你的物业处，不过我相信过几天你还要来，因为你还要支付电费、水费，到时候都要买 Money Order。”

“什么都要用 Money Order 是吗？”我问。

“水费、电费的账单会寄往你家，你到时候拿着账单来，账单上多少钱，我就卖给你多少钱的 Money Order，你买张 Money Order 寄给他们，然后他们会拿着这个来我们这里或是银行、邮局领钱，但请你记住，邮寄出去之前，你一定要签名，否则是无效的。”

“这算是支票（Cheque）吗？”我实在有点好奇。

“不是，不是”。黑人小伙子眉头紧锁，不停地摇头，“Money Order 当然不是支票，一定不是。我也不知道它是什么，它就是 Money Order，我父亲用这个，我祖父也用这个，这个东西就叫这个名字，没别的名字。”

二

从超市里走出来，我与妻相视一笑。

我们对此有同感，美国人确实有点“老土”，能用现金、信用卡，干吗用这个老得掉渣的玩意儿？这岂非真正的“脱裤子放屁——多此一举”？

“如果在国内，我们肯定就‘微信支付’了。”我说，“或是拿一个二维码出来，让你扫一扫。”

黑人小伙子没说错，一个月之后，我们相继在门口的私人信箱里收到了水费、电费的账单，通知我们要买 Money Order，负责征收电费的杜克电力公司（Duke Energy）甚至在账单里附上了信封，言外之意，我们将 Money Order 放在里面寄出就行。

有一天，我在小区里遇到一位华人，大约五十多岁，移民到美国二十多年了，无意间和他聊到 Money Order 这个东西，我感叹：美国人真是“抱残守缺”。

“这种类似的东西，我们以前也用，八十年代初，我在深圳做生意时，我们也用，我们管它叫邮政汇票。”这位先生靠在游泳池边，若有所思，“只是这玩意没多久就废弃了，改成了银行卡交易。你们这些年轻人对这种东西没印象了，以前我们谈生意时，包包里放一个大哥大，再放一沓空白的邮政汇票，说白了就是你们说的汇款单，但比汇款单方便。”

“再方便也不如电子货币啊。”我还是不解，“美国人怎么就这么‘怀旧’呢？”

“来到美国之前，我也认为美国人开放，至少比我们开放。在美国住了二十年，我现在回国之后，以前的老同事们都笑我‘老土’！”这位先生不禁开怀大笑，“在生活方式上，美国人其实比我们‘怀旧’多了，这种怀旧说白了就是你们说的‘老土’。可是呢，二十年前美国又比中国先进多了，你想知道为什么吗？二十年了，美国还是那个美国，但中国已经不是那个中国了！”

三

除了 Money Order 之外，其他地方处处也能感受到美国的“怀旧”。

这种“怀旧”，既包括守旧、守成的性格，也包括在管理方式、生活细节上的“抱残守缺”。这二十多年来，中国不断在求新、求变，但在美国，这么多年来一直没有发生太大的变化。我曾在博物馆见过一百年前我们公寓门前那条街的照片，竟然与现在无二。

我租住的公寓有中央空调，但是非常老旧，这种老旧程度绝非你所想象——整个控制面板上只有两个变速器，一个控制风力大小及开关，另一个则控制温度高低。这两个变速器全部是简单的机械齿轮控制，不要说液晶显示屏，连显示灯都没有。这样的空调，风力是很难调控的，一不留神，很容易感冒。

有一天，我去公寓管理处办事，正好看到几位工人在维修办公室的空调，这一下触动了我的想法，于是立刻就对值班经理建议，将这些老旧的中央空调换掉。“你们不能只收房租，而不更新硬件。”我有点义正词严，“这种空调在中国早已被淘汰了，它一边制冷一边影响我的健康。”

值班经理很严肃地听着我的申诉，我讲完之后，他沉默了一会儿，而后耸了耸肩告诉我：“先生，您说的都对，但是你知道，我们的空调绝对不是整个庙岭地区最古老的，准确说应该是很年轻的，你知道有些小区的空调是 20 世纪 30 年代的，它们还在被使用。你认为它影响了你的健康，但是这台空调为什么没有影响之前那么多人的健康呢？”

面对这种活脱脱的诡辩，我几乎无言以对。回到房间仔细一看，原来这个空调是 1960 年生产的，它竟与我父亲同龄。但是在美国人看来，它还“很年轻”。

有时候会受邀去一些美国朋友家里做客，本来在当地都属于当代中产阶级，但家中的家具多半都已经掉漆，沙发也有些破烂陈旧，一来二往熟悉之后，我也敢说话不那么客气了。有某位女主人开柜门时，柜门的铰链忽然断裂，我于是借机打趣：“这么老旧的家具可以送到古董店（Antique Mall）里去了。”

没想到女主人一脸严肃：“我就是在旧货店（Antique Mall，美式英语古董店与旧货店是同一个词）买的啊。”

四

这位女主人没有开玩笑，美国的旧货店发达，大大出乎我的意料之外，并使我大开眼界。

如果问我美国究竟有多少家旧货店？我答出不来。但我只能这样说，我的小区周围有两家规模颇大的超市，算是庙岭地区的闹市，就在这样一个小地方，竟然有三家旧货店。

这些旧货店，不同于我们的古董店，它只是生活用品的旧货店。从旧家具到旧衣服，无所不包，甚至还有旧餐具、旧碗筷、旧帽子与旧文胸。

每天这些旧货店里都会人满为患，大家争着挑选自己喜欢的东西，有些衣着光鲜的女士还抱着一大堆旧衣服，款款地走进更衣室。

在中国，古董、旧书与地段好的二手房产是受人青睐的，但基本没有人会用别人用过的旧家具——除非是明清时期的花梨木古董家什，更不会有谁会买别人的旧衣服穿。第一次看到这样的店铺，我与妻几乎掩鼻而逃，因为这些旧衣服堆放在一起的味道，实在是不敢恭维。

但美国人偏偏青睐旧货，许多美国人，可以很久不逛超市，但是一定要常去旧货店，男人会在里面淘到锈迹斑斑的剪草剪刀，而女士则会兴高采烈地找到自己青睐的高跟鞋。这种购物习惯，恐怕全世界只有美国有。

除了旧货店，美国还有各家各院的“地摊”（Yard Sale）。

美国别墅多，自然院落多。很多人家会在周六周日将自己家不用的东西，摆在别墅的院子里，外面挂一个纸牌子，写着“Yard Sale”，不用交税，有人愿意买，会过来看看，破闹钟，旧地毯，老窗帘，应有尽有，只是大多数已经破旧不堪，很可能你挑了一圈之后，已经双手黢黑，甚至满头满身都沾满了时间留下的烟尘。

试想，美国人如此怀旧，物件到了愿意拿出来卖的地步，天知道已经破旧到什么程度?

五

无论是旧货店，还是地摊，价格都不贵，甚至便宜的离谱，这也是为什么美国人对怀旧情有独钟的原因。

这种怀旧，倒是造福了我，因为在美国旧书、旧唱片价格都非常低廉。

我在美国自驾旅行的一路，逛了无数家旧书店、旧货店，发现六十年前的精装书，在哈佛的旧书店才卖到几美金；托马斯·哈代（Tomas Hardy）的处女作一版一印，在耶鲁大学（Yale University）的旧书店不过三美金；德沃夏克（Anton í n Leopold Dvořák）在二十世纪四十年代发行的黑胶唱片，一美元一张。

这样的价格，对于我这样的爱书人来说，真是巨大的诱惑。因为我曾在国内的旧书店、拍卖行买过类似的英文旧书和老唱片，其价格和美国的售价相比几乎是天价。因为这些东西对于美国人来说，并非是收藏品，而是实用物件。

大多数美国人都没有收藏古董的爱好，因为美国历史短，没有古董可收藏，美国人一般认为，古董都是海外文物。再加上美国的博物馆发达，除非巨贾富豪，否则没有人愿意斥资购买这些奢侈品。但是美国人对于旧货却情有独钟，他们对于生活质量的追求并没有我们想象的那么高——绝大多数美国人甚至不如中国的中产阶级。[①]

曾有中国作家在散文中认为，这盖因美国人对于物资的爱惜与循环利用，反映了美国人爱护环境的优良品格。我看并不见得，因为美国超市的塑料袋随便取用，而且都是质量奇差、有着恶臭气味的劣质塑料袋。他们在不可循环的易耗品上

---

① 最近，一篇名为《美国中产阶级为什么不买奢侈品》的文章走红网络，笔者认为，这是美国特殊的福利、税收制度与国情、民风所共同决定的。譬如中国中产阶级所偏爱的收藏，在美国则几乎不太可能。

的浪费程度，足以让我们侧目。可见他们对于二手商品的青睐，对于旧家电甚至“Money Order”的热爱，本身源于他们骨子里的怀旧精神，这俨然已经成为他们祖祖辈辈的生活方式，谁也无法取代。

（原载《世界文化》2015 年 12 月）

商政文化与子贡之问

单　纯

“经济学”（economics）在西方语境中原意是“金钱、贸易和工业流通规则”，其与“政治学”（politics）——“掌握公权力的正确原则”——的区别在于“流通规则”与“正确原则”，区别“规则”与“原则”在中国语境下就是“道器之辨”，也就是说，西方“经济学”在中国语境里译为“食货学”或“货殖学”，即《史记》中的“货殖列传”或《汉书》中的“食货志”所阐述的思想，或许更为贴切。照中国人的思维定式看，这些都属于“形而下”的“器用”知识，而“经济学”则是“经世济民”或“经邦济世”的缩写，本身蕴涵“形而上”的“道体”精神。合“器用”知识与“道体”精神，中国经典文献讨论的“经济学”议题更多是围绕“商政”文化所展开的，即“商”的“食货”流通规则与“政”的“仁道”正确原则相契合者。

由于近代以降西方话语在国际文化交流中的垄断性地位，“经济学”完全成了西方的概念，而要阐释中国思想传统中“经世济民”或“安邦济世”的精神资源，我们则不得不另择一个核心概念——“商政”，以之作为一种对政治、经济和社会文化现象的系统反思，来对接西方语境下的“经济学”、“政治学”或“政治经济学”。

在“商政”文化中，“经济学”或“政治经济学”中所关注的财富有两个基本纬度，一是“器用”，二是“道体”。就“器用”方面言，是指财富的数理定量性，如我们常说的“家财万贯”“富甲天下”“金山银山”“富可敌国”“酒池肉林”及“贯朽粟红”等；就“道体”方面言，是指财富的人文伦理性，如“不义之财”“民脂民膏”“仗义疏财”“君子爱财，取之有道”“藏富于民”及“与民争利”等。涉及“经济”最核心内涵的财富的这两个纬度，在中国“商政”文化中并不是“二元对立”的，而是在“天人合一”和“道器合一”的原则下，被理解为一个“对立统一”的合命题，即“明体达用”。对中国儒家文化伦理和西方企业经营既有生命体验又有运作经验的日本近代企业之父涩泽荣一将“明体达用”的“商政”文化形象地比喻为“论语加算盘”，他的辩证解释是：追求商业器用之利的算盘必须由弘扬道体仁义的论语拨动，否则其信誉和功效就不能广为接受和保持，因此，“经济殖利和仁义道德”必然需要“齐头并进”，否则“两败俱伤”；进而将中国儒家的“见利思义”

发展成为“义利合一论”。“义利之辨”本来亦属儒家“天人之辨”文明体系中一个关乎经济、社会和政治民生方面的议题，特别是在经济方面，孔子明确提出了“义财观”，即“君子之于天下也，无适也，无莫也，义之与比”（《论语·里仁》），人处理天下万物的关系，无私利之取舍、亲疏，全凭公义为原则。因此，“义然后取，人不厌其取”（《论语·宪问》），这就是老百姓耳熟能详的“君子爱财，取之有道”。反之，“不义而富且贵，于我如浮云”（《论语·述而》），即蔑视“不义之财”。因此，“富与贵是人之所欲也，不以其道，得之不处也；贫与贱是人之所恶也，不以其道，得之不去也。君子去仁，恶乎成名？君子无终食之间违仁，造次必于是，颠沛必于是”（《论语·里仁》）。其中的关键是：“君子”之名与仁道之实必须“名实相符”，否则即沦为富贵的“小人”。这些思想表明，“道”、“仁”、“义”、“道义”或“仁义”在中华文明的价值体系中是支配人们言行的最高原则，对于具体事物的规则具有伦理价值方面的指导意义。

既然是伦理价值原则，其运用于具体的社会事物方面时，如商业和政治，或“经世济民”或“经邦济世”，就必然会与掌控事物运行的规则相契合，使原则的价值得以实现，且规则自身不因限于一种“价值中立”而自我破坏的效率，所谓“为富不仁，殃及子孙”（慈善企业家曹德旺感言），“为政不廉，纵火自焚”（中国贪官的实例），在商政环境下，财富没有“价值中立”地带，要么是“道义之财”即“君子爱财，取之有道”，要么是“不义之财”即“巧取豪夺，民脂民膏”，商人、官员当存此心戒。鉴之我们的文化传统，体现价值原则和效率规则之间的辩证统一或公平制衡在中国人的“经济”或“商政”思想中一直十分突出，成为儒家入世哲学或政治经济学的一个核心议题。孔子说：“邦有道，贫且贱焉，耻也；邦无道，富且贵焉，耻也。”（《论语·泰伯》）对照西方基督教文明的“罪感文化”，中国的商政文化也可以因此推论为“耻感文化”，即孟子说的“无羞耻之心，非人也”，一如西方人说“无罪感意识，非基督徒也”。在孔子创立儒家学说的封建制度下，分封建侯有两种基本情况：一是天下大乱或改朝换代时建立军功或政绩的人“因功授奖”而致“富且贵”；一是天下顺平或经营事业时积累财富而“屡致千金”，这两者即所谓“居家则致千金，居官则至卿相，布衣之极也。”（《史记·越王勾践世家》）周代的开国元勋姜太公和春秋战国时的范蠡即是这两类人的典型，都是因道义而致富贵的，前者多见于军政，后者多见于商政。相反的情形，如战国时吕不韦和西汉的邓通他们登峰造极的富贵则是建立在“无耻之耻”上的，故以“奸商”和“佞幸”之尤“被钉在历史的耻辱柱上”。因此，中国历史上因其军政功绩而被称誉的人颇多，如伊尹、姜尚、管仲、诸葛亮、曾国藩等。但是，因商政功绩而被称誉的人却没有那么鲜活、灿烂，这多少是由于“农本商末”或“重本抑末”思想的影响，即老百姓心目中想的，“十商九奸”“无商不奸”“唯利是图”“见利忘义”“市井小人”等，这是把商人鄙视为一种只知积累财富的计算工具和殖利机器，而非具有价值追求的道德人格。西方的信仰主义和理性主义也有类似的倾向，前者将人视为证明造物主上帝存在的工具，后者则将人仅仅视为一种思维工具，而不是具有自由意志、追求道德理想的人，康德对此情形发出过深沉的告诫：“人是目的本身，而不是实现目的的工具！”中国人对“商人”的蔑视，从积极的方面讲，也有康德式的警戒，不过他们更喜欢用“儒商”这一概念来做正面的警示，其内涵就是“商政”文化或借《黄帝内经》“圣人不治已病之病，治未病；不治已乱，治未乱”的精神讲，“商政”文化就是中国特色的“腐败免疫学”。

在“轴心时代”的“中华文明”中，诸子百家中并没有单列出“商家”，因为“商家”与“官政”还有封建制度上的“间隔”。“诸子出自王官”自然就不列“商家”，因之“儒家者流，盖处于司徒之官”，“道家者流，盖处于史官”及“法家者流，盖出于理官”未见类推至“商家者流，盖出于某官”，但是，在“礼坏乐崩”而“天下大乱”的春秋战国，商人与诸侯官僚“分庭抗礼”之事则屡见不鲜，司马迁赞叹其为“素封”，即与“王亲、功臣和遗老”一样平等受封，社会礼遇不亚于周天子的“分封建侯”，是孔子赞扬子贡“不受命”者，用今天的话讲就是敢于挑战封建等级制的命运安排。这种情况说明，在“诸子出自王官”的“百家争鸣”中，有道义的商人也能“与时逐利”，出类拔萃，成就“经世济民”或“安邦济世”的伟大业绩，与“帝王将相”平分秋色，清史传名。太史公在其巨著《史记》中，专门列出“货殖列传”——尽管是最后一章，但在西汉抑制商人的政治环境下，这是一个思想突破，其深义就是要彰显“商贾”身上的“商政”文化精髓。

在《史记·货殖列传》中，我们不仅读到了与帝王将相家世业绩不相上下的商贾，如计然、范蠡、子贡、白圭，甚至还读到了巴郡寡妇清经商守业，深得秦始皇赞美的事迹。在太史公的笔下，这些“货殖”者不仅有经营知识，“论其有余不足，则知贵贱。贵上极则反贱，贱下极则反贵。贵出如粪土，贱取如珠玉。财币欲其行如流水”——这些知识在近现代经济学和商业理论中亦属精妙，而且还将经商技巧与政治伦理有机协调：“吾治生产，犹伊尹、吕尚之谋，孙吴用兵，商鞅行法是也”——这就是中国政治经济学中的“仁、智、勇、强（诚）”伦理品质。特别是计然、范蠡、子贡和白圭这些人物，太史公描述和评价他们都不是仅限于他们聚集财富的技巧和数量，而是大力张扬他们货殖中的社会伦理，即财富数理性与伦理性相契合的“商政”文化意蕴。如描写子贡那一段，虽然不足一百字，然历史线索、社会经历、商政成绩、文化定位无不层次分明、论述清晰且结论确当，中心思想落在“国君无不分庭与之抗礼，使孔子名布扬于天下”这两句，前者赞叹其社会地位为“素封”，后者表彰其弘扬儒家伦理的功绩，因此，以之言子贡为“儒商”之宗，“商政”之魁，亦不为溢美之词。

言“儒商”之宗，或许有人将此“桂冠”戴在范蠡头上。但是，言“商政”之魁，恐范蠡不能与子贡相伯仲。原因在于，不惟太史公以《孔子世家》、《仲尼弟子列传》和《货殖列传》三篇皆出赞誉子贡的文字，而且在传播儒家思想的通俗经典《论语》之中提问最多、涉及儒家核心议题最广而且这些议题影响最深刻者莫过于子贡。我将这三方面的情况归结为“子贡之问”，以期通过这些问题的讨论来阐释中国“商政”文化的特色。

一、子贡问仁。“仁”是儒家的最高概念，即儒家是以“仁”为核心而建立的思想体系。而对于后世传播的儒家思想体系中“仁”的政治伦理内涵，比较完整的论述正是在孔子对子贡的提问之中呈现的：“子贡曰：如有博施于民而能济众，何如？可谓仁乎？子曰：何事于仁，必也圣乎！尧、舜其犹病诸！夫仁者，己欲立而立人；己欲达而达人。能近取譬，可谓仁之方也已。”（《论语·雍也》）作为最高政治伦理的“仁”，其内涵和原则就是“博施于民而能济众”，在此政治伦理标准之下，即便有圣人尧舜般的治理功绩也不足自满，这是理念对于现实的精神激励和指导作用。而“仁”作为政治伦理的运用原则就是：仁自己出，推及他人，至于天下。

二、子贡问政。政是仁的表现形式和实现途径，即“内圣”的“外王”之道。“子贡问政。子曰：‘足食，足兵，民信之矣。’子贡曰：‘必不得已而去，于斯三者何先？’曰：‘去兵。’子贡曰：‘必不得已而去，于斯二者何先？’曰：‘去食。自古皆有死，民无信不立。’”（《论语·颜渊》）“食”“兵”“信”这三个议题既关涉商，也关系到政。食货是经商的内容；兵战可折射商战的谋略，民信则涉及商品的质量、价格、市场和服务等问题；政治也一样，需要有治理环境中的君民关系，有维系此关系的物质基础以及信任情感。在这三个议题中，食、兵是数理定量性的概念，可以用“足”或“不足”加以约定，而“信”属于社会伦理性的概念，不能以“足”或“多少”加以限定，只能说有无。这就有如说“孔子不饮盗泉水”、“孟子不食嗟来食”，“水”和“食”都是物质性的，可以用数理定量；而孔子“恶其名”是对强盗的伦理价值判断，孟子言“乞人不屑蹴尔之食”亦是明其自尊之天良。孔子所以“杀身成仁”和孟子所以“舍生取义”者皆因其政治伦理，而非生理本能使然。子贡以商人的身份就学于孔子，故于其问政孔子亦启发以商政之辩证关系：政无商不达成，商无政则自毁，以政导商而已矣，其辩证关系一如孔子解释刑礼：“道之以政，齐之以刑，民免而无耻；道之以德，齐之以礼，有耻且格。”（《论语·为政》）商、兵不足可以补足，失信于民，则政无所补救。后儒的“民贵君轻”“水舟之喻”“天下为公”等，皆可视为子贡问政开出的思想血脉。

三、子贡问为仁。孔子七十二贤弟子中，政治才干突出者一为商人出身的子贡，一为武夫出身的子路。因此，他们二人向孔子问政的语录较多，而子贡之问更为突出，从为仁的原则问到为士的规则，老师弟子之间的对话也多有启发意义。子贡问为仁，孔子答：“工欲善其事，必先利其器。居是邦也，事其大夫之贤者，友其士之仁者。”（《论语·卫灵公》这是就推行仁政的规则方面所做的回答，与“问仁”的原则形成对照。仁的政治原则是“博施广济，爱人如己”，而施行仁的规则则是“忠于职守，择贤而从”。孔子自己带着一帮弟子周游列国十四年，就是对“为仁”规则的身体力行；他们的“自我政治流放”也折射出当时“天下无道”的政治原则；“春秋无义战”，孔子师徒如“丧家犬”般地“周游列国”应当视为其“为仁”的壮举，颇类当代政治中的“用脚投票”和“非暴力不合作”。

四、子贡问士。子贡以商人身份就学于孔子，逐渐成为辩才无碍、商政兼通的风云人物，孔子称赞他“不受命”——不向命运低头，司马迁抬举他为“素封”——不由官方封官晋爵，为后世“学而优则仕”文官制度树立了一个成功的样板。他以自己的切身经历问“士”于孔子，“何如斯可谓之士矣？”孔子回答：“行己有耻，使于四方，不辱君命，可谓士矣。”他最终问道：“今之从政者何如？”孔子也不含糊：“噫！斗筲之人，何足算也？”（《论语·子路》）至此，我们不难看出儒家的政治伦理特色，即不仅以“仁”批判周代现行的“礼乐制度”，而且对“礼坏乐崩”

社会中的权贵亦采取政治道义上的批判立场。所以，儒家的士“以天下为己任”而“不辱使命”者或“以德抗位”而“义不帝秦”者皆可从子贡问士中得到启发：士是一种超越权贵的政治人格。

五、子贡问贫富。经商和为政都会碰到贫富的问题，这是“商政”文化中的两道关卡。而在儒家传统中“儒商”和“儒官”则被人们树为“富而好仁”和“爱民如子”的君子人格。与君子人格相反的是“为富不仁”和“鱼肉百姓”。以子贡的经历和志向看，贫富并不仅仅是一个经济上的数理问题，而重要的是其蕴含的政治伦理问题。他将自己的判断提出来与孔子切磋。子贡曰：“贫而无谄，富而无骄，何如？”子曰：“可也。未若贫而乐，富而好礼者也。”（《论语·学而》）若只是看子贡的判断，人能做到“贫无谄”“富无骄”已属难能可贵，社会上通常的情形是“人穷志短”或“财大气粗”，而子贡对“贫富”的价值判断是守住做人的底线，即不卑不亢；可是孔子认为这还不够，还应予以更高的期待，这是从儒家的理想人格方面提出标准，以致激发出后来孟子的“大丈夫人格”——“富贵不能淫，贫贱不能移，威武不能屈”（《孟子·滕文公下》），及至宋儒更有“道通天地有形外，思如风云变态中。富贵不淫贫贱乐，男儿到此是豪雄”（《明道文集》卷一）的“天人合一”气魄，将商人关心的贫富问题转化成政治家的道义伦理。

孔子曾经对子贡有两句精要的评论，一是“赐不受命而货殖”，一是“赐也达”。前者言其经商是“不受命”，即不承认命运的安排，自己选择经商致富的道路，结果做到了富可敌国，与诸侯分庭抗礼；后者言其事业通达，实现了“己欲达而达人”的“仁政”境界。这两个评论都深含商政文化意蕴。因此，无论是孔子答鲁国权臣季康子关于子贡的政治才干时赞誉他“游刃有余”（“赐也达，于从政何乎有？”《论语·雍也》），还是令尹子西问楚王有关子贡的外交风范——“子贡一出，存鲁、乱齐、破吴，强晋而霸越；子贡一使，使势相破，十年之中，五国有变”（《史记·仲尼弟子列传》），答问双方都没有将子贡局限于“豪商巨贾”层面，而是赞叹体现在他身上的、非凡的“商政”人格，而这种人格恰好是中国“商政”文化对当今中国经济社会建设最有价值的精神贡献。

（原载《中华读书报》2015年9月30日）

腹诽如何光大？

安立志

腹诽是诽谤的升级版。在古代，诽谤并非贬义词，反而带有褒义。据说，在距今4000多年的尧舜时代，就有征集诽谤的施政措施了。尧舜都是开明的酋长，他们为了避免施政失误，非常重视民众意见，“尧置敢谏之鼓，舜立诽谤之木”（《淮南子·主术训》），就是措施之一。后来的统治者，没有制度约束，也无尧舜的胸怀，这一古制未能得到传承，反而蜕化为纯粹的形式，如今的华表就是诽谤之木的变体。诽谤从褒义变成贬义，诽谤有功变成了批评有罪。

这种情况的改变，只能有待于别个开明君主的问世。汉文帝二年（前178），刘恒作为汉帝国第三代领导核心，下达了“最高指示”：“古之治天下，朝有进善之旌，诽谤之木，所以通治道而来谏者。今法有诽谤妖言之罪，是使众臣不敢尽情，而上（皇上）无由闻过失也。将何以来远方之贤良？其除之。……自今以来，有犯此者勿听治。”（《史记》，P424）可见，至少在汉文帝时期，“诽谤”已经成为同义词。刘恒不仅废除了这条恶法，而且采取了许多相关措施，比如直接接待缇萦的越级上访，重用秉公执法的张释之，甚至废止了相沿已久的肉刑，等等。

历史并不总是螺旋性上升的，有时却是原地踏步或恶性回潮。在经历了汉朝初年的“文景之治”后，到了刘恒的孙子刘彻——也就是被后世猛人极力赞赏的那位汉武帝——执政的年代，诽谤之罪不仅全面复辟，而且变本加厉。

历代朝廷的政事，不过是皇帝的家事。武帝朝的权臣魏其侯窦婴和武安侯田蚡，一个是刘彻祖母之侄，一个是刘彻母亲之弟。二人的权争与倾轧，你死我活。元光四年（前131），田蚡当着皇上的面指责窦婴，“日夜招聚天下豪杰壮士与论议，腹诽而心谤，不仰视天而俯画地，辟倪两宫间，幸天下有变，而欲有大功，……”（《史记》，P2851）这实际上是在指责窦婴有谋反之心。田蚡这段话里，“腹诽而心谤”一语，作为一个提法正式问世了，从而成为历代独裁者整人的现成借口。这大概是“腹诽”一词最早的历史记录。田蚡拥有“腹诽”的著作权，大概是没有问题的。当然，窦婴最后被治罪，并非因为这一罪名，这意味着在这一轮的权力斗争中，腹诽之罪还只限于理论准备。

12年之后即元狩四年（前119），武帝与其宠臣也是酷吏的张汤联手寻租，大量发行白鹿皮币。发行之际，皇帝向大司农颜异征求意见。这位清廉正直的财政大臣不识时务，竟然表示异议："今王侯朝贺以苍璧，值数千，而其皮荐反四十万，本末不相称。"这让武帝非常不高兴。张汤与颜异平素就不和，恰巧有人以他事告发颜异，武帝竟让张汤去审理。下面这段话是"开创性"，开创了"腹诽罪"的先例——"（颜）异与客语，客语初令下有不便者，异不应，微反唇。汤奏当异九卿见令不便，不入言而腹诽，论死。"（《史记》，P1434）用现代语言来说，颜异与客人闲谈，客人谈到诏令初下造成一些不便时，颜异没有表态，只是动了一下嘴唇。张汤得知此事，立即上奏皇上，指责颜异身为大臣，见法令有不妥之处，不向朝廷进言，却在心里抱怨诽谤，论罪当死。如果说田蚡只是提出了"腹诽罪"的学说，那么，张汤已正式将"腹诽罪"付诸实践了。正是由于这一罪名的正式出台，颜异作了试验品，从此以后，西汉的公卿大臣们只能以阿谀谄媚自保了。

中国历来的统治者，对于汉文帝、唐太宗的开明与宽容向来置若罔闻，但在整人的招数上，却与时俱进、发扬光大了。自汉以降，以腹诽治人以罪者，不绝如缕。南齐著名文人谢超宗，只因恃才傲物，得罪权贵。永明元年（483），齐武帝萧赜使人劾奏谢超宗，罪名是："讪贬朝政，必声凶言。腹诽口谤，莫此之甚；不敬不讳，罕与为二。"最终将谢超宗赐死于流放途中。（《南齐书·谢超宗传》）隋朝后期如同秦朝一样，是骄奢淫逸、穷兵黩武的政权，因此隋朝也是一个短命的政权。薛道衡不仅是隋朝重臣而且是著名诗人。大业五年（609），裴蕴得知隋炀帝讨厌薛道衡，就对薛道衡发起弹劾："道衡负才恃旧，有无君之心。见诏书每下，便腹诽私议，推恶于国，妄造祸端。论其罪名，似如隐昧；原其情意，深为悖逆。"隋炀帝遂下令将薛道衡逮捕审讯，最后逼令自尽。（《隋书·裴蕴传》）两宋是我国历史上政治最宽松的时期。即使如此，绍兴十一年（1142），由于战与和的立场不同，主和的皇帝赵构与权臣秦桧最终将主战的岳飞陷害致死。韩世忠质问秦桧，岳飞究竟犯了什么罪，秦桧竟答以"莫须有"三字。而"莫须有"可以视为没提"腹诽"二字的腹诽罪，怪不得韩世忠气愤地说："'莫须有'三字何以服天下？"（《宋史·岳飞传》）

前些年，主流媒体曾隆重推出反映康乾盛世、以盛清三帝为主角的电视剧。人们看到，电视剧中的雍正皇帝，竟然是一个致力改革、夙夜匪懈、勤政为民的伟大领袖一类的人物。近来翻书，无论正史还是野史，胤禛都是一个内心阴鸷、整人成癖的迫害狂。对其一生虽然不能仅用以上数语一言以蔽之，然而，在其13年的执政历史上，整人几乎是其主要“政绩”。如果说他把其兄弟改名为“阿其那”（狗）、“塞思黑”（猪）只是宫廷内斗，如果说他“赐死”年羹尧，禁锢隆科多只是皇权驭下。那么，密织文网，深文周纳，屡兴文狱，大批知识分子惨遭屠戮甚至株连九族，不仅打破了清代的历史纪录，在中国史上也前无古人。

胤禛在打造文字狱方面，轻车熟路地动用了腹诽罪。以查嗣廷试题案为例，雍正五年（1727），查嗣廷只因出了一道“维民所止”的考题，“维止”二字竟被诬告为“‘雍正’去头”。即使这个说法也有史家存疑。且看胤禛是如何发掘查嗣廷罪证的吧，“见其语言虚诈，兼有狼顾之相”，“料其心术不端”，“料其居心浇薄乖张”，“显露心怀怨望，讥刺时事之意”。胤禛的眼睛如同B超或X光，“料其”“见其”，是算卦还是占卜，“腹诽”之罪瞬间定谳，已经病死狱中的查嗣廷，被戮尸枭首，其兄、子、侄，或遭监候，或被流放。(《东华录》卷二十八，P468）捕风可以捉影，草木皆可为兵。“敌对势力”如此猖獗，可谓杯弓蛇影，终日惴惴。

雍正七年（1729），胤禛在对已经死去半个世纪的“思想犯”吕留良开棺戮尸，大肆株连之后，似乎“敌情”日亟，又挖出了陆生楠论史大狱。被朝廷视为“井蛙夏虫，识见不广”的广西文人陆生楠，只因写了17篇关于《资治通鉴》的读书笔记——《通鉴论》，竟被胤禛看出“借托古人之事几，冀以泄一己不平之怨怒”（同上，P499）的罪恶动机。他以CT式的眼睛指出：“彼不敢显言，托于论列《通鉴》，以身危祸烈等语，肆为咒诅，其逆谋公然形于纸笔矣。”（同上，P500）甚至其书写方式“皆小纸寸幅，蝇头细字”，也被胤禛看出了“踪迹诡秘，罪大恶极”（同上，P502）。100年前的史学家评论道：“以论前史而获罪者，自陆生楠之狱始。自兹以往，非惟时事不敢论议，即陈古经世之书，亦不敢读矣。此真历代文字狱所未前闻也。”（《清朝野史大观》，P249）指桑疑其骂槐，借古总为讽今。于是，自兹以后，清代士人只能泡在八股之文、掌故之学中，什么世界大势，什么历史镜鉴，根本不敢涉猎，其目的似乎正是为了维护爱新觉罗王朝的长治久安。然而，几十年后这个老大的帝国却被英国使臣看穿，一百年后这个封闭的大门却被列强炮舰打开。

其实，腹诽并非为古代中国所专营，在外国的古代同样存在。法国著名思想家孟德斯鸠曾引用过罗马帝国时代的传记作家普卢塔克的《狄奥尼西乌斯传》里的一个案例，马尔西亚斯梦见他割断了古希腊国王狄奥尼西乌斯的喉咙。狄奥尼西乌斯因此把他处死，说他如果白天不这样想，夜里就不会做这样的梦。他显然认为，马尔西亚斯的“腹诽罪”无可置疑。孟德斯鸠指出，这是一种极端的专横，因为，即使他曾有过这样的想法，但他并没有变成谋害的行动。而法律只负责惩罚外部表现出来的不法行为。(《论法的精神》，陕西人民出版社，2001 年，P230）孟德斯鸠的许多思想已为法学界所熟知。他认为，不仅腹诽这样的“思想罪”不能成立，言论罪和文字狱同样不成立。他明确指出:“言谈并不构成犯罪行为，……言语要和行为结合起来才能具有这种行为的性质。”（同上，P231）奥古斯都和提贝留斯“以文字加罪于人”，他认为:“没有比这些使罗马的自由受到的打击更大的了。”（同上，P232）而这些思想都为“无行为则无犯罪”的刑法原则提供了注脚。

（原载《检察日报》2015 年 2 月 13 日）

文学能给人带来什么

庄伟杰

诗歌也好，文学也罢，的确无法让我们的银行账户多一分钱，不能使我们的物质财富增加什么筹码，也不能像古代人（以诗取仕）那样可以当官可以荣宗耀祖。那么，今天为什么还有众多的人如此热爱文学、欣赏文学、亲近文学和从事文学的创作与研究呢？文学究竟能给我们带来什么呢？我个人的理解是，文学确实难以改变现实生活，但至少可以丰富和完善生活。从这一点来看，文学能告诉你缺少什么。更确切地说，文学会驱使我们反省生命中缺少什么，而不是去盘点我们占有什么。说得白一点，文学不是让你占有什么，而是告诉你缺少了什么。占有什么东西只能说明我们的生活条件和水平，但不能证明生命的品质。一个人生活水平高并不代表生命品质高，物质上扬眉了，不等于精神上吐气了，好比舒服不代表幸福一样。

人总是要有点精神的。一个没有精神的人是可怕，是值得质疑的。我们这个社会常常以拥有财富的多少来衡量一个人的成功，但常常也听说金钱买不到幸福，有的人甚至穷到只有剩下钱了。如今，人们保证了温饱，进入了小康，买车又买房，做美容做按摩，买名牌买时装，这就是幸福了吗？很有可能的是这些都有了，仍感觉到还差一点什么。而差的那一点可能就是“诗意”，是物质享受之外的那些东西。

在所有艺术中，文学堪称是最无实用价值的。然而，文学又是所有艺术的心脏和灵魂，作家也是所有称号中最耀眼的——人类灵魂的工程师，一个民族的精神、意志和魂魄的雕塑者。所以，几乎所有国家都把文学放在所有艺术门类的首位。从诺贝尔文学奖可见一斑。英国首相丘吉尔说过，我宁愿失去一个印度，也不愿失去一个莎士比亚。英国的斯特拉特福小镇，人口不足三万，但每年吸引的游客人数超过 300 万，只因为莎翁诞生于此。可见文学（诗歌）对一个人的影响，对一座城市的影响，对一个民族的影响，对这个世界的影响是难以言喻的。难怪乎近代大学者王国维说，一百个政治家也不如一个文学家。从大历史大文化的眼光看，这一说法并非夸张。试想，从唐代到近代，从皇帝到大臣，从诸侯到地方官员，我们能记住几个，但李白、杜甫、王维、白居易、李清照、唐宋散文八大家等等，我们永远记住，他们的名字和诗文篇章还将一代代流传下去。证明文学远远大于政治，的确比政治丰富可爱得多。盖其源在于文学不仅是超越现实功利的，而且可以超越时代、超越生死、超越时空。因此，我们完全不必担心文学后继无人，因为人生由物质和精神两大块构成，真正有天赋，有爱好的人，就会在打理好物质生活的同时，自觉去追求精神生活，进而追问生命的终极意义。

人生可以追求伟大也可以甘于平凡，但这并非是最重要的，重要的是人一定要有诗意的生活。回想本人走上文学（诗歌）之路的创作历程，深有感触。当年不知不觉、莽莽撞撞地爱上诗歌，可能曾经疯狂过，如痴如醉过，感动了诗神，从此便与缪斯女神结下了不解之缘。并在行进的过程中，挣脱“病”字壳的“疯”，从中领略到徐徐扑面而来的、充满诗情画意的丝丝缕缕的“风”。从此，与“风”有关的如风光、风流、风雅、风骨、风采等字眼，总是纷呈闪烁于路上，令我不断体悟到“诗意地栖居”（海德格尔语）的优雅与情趣，学会悠然自得地放牧人生。

难以忘怀的是，诗歌让我在疯狂地追寻中“风光”过一阵子。记得大学时代，从乡村到城市，离开了亲人故乡，由于距离，会有一种思念和眷恋，加上青春期的萌芽，一种爱的意识朦胧产生，总觉得有些话有些情感很想表达出来。就这样，像狄金森一样，我开始学会给这个世界给亲友写信；学着普希金的模样，我悄悄地写爱的梦呓，写大海的咏唱，写乡思的隐喻，写南方对北方的思念，写那些看见或看不见的希冀与失落、欢欣与忧愁交织的情绪。那时，年轻而稚嫩，像躺在缪斯怀里的孩子，只会撒娇、呢喃、自我蹈舞，形同单相思的人，心醉神迷地徜徉在文字的迷宫里，固执地抒写自己心中的诉求、青春的浪漫情怀，或者未敢寄出去的情书。因为热爱诗歌，对美充满着热切追求，在蔚蓝的天空下，一颗年轻的心穿过岁月的长廊，让所有的情怀都变得清晰而生动，让生发的语言变得鲜活而灵动。青春期的奔放与热情开始沸腾了，我学会张开想象和放飞心灵，俨如一只鹰隼翱翔在文学的天空，尽可能地施展怀抱和释放内心的情思。以此作为起点，跃跃欲试，学会如何投稿，甚至享受到拿稿费的那种滋味。我还与前后届的诗友同学一起创办诗社，主编诗刊，经常组织有关文学活动。在20世纪80年代的大学校园诗歌中，留下了或深或浅的探寻履痕。由于80年代文学风气浓厚，诗歌文学，的确让我们风光了一阵子。

中国诗文素来讲究文采风流，气韵生动；讲究意新语工，文情并茂。那时，风华正茂，初出茅庐，书生意气，很想挥斥方遒，指点江山，激扬文字。于是，整天浸淫在中外文学（诗歌）经典中，企冀吸收更多的营养来滋润自己，丰富自己，壮大自己。自己是自己的造就，自己是自己的深渊。我深知自己志大才疏，学识浅显，加之诸多客观因素的制约，心中有数，也明白自己对文学的追求和探寻，是为了更好地实现自我生命价值，为将来为人生找到一条自己喜欢走的路。至于能否成名成家，还真的不敢去想；而要成为一流、二流，哪怕三流的诗人作家只能当成一种梦想。既如是，那就尽力往“风流”靠吧，倘若能侥幸地做一个有文采的“风流”诗人，不也是一种幸福吗？起码的比不入流来得幸运。

当然，自从走上文学之路的那一刻起，我也知道自己作为一个“乡巴佬”，一个在海边乡村长大走出来的“野孩子”，想要有所作为，必须加倍付出努力和心血，才能让自己活得更风光，让含辛茹苦、望子成龙的父母亲看到自己的儿子有出息，也觉得风光和体面。于是，我携带希望的风铃，宛若一只笨重的骆驼，在荒漠上寻找绿洲。大路朝天，一路上少不了坎坷曲折，唯有时刻伴随春光走在寻梦的路上，或者极力以飞翔的姿态，吸吮阳光和天地之灵气，像燕子一样呢喃，然后为自己筑巢……就这样，我以笨鸟先飞的方式，始终沿着自己选择的方向腾挪跌宕，匍匐前进。经过一番摸爬滚打，不知疲倦地循着缪斯的牵引，在文字的穿梭中自由往返，不断去寻找月光下的梦境，让诗歌（文学）带来的幸福变得具体而生动。心灵因梦想的照亮而闪光，生命因诗文的涵养而美丽。我发觉自己的日子过得愈来愈充实、丰沛和富足，且溢满无尽的情趣。在无形之中，自己也变得风雅和风采起来了，起码的不那么粗那么俗，有点脱胎换骨的感觉。同时也学会如何做一个有风度的文化人，自觉地铸造属于作为一位诗人的风骨、情操和气概。

一个人因为爱上文学、迷上文学，与文学厮守，偕美同行，学会诗意地栖居在大地上，是值得庆幸的，也是幸福的。人应当像人那样，活着、梦着、爱着，有理想、有尊严、有色彩地生活。假如人像牛马那样，不仅缺乏诗意，而且将被人宰割。如果像机器那样，既无诗意可言，顶多是别人手中的工具。法国哲学家埃德加·莫兰说：“生命的品质表现为存在意义上的，而不仅仅是物质意义上的福祉。”斯言诚矣！

记得笔者曾经写过一篇《文学的生命与价值》（《文学报》2010 年 8 月 19 日），认为文学本身就是有灵有性的生命体。每件优秀的作品都是一条命，潜藏着自身的正能量。文中有这样一段话——

> 在当今竞争激烈的商业化时代，我们同样要站在崇高的人类文明的精神殿堂入口处，沐浴着古往今来圣贤哲人与文学大师们卓越睿智的思想之光。尤其是站在各个时代巅峰上，那些具有深邃思想、人格魅力、探索精神和对人类抱以深切同情的大师们，他们总是在用自己追寻的领域里所获得的成就，在不同程度上去改变人类的思维方式和价值观念，推动着人类文明的进步，并且让我们在接受和熏陶中不断升华自己的灵魂，提升生命的品质。这就是文学的力量。

以我个人多年来从事文学创作与研究的切身体会和感受，我觉得文学作为生命体对人类生命可以带来诸多好处，譬如丰富内心情感、弥补人生缺陷、完善人性人格、提高生命品质、升华精神境界，等等。可以断言，不读文学、远离文学就是远离自己的“家园”。著名美学家朱光潜说过：“读诗的功用不仅在消愁解闷，不仅是替有闲阶级添一件奢侈；它在使人到处都可以觉得人生世相新鲜有趣，到处可以吸收维持生命和推展生命的活力。”从这个意义上说，文学能给人的东西不是三言两语能够述尽的。从诗教或文学教育的角度看，按我的理解，起码可以给人带来“三高”：高雅情趣、高超想象、高贵气质。从生命或心灵追求的角度来说，起码可以给人带来“真善美”：求真、从善、审美情趣。从日常或学问人生的角度而言，则可带来不可多得的“三种资源”：文化资源、思想资源、精神资源。其实，我们阅读文学经典作品，就等于与伟大的灵魂相遇，可以感应、对话、交流、沟通，带来无尽的思考与乐趣，同时在生命中留下一份美的永恒和启示。

翰墨因缘。当我们的生命与文学相逢，本身就是一种因缘，一种充满偶然但又必然的因缘。这如同一粒文字的种子在进入读者心田的时候，它是带着这种非常奥妙的因缘去的。当然，我们平常也讲随缘。随缘并非是随波逐流，只有当一个人对这个世界了悟于心之后而做出选择，才能叫随缘。这是一种大觉悟的人生境界。当一个人或一篇（首）诗文抵达你面前时，你能识得其背后深层的意味，从中感悟到某种东西，这才叫随缘。我们与文学之间，既讲因缘，也讲随缘。此中真意需要每个人自己去体会去感知去领悟。

懂得是一种慈悲。拥有了这份情怀，我们也讲“舍得”。此乃告诫我们要学会随时舍去什么、留下什么，欢迎什么、拒绝什么；明白应该热爱什么、远离什么，拿起什么、放下什么。生命（活）的艺术，说到底其实就是“舍得”的艺术。舍什么，怎么舍？这当然不是要我们把世界舍掉、把生命舍掉、把自我舍掉，而是要把贪婪舍掉、把杂念舍掉、把私欲舍掉。文学艺术就是要揭开这一层遮蔽，清理世界沉积于我们心灵上的尘埃。或许，这就是作为高雅文化的文学艺术足以产生效应和发挥作用的价值意义之所在。

（原载《语言与文化研究》2016 年第 3 辑）

民心可恃：大清政局中的一张牌

商昌宝

传统文化中，关于君民关系的阐释由来已久。孟子有所谓：“民为贵，社稷次之，君为轻。”“诸侯之宝三：土地，人民，政事。宝珠玉者，殃必及身。”唐代谏臣魏徵有所谓：“君为舟也，民犹水也。水可载舟，亦可覆舟。”宋代理学家朱熹有所谓：“丘民，田野之民，至微贱也。然得其心，则天下归之。……是民为重也。”在此文化形态之下，无论是打江山之时还是坐江山之后，为了获取政权和维系自家专制统治，统治者常常标榜要借重于民，于是“民心可恃”一说不胫而走。

考察历史可知，“民心可恃”可谓大清君臣御外的优良传统。

例如，道光皇帝在给新上任的两广总督徐广缙的上谕中曾谆谆教导道：“疆寄重在安民，民心不失，则外侮可弥。嗣后遇有民夷交涉事件，不可瞻徇迁就，有失民心。至于变通参酌，是在该署督临时加意权衡体察。总期以诚实结民情，以羁縻办夷务，方为不负委任。”徐广缙上任伊始即写信向林则徐请教“驱夷良策”，林则徐回复说：“民心可用。”

深得秘传的徐广缙也果然是不负众望，与广东巡抚叶名琛一道，顺从民意，拒不履行《江宁条约》(后来的历史叙事中习惯称为《南京条约》)，拒不让外国人入广州城，而且大搞所谓的“人民战争”：“居民则以工人，铺户则以伙计，均择其强壮可靠者充补。挨户注册，不得在外雇募。公开筹备经费，制造器械，添设栅栏，共团勇至十万余人。无事则各安工作，有事则立出捍卫。明处则不见荷戈执戟之人，暗中实皆折冲御侮之士。众志成城，坚逾金石，用能内戢土匪，外警猾夷。”难怪道光皇帝览此奏折兴奋地朱批道：“朕初不料卿等有此妙用。”并赏赐徐广缙子爵，世袭双眼花翎；叶名琛男爵，世袭花翎，而后特降谕旨嘉勉广州无名群众英雄：“我粤东百姓素称骁勇。乃近年深明大义，有勇知方，固由化导之神，亦系天性之厚。朕念其翊戴之功，能无恻然有动于中乎！”

及至英法两国与大清帝国因换约而起战事的1860年，咸丰皇帝先是在六百里加急密诏中称：“乡民乃此次战争成败之基石，务使城乡军民各色人等齐心作战，同仇敌忾，共抗外敌，收复失地，荡平夷匪。”后在僧格林沁狙击不成，英法联军开始进犯北京之时发布上谕："天津百姓，素称义勇，务各敌忾同仇，明攻暗袭，以靖逆氛。朕非好武穷兵之主，凡此大不得已之苦衷，当为天下臣民所共谅！至该夷所掳闽、广等处内地人民，皆朕赤子，如能自拔来归，或斩夷首来献，朕亦必予以厚赏。"

正因为存有视契约如儿戏的失信心理和不惜一战的赌徒心态，咸丰皇帝一面诏谕桂良"激发天良，力图补救"；一面密示两江总督何桂清以课税全免、开弛烟禁等为代价换得各国放弃进驻北京；一面命怡亲王载垣至前营传令"如夷人入口不依规矩，可悄悄击之，只说是乡勇，不是官兵"。

在张家湾、八里桥等最后防御决战打响时，情急之下的咸丰皇帝向社会颁发剿杀上谕："……现已严饬统兵大臣，带领各路马步诸君，与之决战。近畿各州县地方士民，或率领乡兵，齐心助战；或整饬团练，阻截路途。无论原弁兵民人等，如有能斩黑夷首一级者，赏银五十两；有能斩白夷首一级者，赏银一百两……有能焚抢夷船一只者，赏银五千两，所得资材，全行充赏。"

一个封建帝国的最高统治者，在兵临城下之际，却幻想发动"人民战争"以抵御外敌，他竟然不曾想到，平日这些人做牛做马就是做不了主人，不但权利谈不上，甚至常常遭受各种盘剥，人身权、财产权、言论自由表达权和人的尊严等始终被凌虐，在帝国遭遇外患、爱新觉罗家族及其奴才总管们的既得利益遭受损失时，谁个会挺身而出？谁个会为了那些钱财舍生忘死呢？

更为可悲的，这不是第一次，也不是最后一次。

遥想第一次鸦片战争时，就有林则徐和广东巡抚曾颁布类似告示，鼓动和奖赏民众"群相集议；购买器械；聚合丁壮，以便自卫。如见夷人上岸滋事，一切民人各皆准许开枪阻止，勒令退回，或即将其俘获"。史料集《鸦片战争》中载，当时的奖励价码如下：能擒义律者赏洋银10万元，能擒伯麦者赏洋银5万元，能擒火轮船一只者赏洋银2万元，能生擒"白夷"者赏洋银200元，能生擒"黑夷"者赏洋银50元。在之后的1900年，这样的事例再次上演。据《义和团档案史料》载：庚子事变中，步军统领庄亲王载勋等在北京街头遍贴告示："杀一洋人赏五十两；洋妇四十两；洋孩三十两。"

大清君臣这种鱼死网破、同归于尽的冒险行径，说来也真是可怜，他们大概不知道，这样的观念和举措，立时将大清帝国置于野蛮国家的境地。史学家马士在《中华帝国对外关系史》中评说道："这当然是野蛮而好杀的举动，同那些在一个自命为文明超出任何别的国家的政府里供职的官员们嘴里说的或笔下写的比起来，实在不相配合，而且这种野蛮行为也是受了激动的人民的情绪忠实的反响；但是这是一种不懂得近代战争惯例的人民，是一种还需要学习才会使用那些基本信号如休战旗之类的人民，是一种还是信守战争的最主要目标就是杀死敌人的书本教条的人民；因此我们对于他们的态度必须加以谴责……对于他们，必须由他们的行动而不是由他们的那些夸张的公告去判断，并且另一方面，对于他们，也必须从他们的实际的成就而不是由他们的文明的自命来评定。”

到了1900年，慈禧太后更是将先帝道光、咸丰的“民心论”发扬光大。她先是对拳民阻止德国筑路事件复谕说不可用兵，以免“致失国家团结民心本意”。在倾向主战派后，所提的理由是：“现在民心已变，总以顺民心为最要。”之后又在上谕中说：“民心既固，兵气亦扬。”恽毓鼎在《崇陵传信录》中载：1900年6月16、17日召开的各部大臣和王公议事会议上，慈禧太后针对总理衙门大臣袁昶认为义和团不过是造反者不可靠的观点驳斥说：“法术不足恃，岂人心亦不足恃乎？今日中国积弱已极，所仗者人心耳，若并人心而失之，何以立国？”

不仅慈禧，这时期主战派们都开始重视起民心。例如贝勒载濂在奏折中就郑重其事地说：“窃查拳民能避火器，虽无确据，其勇猛之气，不顾生死，实为敌人所惮。不扰良善，则系众口一词。惟漫无纪律，以致奸民乘势扰乱。傥饬统兵大员忠信素浮如董福祥者妥为招抚，练为前队，可以资敌忾而壮军声。就大势言之，拳民总宜善抚，不宜遽剿。洋人总宜力拒，不可姑容。剿拳民则失众心，拒洋人则坚众志。……伏祈宸衷立断，以快人心。国家幸甚。”

对外主战派最狂热的代表端郡王载漪，曾公开扬言，义和团的拳民有神术，“夷兵所恃者火器，神拳复能制之，此天赞我也，必收用之”。（胡思敬:《驴背集》）并在总理衙门设立神坛，亲身实践，其掌管的虎神营大力吸纳义和团。他与军机大臣刚毅合奏：“义民可恃，其术甚神，可以报仇雪耻。”同时他还不遗余力地怂恿积愤已久的慈禧太后招抚义和团，并在第一次御前会议上，会同刚毅、徐桐、崇绮、启秀、庄亲王载勋、辅国公载澜以及刑部尚书兼军机大臣赵舒翘等二十余位主战爱国的王公大臣痛哭陈词，力主对外宣战。

最终，慈禧太后无视郑炳麟那样极有说服力的上奏：“我中华财赋，全视海关入款，若一失欢，则饷源立绌，此其不可失和者一。甲午一役，仅一倭国，尚不能与敌，若合数大国之师，协以谋我，众怒难犯，此其不可失和者二。义和团神术即足以敌洋人，然直隶有义和团，岂各海口、各直省均有义和团乎？此其不可失和者三。传教载在条约，义和团擅杀教民，焚烧教堂，本有不合，是彼之理直，我之理曲，此其不可失和者四。”（《义和团档案史料》）以“不过了”式的行径公然向十一国同时宣战。

在宣战诏书上，慈禧太后和光绪皇帝不无深情地写道：“朕临御将三十年，待百姓如子孙，百姓亦戴朕如天帝。况慈圣中兴宇宙，恩德所被，浃髓沦肌，祖宗凭依，神祇感格。人人忠愤，旷代无所。朕今涕泣以告先庙，慷慨以示师徒，与其苟且图存，贻羞万古，孰若大张挞伐，一决雌雄。”“连日召见大小臣工，询谋佥同。近畿及山东等省义兵，同日不期而集者，不下数十万人。下至五尺童子，亦能执干戈以卫社稷。彼仗诈谋，我恃天理；彼凭悍力，我恃人心。”

要说慈禧太后对十一国宣战是失去全部理性，而仅凭一个受伤女人的歇斯底里置大清帝国安危于不顾，也是低估了这个驰骋于皇宫、游刃于皇权近四十年的女政客。或者说，病急乱投医的慈禧动怒向十一国宣战，固然有受骗的一面，但也不是赤膊上阵没有一点筹码。这筹码，就是慈禧太后在御前会议上所强调的“人心”。

对此，蒋廷黻在《中国近代史》中评判道：“顽固分子以为可以靠民众。利用民众或‘民心’去对外，是林则徐、徐广缙、叶名琛一直到西太后、载漪、刚毅、徐桐传统的法宝。凡是主张剿夷的莫不觉得四万万同胞是有胜无败的。”而且，“仅以民心对外人炮火当然是自杀。民心固不可失，可是一般人民懂得什么国际关系？主政者应该负责指导舆论。如不指导，或指导不生效，这就是政治家的失败。”

作为一国的最高领导阶层，从19世纪上半叶到20世纪初，六十余年间，那种天朝上国和老大帝国的思维，并没有因为1860年代的改革开放而有质变，依然看不清天下大势，仍然要继续抱残守缺、固步自封、顽固不化地逆世界潮流地拒绝与文明世界接轨，仅从这一愚蠢至极、不计后果的举动就已见出，大清帝国的气数已尽，确实无可挽回了。

顺便说，义和团事件中，万幸的是各国并没有认真对待宣战诏书，未将大清帝国视为交战的敌对国，而仅仅认为是一次政府和民间的排外行为。

这里就应该追问一下了：人心、民心何时开始这么重要了呢？那些平素高高在上、大肆搜刮民财、视民众生命为草芥的父母官儿，在无计可施时竟然不但会想到这些平日没有基本人权的“民”，而且还赋予其化腐朽为神奇的魔法力量了。

话说回来，大清君臣看重人心、民心，固然有他们的道理，但是这种君臣、士大夫阶级传统的高调和空谈，是否应该不加条件限制地滥用？与肉身无法分离而又缺少现代军事训练和武器装备的人心、民心，如何去应对现代化军队和器械？

友邦国家又是如何评价大清帝国的这种所谓民心可恃呢？

英国驻津领事威妥玛1875年时曾对李鸿章抱怨说："自咸丰十一年到今，中国所办之事越办越不是，就像一个小孩子活到十五六岁，倒变成一岁了。"（《与英国威使晤谈节略》）这话放在25年后再听，依然不过时，而且愈发真切可感了。非洲事务专家、1896年新上任的英国驻清领事窦纳乐爵士曾扬言："欧洲或任何文明国家的统治者都不会像这些人一样管理国家。将中国看成是一个文明国家实在是大错特错。"1899年2月窦纳乐还说过："治疗中国这个病夫只有一个办法，得用刀子，其他办法都不能奏效。"雷蒙·道森在《中国变色龙：欧洲中国文明观的分析》中提到，赫尔德（Herder）、黑格尔等也早认为中国陷于"可耻的停滞中"，"是个进行了防腐处理的木乃伊，全身紧裹绸缎，上面绘着象形文字：它的体内循环就像是一只正在冬眠的睡鼠"。可以想见，任何一个有良知的中国人，看到这样有损民族自尊心的意气话，都不会漠然置之，但真要是摆事实讲道理，至少在虐杀谈判代表和义和团这些问题上自知理亏、无言以对。

1875年9月19日，《纽约时报》曾刊载过《大清帝国军事资源透析》一文，其中这样写道："如果清国人自鸣得意地沉醉于他们想象中的军力强盛的话，那么，与其说是似乎，不如说是显而易见，他们就将会越来越骄傲自大，越来越不把外国人放在眼中，进而也就不再理会是否还遵守他们已经签订的条约。这样的话，他们就只有再次遭受外国枪炮的教训。他们将会看到，新装备的这堆玩意儿在英国或法国军舰面前不过是一堆废铜烂铁，而他们那些号称为'勇士'的乌合之众的军人们，其争强好胜的本领只有在逃跑中才能获得证明。"

庚子事变中，英国驻清公使窦纳乐在使馆解围后的报告中写道："所有在北京的欧洲人都没有料到中国政府如此笃信义和团的'神力'，以为依靠它可以蔑视全世界……也没有人意识到这个政府会发疯，做出任何有正常头脑的人所做不出的事情。"同文馆总教习丁韪良曾描述过使馆被围后与赫德的第一次会面："我俩互相端详对方的脸色，都为我们一辈子的工作毫无成就感到脸红。这位把中国海关收入从三百万两银子提高到三千万两的人成了中国人的屠杀对象。而我在华教了三十年的国际法，中国人到头来却对外国使节的生命视如草芥！”稍微具有平常心和人道情怀的中国人，看到这样的字句，谁个能不为之反思呢？

忽然想起鲁迅先生《沙》这篇短文。其中写道：“近来的读书人，常常叹中国人好像一盘散沙，无法可想，将倒霉的责任，归之于大家。其实这是冤枉了大部分中国人的。小民虽然不学，见事也许不明，但知道关于本身利害时，何尝不会团结。先前有跪香，民变，造反；现在也还有请愿之类。他们的像沙，是被统治者‘治’成功的，用文言来说，就是‘治绩’。那么，中国就没有沙么？有是有的，但并非小民，而是大小统治者。……他们都是自私自利的沙，可以肥己时就肥己，而且每一粒都是皇帝，可以称尊处就称尊。有些人译俄皇为‘沙皇’，移赠此辈，倒是极确切的尊号。财何从来？是从小民身上刮下来的。小民倘能团结，发财就繁难，那么，当然应该想尽方法，使他们变成散沙才好。以沙皇治小民，于是全中国就成为‘一盘散沙’了。”道光、咸丰皇帝以及慈禧太后等高高在上者自然无缘阅读鲁迅的文章，所以也就不会明晓殷海光先生曾讲过这样一个浅显的道理：“在任何场合中，要人效死奋斗，必须让大家真正感觉有值得牺牲生命来保卫的东西——珍贵理想或历史文化。”也正是因为不明白这样的道理，所以大清帝国的统治者无论怎样集中权力、励精图治，终究不能挽救大厦将倾、帝国崩盘的结局。

（原载《文史天地》2016年第8期）

皇上之玺与平民之印

毛　翰

活了大半辈子，一直没有一枚像样的印章。好赖也算是一介文人，却缺少传统文人起码的风雅。这已成为我人生的缺憾。

而人生的缺憾又何止一枚印章，经历过“文革”浩劫，此生缺憾多多。譬如，姓名之外，咱还缺字号呢！李白字太白号青莲居士，苏轼字子瞻号东坡居士，就连昔日汉文化圈各国人士也多有字有号，可是，如今的我辈字什么号什么呢？为解决中国人的同名问题，我曾草成一文《同名同姓困扰，何不恢复字号》，又题《姓名的困惑》，可是一个鼓吹恢复传统字号的人，自己却一直无字无号。就算有了也无处填写，身份证上只有“姓名”，户口簿上只加了一栏“曾用名”。

过去，总觉得自己还年轻，印章这事不急。何况，印章于我也没什么大用。我不画画，用不着落款钤印；不擅书法，用不着签名盖章。偶尔立个字据什么的，印章的可信度还不如指纹，伸出拇指，或被人捉住拇指，摁一指印更为方便。

印章于我，其唯一的用处，就是偶尔出版一个小册子，要签名送人，签名处加盖一枚小小的印章，感觉似乎要庄重一点，风雅一点。

这点缺憾不是现在才有的，也不是现在才想弥补的。前几年，我偶得一石，也曾请人刻过一印。那是一位朋友的朋友刻的，不懂篆刻的我，不知其水平高低，就把印文贴到微博，想听听大家的评说。那时搜狐微博还健在，我在其中有粉丝四十多万，印文贴出，回帖者众，回帖多是点赞的，只有一人，回了“菜鸟”二字，我问何意，答曰比“菜鸟”还差一点。这评语够尖酸刻薄的。菜鸟就是所谓菜鸽。鸽子之中，聪慧的，能够为人送信的，叫信鸽。笨拙的，不会送信，只能供人宰了吃肉的，叫肉鸽，或者菜鸽。比菜鸟还差一点，那就完全不入流了。有道是“千人之诺诺，不如一士之谔谔”，于是我把那方印章收藏起来，不敢贸然使用了。当然，也不敢轻言弃之。据说，齐白石诗书画印四绝，一印难求，当时名流谭延闿有缘得其所治印章十余方，不知珍惜，听人说“齐氏刀法太懒”，竟然焚琴煮鹤，将其全部磨平，后追悔莫及。

但要另请高人篆印却非易事，我自己平日拙于交游，诗书画印四界，只与诗歌稍有接触，而诗人们的篆刻艺术似乎都藏而不露。

一日，听说微信是万能的，朋友圈里，有人遇到困难，微信发帖求援，总有朋友能出手相助。于是想依样画葫芦，碰碰运气。

2016年1月24日，我在微信朋友圈里发了这么一条：“一直没有一方像样的印。传统文人诗书画印四项全能，如今一个写诗填词的人，书法绘画镌刻全都不会，居然也混了大半辈子。哪方高人可赐我一方印，赐我一点风雅呢？昔日，有人心仪齐白石的一张画，声称若得此画，回敬一婢！我无婢可敬，改敬一歌如何？”

朋友们回帖踊跃，多指点迷津，推荐治印高人。其中，曾涵复（寒沸）兄的回应尤为感人：“我挚友王建民，泸州奇人，多年隐居，实为真正的金石篆刻大家，所治之印，蕴韵传神。容我为你恳求一枚，定会令你惊喜。”

于是，我请寒沸兄代为恳请建明先生赐印两枚。一为“毛翰之印”，二为闲章，文字拟为“在格律中寻找自由”。后者是我的一句打油诗，回顾多年习作，好像只此一句较有意味。

其后，建明先生提议再加两枚，一曰“毛翰词章”，一曰“诗心毛翰”。我说毛翰一大俗物，诗心不敢当，改为“诗余毛翰”吧，毛翰在诗坛殊不足道，只是零余之人，诗余也有词的意思，与我近来的偏好相合。

近日，寒沸兄电告，他们老友聚会，建民或许来不及完成全部构想，有四枚印章先行赠我，他告知了四枚印章的内容，其中“遊艺”一枚系建民先生自己的珍玩，割爱赐我。寒沸兄介绍说：“四枚印章篆刻手法各异，风格迥然有别，颇见情趣和意蕴，这正是建民篆刻给人以高品位艺术享受的独到之处。泸州有书家评建民是跻身全国一流甚至超一流的金石家。”

我闻之大喜，在微信朋友圈发文：“谢谢曾涵复先生盛情，代请其好友、金石大家王建民先生为我篆刻印章四枚。印文：1.毛翰之鉨，2.毛翰辞章，3.在格律中寻找自由，4.遊艺。毛翰从此告别无印时代！只是那个鉨字分量太重，怕只能留给我家儿女私藏了。”

于是有朋友点赞，有朋友祝贺。也有朋友指出“鉨”亦即“玺”，调侃用鉨者，几时登基？还有朋友起哄，说某人嘴上反秦，心向往之。那个鉨(鈢)字虽为金旁，却与玉座的“玺”字相通，其意均为皇上的大印。

我虽浅陋，这点文化常识碰巧还是有的。小小臣民，用印原已不配，岂敢妄称为玺？在咱们这个数千年皇权专制的国度，君君臣臣，是为定制，为君的要有君临天下的威仪，为臣的要守臣服跪拜的本分，君臣之间，相去九重，岂容僭越！

近年流行一部童话卡通片《熊出没》，其中有两只猴，一只自称吉吉国王，其治下唯一的臣民，是一只唤做毛毛的小猴。虽然受其统治的仅有一只猴，这猴王也惯于称孤道寡，一口一声本王，煞有介事。连我家四岁小女听了都觉得可笑，就管一只猴，算什么猴王呀，孙悟空才是猴王呢，他能管花果山几百个猴。

不过，管几百只猴的是猴王，管一只猴也是猴王，管几千万、几亿只猴的也不过是猴王。既为王，即可自称为朕，治印为玺。

君王用玉玺，臣民用印章；君王用朕，臣民用我；君王用后妃，臣民用妻妾。这岂容混淆，岂容僭越！就连君王的名字，天下臣民都得避讳，不可与之相同甚至相近。中国的月亮女神，后羿之妻，她的名字本来一直叫姮娥，谁曾料想，到了汉代，中国出了个文帝刘恒，月亮女神的名字居然犯忌，不得不委屈避让，改称嫦娥，一直到如今。如此这般，国人早已见怪不怪，习非为是了。

前些年，我写过一篇《帝王诗、帝王气象及专制情结》，其中有一段结语："从洪荒丛林的猴王，到周口店的猿人王，从纪元之初的五帝，到四海一家的秦始皇，直到上一世纪的清末逊帝，在这片广袤的土地上，从来就是专制社会。""说到底，专制主义源于人的自私贪婪本性，是人类从猿猴祖先那里遗传下来的一种顽固的兽性，民主主义则是人类试图用以取代兽性的一种神性。"

在中国，猴王以及人君的专制统治延续了不知几百、几千万年，而民主社会的草创，从辛亥革命算起，至今不过短短的一百余年。专制统治之所以超长超稳定，与统治者的猴王思想（兽性）有关，也与被统治者的臣民思想（奴性）有关。见一"玺"字就毕恭毕敬，直欲屈膝叩首，不敢有任何僭越之念，怕也是奴才思想的集体无意识吧。

其实，中国先秦原本没有玺印之分，玺之与印，同为一物，尊卑通用。只是到了秦始皇登基之后，皇帝的大印才专称为"玺"（繁体璽，异体鉩、鉨、鈢等），其他各色人等的印章不得僭称。就像那个"朕"字，原本也并非专属帝王，屈原在《离骚》一诗中就自称"朕皇考曰伯庸"（我的父亲名叫伯庸），待秦灭六国以后，"朕"字才专属始皇及其后继者，其他官吏臣民便统统躲到"我""吾""臣""草民"甚至清朝的"奴才"里去了。

玺印之别的这点常识，作为篆刻专家的王建民先生岂能不知？我请建民先生篆刻“毛翰之印”，先生赐以“毛翰之鉨”，那不可能是粗心，也不可能是误用。我猜先生的本意，应是勉励在下，作为文人应该有几分自尊自信，有几分骨气傲气，不必见了皇权就膝盖发软。一个玺字，皇上老儿用得，窃国大盗用得，咱平民百姓凭什么就用不得？君不见，在先秦，这个玺字本来是平民百姓也用得的，只是后来被暴君夺了去。被暴君夺去的那个玺字，再夺回来难道不应该吗？清朝覆亡，还政于民，也早该还玺于民了。

皇皇玉玺，尔等草民不得僭用，至今还在说这话的，究竟是故宫幽灵，还是民间奴才呢？僭用了就是张狂，就是冒犯，就是没文化吗？“民为贵，社稷次之，君为轻”，孟老夫子此话只是说着玩玩，糊弄老百姓的吗？我等贵为国民，用一下他轻为国君的御玺，究竟犯了什么王法天条？

何况，不直书“玺”，而代以“鉨”，已有几分避嫌之意了。寒沸兄说。

（原载《中外文艺》2016年第4期）

情怀

让我们分享阿伦特的爱

陈家琪

阿伦特诞辰一百周年了。她生于1906年10月14日，1975年12月4日因心肌梗死病逝，享年69岁。

当我想到应该写点什么来表达自己的纪念之意时，曾列出了四个不同的题目，其实也就是想通过阿伦特的著作来理解她的基本思想，这就是：阿伦特与现代性的挑战；极权主义的起源；康德政治哲学的讲座，以及艾希曼在耶路撒冷。与现代性有关的话题，阿伦特讲的是“人权现象学”，其核心意思就是作为一种标志，人们从对自然法（不能违反自然秩序）的敬畏转向了对个体的人的权利的维护，而人权是以人的尊严为基础的，康德则是第一个发展了对人类尊严的非神学意义上的辩护（参见塞瑞娜·潘琳的《阿伦特与现代性的挑战》，第56页，江苏人民出版社，2012年版），于是这就又与她对康德哲学（特别是判断力批判）的重新解读发生了关系。关于现代性的特定条件，潘琳根据阿伦特的思想概括为“超验的不可能、权威的丧失和传统的断裂”。所以，阿伦特认为必须在这一背景下发展出一种能够理解我们的经验共同性的方式，也就是说，当超验的存在已经无法再给我们提供共同经验的依据，当一向被认为是权威的言论（无论是官方的还是民间的）都已经受到了各种质疑，当传统的习俗也不再能为我们人类生活的共同之处提供证明时，尽管我们仍然不得不与他人生活在一起，但人权，这种单单属于个人的权利如何得到维护，我们人与人之间的、人类共同体的生活结构又当如何得以证明和论证？关于《极权主义的起源》是阿伦特影响很大的一部巨著。关于这个问题，我们在这里就不必说更多的话了，但有一点必须强调，这就是个人的孤独感与缺乏正常的社会联系（公共生活），会变成一种哲学（把历史解释为阶级之间的经济斗争和种族之间的自然混战），它在政治上的表现就是失落、厌恶、排外和盲目仇恨，于是有了暴民们想走向历史、改变历史的政治冲动（参见林骧华为《极权主义的起源》一书所写的“译者序”，北京三联书店，2008年版）。关于“艾希曼在耶路撒冷”，与此相关的一系列著作有《犹太复国主义的困境：随笔和评论》《以色列和反犹主义：论文集》。她的《论革命》《过去与未来之间》《权力和暴力》《论时代：政治随笔》都与上述四个话题有关；而这四个话题，又可以集中概括为人的处境、人的情感、人的精神生活（思想，意志）与人的判断。当然，这里所说的这些“人的”，都指的是人与人的，或人在共同生活中的。

但如果仅仅这样提出问题，还远远无法满足我内心深处对阿伦特的崇敬，以及那种有着深深切肤之感的对友爱与交往的渴望。

我曾经读过的一本《爱这个世界：汉娜·阿伦特传》，是2001年4月29日崔卫平寄给我的，我读了两遍，做了详细的读书笔记；在此之前，我在海南大学时的研究生王凌云翻译的阿伦特的《黑暗时代的人们》（江苏教育出版社2006年版）当时就给了我一本，而这本集子中的第一篇《论黑暗时代的人性：思考莱辛》，又涉及我来同济大学后的第一位硕士研究生乐燕蓉所写作的硕士论文，当时讨论的主题就是如何解读莱辛的剧本《智者纳旦》（*Nathan the Wise*）。所有这些往事，在瞬间忽然汇集成一个词语，这就是“爱”，或者可以理解为阿伦特在特定场合下所强调的“友爱”。我的博士生陈郑双所写的博士论文就是《政治哲学中的友爱问题》，而随便抬眼一看，又是托克维尔的一本讨论“政治与友爱”的书信集。

阿伦特无疑是一位政治哲学家，托克维尔也没有问题，他讨论的就是政治问题。为什么要讲政治中的友爱？柏拉图在《吕西斯篇》中到底是如何讨论政治与友爱的？《智者纳旦》又与友爱有何关系？

所有这一切又使我不得不重新打开陈郑双的博士论文和乐燕蓉的硕士论文。

事情过去了十来年，自己的学生当时也许无意中所写下的一句话，竟如此投合我此刻的心情。这也正迎合了阿伦特的这样一个哲学观念：思维不是一种主动状态，而是一种被动状态，它有赖于世界的现象界向你敞开，而且被你所感知。存在和显现同时发生；而显现的多样性与人所感知的多样性总是相对应的。你永远也不可能事先就知道什么样的显现被你所感知，以及如何感知，有何意义（参见阿伦特的《精神生活·思维》中的“导论”与“显现”一节，江苏教育出版社，2006年版）。

现在我们只讨论阿伦特的《论黑暗时代的人性：思考莱辛》，这是她1959年接受汉堡自由市所授予她“莱辛奖章”时所发表的演说。

什么是阿伦特所理解的“黑暗时代”？她说，历史上有过许多的黑暗时代，它的特点就是“公共领域被遮蔽，而世界变得如此不确定以至于人们不再过问政治，而只关心对他们的生命利益和私人自由来说值得考虑的问题。”这种情况长了，就会发展出一种特殊的人性，这就是《智者纳旦》中贯穿始终的一句体现主题的台词：“做一个人就足够了”。或者换一句话说：活着就行，还想怎样？

幸好我们已经是人，而且还活着，还想怎样？还要怎样？除了广场舞、各种健身方式，养生秘籍，我们还想、又能到哪里去寻找“人性的踪迹”？

于是，在这样一个黑暗时代，《智者纳旦》中的另一个主旋律就是“做我的朋友吧”。

在人生中，朋友总是不可缺少的。“一种没有朋友的生活是不值得过的。”（该书第 21 页，我刚刚在杭州讲过什么叫“值得过的生活”，可惜没有想到这句话。）朋友，指的是“无须证明就被视为真朋友的人”，而不是我们通常所说的“患难知真情”的朋友。

为什么她要强调“无须证明”？因为在她看来，当“公共领域被遮蔽，而世界变得如此不确定以至于人们不再过问政治”时，能够比较私密地进行言谈的人就是朋友。言谈什么？言谈政治。当然，我们也可以把这种“言谈”本身就视为一种“证明”，但它毕竟就是我们的日常生活本身。阿伦特说，对古希腊人来说，友爱的本质就在于言谈，也只有不断地言谈才能把公民聚集为一个城邦（polis）。谈论政治就是关心我们共同的世界，“这是由于，世界并不会仅仅因为它是人类所造而有人性，它也不会仅仅因为在其中有人的声音就变得有人性，它只在人们把它作为谈话对象时才会如此。”（同上）阿伦特说，她的意思是要讨论“在一个变得非人的世界中，我们必须保持多大的现实性，才能使人性不被简化为一个空洞的词语或幻影？”（同上，第 19 页）

对我们而言，没有什么比我们对世界的态度更根本的了。莱辛从未与他的世界和平相处过。他认为激情，哪怕是最让人不快的激情，作为一种激情，都是让人快乐的。他最怕的就是当人们在抛弃了对社会现实的关注的同时，也抛弃了人性。于是世界就变成了一个非人的世界。莱辛试图从恐惧中剥离出逃避现实的方面。于是就有了与恐惧相关的同情。是的，当我们感受到恐惧的同时，也一定感受到了同情或怜悯。但从另一面来看，无论是恐惧还是怜悯，都使人无法行动。亚里士多德曾经把同情与恐惧都看成是纯粹被动、限制人行动的感情。恐惧比较好理解，说它是被动的感情，因为权力（暴力）总比个人的力量大，碾死个把人完全不算什么；同情为什么也让人被动呢？阿伦特说，因为古希腊的人把同情理解为胆怯，它其实是恐惧的另一面：恐惧发生在自己的外面，同情则是对自己的同情。尽管这里面可能有误导的一面，但毫无疑问，都会使人无法行动，不敢交谈。于是阿伦特就提出了一个全新的概念："内在移民"（inner emigration）。近一个时期，"外在移民"在我们国家已经蔚然成风，但对更多无法移民的人来说，不妨听听阿伦特的分析。她说："这是一种奇特的暧昧现象。它一方面意味着，某些人身在德国但其行为却仿佛不再属于这个国家，他们在感觉上像是移民；另一方面它又说明，他们并没有真的移民，而只是退缩到了内在的领域，退缩到思想和情感的个体性之中。"（第16页）当然，与之相对，阿伦特可能还没有意识到还有另一种情况，那就是"内在未移民"：人已经走了，已经移民了，但心还在这里，也并没有离开这里的意思。这都是一些可以被称之为"奇特的暧昧现象"。关键的问题在哪里？阿伦特说，"内在的移民"（在我看来，也包括"内在的未移民"）所导致的一个最直接的遗产就是：人们把1933年到1945年这段历史当成仿佛从未存在过的一页，不但从史书上抹去，而且也要从人们的记忆中抹去。由于某种困扰，由于无法直面历史，由于大家都曾被直接卷入的有组织的犯罪，所以最好的逃避方式就是外在或内在的移民。阿伦特也假设，也许只有对"局外人"而言，才可能更好地交谈这个世界。交谈，特别是"叙事"（narrative），本身就是"对过去的征服"，因为叙事会把我们的生命经验作为新芽嫁接到世界的树干之上，于是就会不断激发人类潜在的可能性，它比我们活得更长，而且，"所有的哲学、分析和格言，无论它们多么深刻，在意义的强度和丰富性上，都不能与一个讲得好的故事相提并论。"（第19页）

讲故事的人与听故事的人就是也许从未谋面的朋友。这也就是阿伦特所理解的友爱，双方都既没有不当的内疚感，也没有不当的优越感或自卑感。我们已经习惯于把友爱仅仅视为一种私密现象：彼此敞开心灵，不受当时世界所发生的一切的困扰，而是通过交谈，让过去的一切变得"属人"，也就是"人性化"。这种友爱，在古代的希腊社会也被称为"仁爱"（philanthropy），亦即"对人的爱"；到罗马帝国时，这种普遍性的"仁爱"或"善意"就在"人道"（humanities）的意义上有了许多的改变：因为罗马帝国种族庞杂，哪些人才能获得公民权就成了一个严重的问题，于是教养或教化就被提到了日常生活的议事日程上，这也是我们今天看到西方的孩子在接受小学教育时，并不特别偏重于课程、作业，而是要学会与人交往，在交往方式上要显得有教养。阿伦特更看重的是交往中的友爱，这种友爱不是私密的个人行为，而是政治的要求和对世界的防护。《智者纳旦》中的冲突发生在友爱与真理之间。这有点类似于我们的“亲亲相隐”——只是有点形式上的类似而已，因为对纳旦而言，他心目中所要维护的并不是“亲”，即父子或兄弟姐妹的关系，而是朋友间的友爱，这种友爱高于真理。

这并不是说莱辛不要真理，而是说真理一旦说出，便立即转化为许多意见中的一条，于是便不断地被人争论、重构，简化为谈话的话资。假如只存在一条唯一的真理，就等于宣布了谈话的死亡；而谈话的死亡，也就是人性的终结。

所以和康德比较一下，康德在道德上无疑是冷酷无情的，他提倡宁肯为了真理而牺牲友爱，因为道德的“绝对命令”至高无上；而莱辛则要温情脉脉得多，他通过智者纳旦告诉我们，在人性与真理之间，人们当然不会陷入康德的二律背反，而会更加婉转地寻找到一种妥协，因为友爱是可贵的，而真理则需要不断证明。既然没有谁说只有自己掌握了真理，那么“真理”这个概念就应该改换为更贴近我们生活经验的词语，比如“正确性”“客观性”“事实性”等等，但无论怎样，“任何学说，无论它们得到了多么令人信服的证明，它是否值得人们为之牺牲两个人之间那独一无二的友情呢”？（第 26 页）

在现实生活中，我们知道真理往往是为政治服务的；一般来说，真理也就掌握在手握大权的人手中。那么我们也就由此看出《智者纳旦》是一个政治戏剧，而莱辛则是一个完全政治化了的人。正因为他关注政治，才相信真理只存在于因谈话而获得人性的地方。所以当莱辛说“让每个人说出他所认为的真理，并让真理自己被引向上帝”（第 27 页）时，阿伦特说，这是一句在所有有关真理与人性之争中最为深刻的一句话。

也就因为这句话，阿伦特这个人，而不是作为思想家的阿伦特，在我们的心目中也就渐渐清晰了起来。我看过一部有关阿伦特在耶路撒冷的电影，那是一段她最为受到犹太人的攻击，也是她几乎就要丧失掉她维护了几十年友情的一段日子；但电影让我们牢牢记住的，除了她永远不停地在抽烟之外，就是热情地与人拥抱，哪怕刚刚猛烈抨击过她的人。然而该坚持的，她还是坚持住了。所有这些，我们只要看看她的《艾希曼在耶路撒冷》就清楚了。

对这个让她受尽了屈辱与苦难的世界，她有的只是爱；对那些与她一起从纳粹的魔爪中逃了出来的朋友，无论是犹太教的、基督教的，还是穆斯林，她都充满了友爱，当周围这些人一个接一个地离开了这个她深爱着的世界时，她给她的好友玛丽·麦卡锡写信说："我不得不承认，这种'树叶凋零'（或者叫'树倒猢狲散'的过程使得我的感觉都有点麻木了。好像衰老的过程并不——如歌德所说——意味着'逐渐从现象世界引退'（我对此没什么反对意见），而是一个熟悉的世界（无所谓朋友敌人）逐渐（很突然）变成了一片充满了陌生的面孔的荒芜之地。换句话说，并非我引退，而是这个世界正在垮台。"

"并非我引退，而是这个世界正在垮台。"她竭尽努力地想挽救这个日渐垮台的、她所深深爱着的世界。但，这个世界还是垮掉了。

在她的写字台上，永远摆放着她的母亲玛尔塔·阿伦特的照片，还有两个人，一个是她的丈夫海因里希·布吕歇尔，另一个就是她早年的恋人，大名鼎鼎的哲学家海德格尔。她并不赞同海德格尔的所有学说，认为这个人有一种"冷静的沉着"，表现为完全放弃了意志而听任事物存在。这既指的是他在纳粹执政时的一些往事，也可能包括当她晚年三番五次地去探望海德格尔时，这个人所表现出的无动于衷（当然也并不一直这样）。去世那一年的八月，她还去见了海德格尔，而结果比她预料的还糟。她在给玛丽的信中说："海德格尔现在突然间真的老了，与几年前相比变化很大，耳聋得很厉害，过着隐居的生活，拒绝和人交往，我以前从没有看见过他这样。几个星期以来，我在这儿被那些突然之间变老了的人们包围着。"

她被变老了的人们包围着，她不知道她自己也已经是一个老人了。四个月后，她去世了，再过一年，海德格尔也离开了这个世界。

我们不知道或者无法想象她在生命的最后时光里想与海德格尔谈些什么，我们只知道雅斯贝尔斯说海德格尔是他"彬彬有礼的敌人"，而她自己在海德格尔八十华诞时写了一篇由巴伐利亚广播公司播出的文章，里面说海德格尔与柏拉图一样参与了政治，但他却始终不肯直面盖世太保的黑暗世界和集中营的刑讯逼供中的真实，这是一种"职业的畸形"。但所有这些话，都没有改变她对海德格尔在感情上的依恋。（参见阿洛伊斯·普林茨所著的《爱这个世界——汉娜·阿伦特传》的最后一章，社会科学文献出版社，2001 年版）

这也许是另一种“人性的畸形”，即对人在交往上的执着，以及对事在探究上的不懈。

人生，就是人的生活，让我们在生活中分享阿伦特的爱。这种爱贯穿在人与自己的关系（哲学），人与他人的关系（伦理学）和人与群体的关系（政治哲学）之中。

（原载《社会科学报》2016年6月30日）

遥想当年读路遥

赵 勇

我大概是1983年听说路遥的名字的，当时他的《人生》正火爆着，便买回来一本。这本小说定价四毛九，中国青年出版社1982年11月出版，首印13万册。我买的就是这个版本。据《路遥传》的作者厚夫统计，这本小说不久就销售一空，马上又出了第二版，一年后再加印，总印数达257200册。

这本小说我当时读过几遍，如今已渺不可考，但肯定不止一遍。因为那既是我喜欢的读物，也是我分析作品、提交作业所使用的文本。那个时候我已是大三，当代文学课由邢小群老师主讲。期间她曾布置过一次分析《人生》的作业，我便写成了一篇文章，题目大概是《论高加林的典型人物形象塑造》。后来邢老师点评作业，说：你们怎么都是典型、典型人物、典型形象的，就不能说点别的？我们就笑，笑着笑着我自己就小脸绯红了。

那还是一个理论和理论术语乏善可陈的年代。由于刚学过“文学概论”不久，由于这门课又反复念叨典型，我们自然便活学活用，把典型看作了高端大气上档次的东西。后来每每想起这件往事，我便觉得自己当时刚刚舞文弄墨，基本上还是文学评论的门外汉。我只想着如何套用理论，如何让理论装潢门面，却忽略了最重要的东西——读作品时自己的感受和体验。

我至今还依稀记得，把《人生》读完，最大的感受其实就是难受。高加林把“进城”作为他人生的一个目标，那应该是80年代农家子弟普遍存有的欲望和梦想。然而，他最终却败得很惨，不得不退回到人生的起点。对于我们这些同样出身于农家子弟的人来说，高加林的痛苦就是我们的痛苦，高加林的失败很可能也是我们的失败。他的人生经历照亮我们的现实，让我们的“进城”之路也变得黯淡了。而乡与城的对立与冲突，又是通过刘巧珍和黄亚萍来完成的。或者说，在刘巧珍和黄亚萍面前，路遥为高加林设置了一种道德困境：选择刘，便意味着选择了某种愚昧和落后，那是乡村世界的投影；选择黄，当然也就选择了文明和开放，但又充满着某种盲动和冒险。他在这种困境中犹豫过，挣扎过，最终却成了选择的牺牲品。

很可能，这就是我当时难受的根源，但我那时却没能把这种感受说出来。

1984年，电影《人生》热映。看这部电影时，我读小说时的那种难受又开始发作，但与小说相比，又总觉得那里面少了些什么。不过我并没有去认真琢磨。一年之后，我大学毕业，被分配到晋东南师专工作。现在想来，那个时期的我刚被人挤出省城，失意、落魄大概是我的惯常表情，颇有点高加林的味道。当然，我也很不甘心，正雄心勃勃地制订着自己的“进城”计划。就在那个时候，我复习班时的同学聂尔去师专做了一次演讲。

聂尔是因为评论《人生》的文章获得了“全国首届青年影评征文一等奖”而被邀请到师专的，而师专又是他的母校，这样，他的演讲便有了双重意义：作为获奖者，他自然要谈论他那篇获奖文章，为在校生解读他所理解的《人生》；作为师专毕业生，他为母校增了光，添了彩，就像一个地方的运动员在全运会上拿了奖牌，被请回来做场报告，那种现身说法自然也是颇为励志的。

我当时便坐在演讲现场，仔细聆听了聂尔的讲座。事过多年之后，他的演讲内容已变得模糊不清，幸亏他把那篇获奖征文收到了一本散文集里，我的记忆才有了显影的机会。他说：高加林的性格与落后的农村构成了一种矛盾，这种矛盾本应在影片中充分揭示，但影片却用大量篇幅，极力渲染巧珍失去高加林之后的痛苦和不幸。这就削弱了高加林性格的思想内涵，使观众误以为他是当代陈世美，误以为这部影片讲了一个“痴心女子负心汉”的故事。这种看法让人耳目一新，也在很大程度上说出了我看电影时的那种困惑。也许相对于小说，电影已无法承担起更为深刻的主题，便只好降低高度，让它滑落到一个普罗大众都能够接受的平庸位置。当时对高加林的指责不绝于耳，显然，那便是电影催生出来的一种效果。

《人生》之后，路遥沉寂了，他开始进入庞大的《平凡的世界》的准备之中。而我那时也一门心思准备考研，于是路遥渐行渐远，慢慢淡出了我的视野。

《平凡的世界》第一部首发于《花城》1986年第6期，可惜我当时并未读过。现在想想，如果它能在《当代》刊出，说不定我在第一时间就成了它的读者。那个年代，我读小说还是家常便饭，而获取当下小说的主要渠道便是文学期刊。于是，每当中文系订阅的新杂志到货，我便捷足先登，先睹为快。而一旦遇到来劲的好小说，说不定当天就把它搞定了。我现在还记得，陆天明的《桑那高地的太阳》一读便不忍释手，结果挑灯夜读，通宵达旦，直到天色大亮才沉沉睡去。那个长篇首发于《当代》1986年第4期。

许多年之后，我在网上读到了《〈当代〉大编畅谈“文坛往事”》的长篇对话，才知道周昌义当年年轻气盛，草草一读就把路遥的稿子退掉了。这样，《平凡的世界》便与《当代》失之交臂。或许正是他的这一失误，也让我无限推迟了对这部小说的阅读。

我也没听过广播。《平凡的世界》在中央人民广电台首播的时间是1988年3月27日12点半，总共播送126集。这也意味着，在此后四个多月的时间里，这部小说每天中午都会进入千家万户。许多读者也回忆说，当年他们正是通过无线电波，成为这部小说的忠实听众的。但是，我却没有收听它的任何记忆。读研究生时，收音机是我们获取信息的主要媒介，我当然也知道中央台有个“长篇小说连播”节目，但我并没有认真听过任何一部小说。也许是我觉得听小说太慢，不过瘾，也许是我更相信视觉而不是听觉，总之，在我的收听史上，跟着听小说的情景几近于无。

许多年之后，我的一位学生从网上下载了《平凡的世界》的全部录音，送我欣赏。打开听一段，李野墨的播讲音色浑厚，富有磁性，果然好听。但那时我已读过《平凡的世界》，也对汪曾祺的说法——“小说是写给人看的，不是写给人听的”——深为佩服，我已不再需要听这部小说了。

但是，我一直觉得，小说还没有全部面世便在广播电台播出，许多人在读小说之前便听过这部小说，这应该是《平凡的世界》传播史上的一次重要事件。这一事件总会让我驻足停留，思前想后。比如，细究路遥的小说语言，你会发现它干净、浅白、绵长、中规中矩，但又缺少非常个性化的表达特点。这种语言入口，含得住，化得开，似乎有一种弹性，恰恰适合朗读和演播。很难想象，汪曾祺或者莫言那种俗不伤雅或大俗大雅的小说语言能被搬进演播室，并能被演播者处理得妥帖自如。又比如，想到成千上万的听众在同一时间收听这部小说，我便想起了麦克卢汉的论述：“收音机的阈下深处饱和着部落号角和悠远鼓声那种响亮的回声。它是广播这种媒介的性质本身的特征，广播有力量将心灵和社会变成合二为一的共鸣箱。”既如此，这种部落鼓的回声是不是先期焊接过读者的心灵？是不是让他们在特定的时空中发出了巨大的共鸣，并形成了一代人的集体记忆？

20世纪90年代初，我又回到了晋东南的那座小城。期间路遥获奖，一年后他英年早逝，我都应该关注过，但所有这些并没有促成我去找来《平凡的世界》一读。

整个 90 年代，这部长篇小说始终不在我的阅读范围之内，这让我稍感奇怪。我现在能够解释的原因是，路遥大概并不是我所特别关注的作家。陕西作家中，我跟踪阅读过贾平凹的小说；陈忠实的《白鹿原》甫一面世，我也是追着杂志读到的，但我却并没有对《平凡的世界》投以青眼。

我在 20 世纪 90 年代没读过《平凡的世界》，却读过他那篇绝笔文字——《早晨从中午开始——〈平凡的世界〉创作随笔》。但这篇随笔究竟是在哪里读到的，又是何时读到的，现在已忘得精光。唯一能够确认的是，这篇文字自从读过就给我留下了极深印象。此后每过几年，我还会温习一番，里面的一些说法甚至已刻录进脑子，成了我思考和写作的素材。后来，我干脆把这篇随笔列入一门课的参考书目中，推荐给了一届届学生。

为什么我对这篇随笔如此着迷呢？大概是那里面隐含着许多秘密——劳动的秘密，构思的秘密，写作的秘密，甚至婚姻破裂的秘密。在五六万字的篇幅中，路遥把他的人生观、价值观、文学观、读者观、医疗观等等呈现得几近完美，让人不得不叹为观止，又让人不得不浮想联翩。他说："只有在无比沉重的劳动中，人才会活得更为充实。""劳动，这是作家义无反顾的唯一选择。"这个道理可能许多人都懂，但把它推到极致，甚至把作家的劳动与农民种地式的劳动画上等号，很可能路遥是当代作家第一人。他说："每一次走向写字台，就好像被绑赴刑场；每一部作品的完成都像害了一场大病。"在这种自我描述中，路遥俨然已是文学圣徒，那种宗教般的献身跃然纸上，也令人动容。玩文学的人哪里会有这种体会？他说："虽然现实主义一直号称是我们当代文学的主流，但和新近兴起的现代主义一样处于发展阶段，根本没有成熟到可以不再需要的地步。"非常正确的说法！伪现实主义曾经在中国耀武扬威，真现实主义便被逼退到墙角。时至今日，又有哪个作家敢说他把现实主义写到了一个登峰造极的地步？他说："有些生活是过去熟悉的，但为了更确切体察，再一次深入进去——我将此总结为'重新到位'。"多么漂亮的总结！生活如果不能重新到位，肯定会心里没底，下笔踟蹰。不仅仅是写作，即便像我平时备课，倘若材料、文本的阅读不能"重新到位"，讲课都会觉得底气不足。他说："抄写第二稿某种意义上是一种'享受'，……每一个字落在新稿纸上，就应该像钉子钉在铁板上。"这里的描述激活了我的"抄写"记忆，那是电脑写作时代再也不可能有的特殊经历。而"钉子钉在铁板上"的意象也让我把玩良久，它让我想到了字字千钧，力透纸背，甚至让我想起了法国哲学家阿兰的论述：“我的笔总是试图穿透纸，我的写作就像木雕，而不得不用这把凿刀尽力刻写。这样一来，我怎么还能修改它呢？当一个人埋头于自己的灵感之中，即意味着他专注于自己的本性，在我看来，只是因为有了书写工具的阻力，才把人们从空洞的即兴创作和精神的不稳定性中解救出来。”

他把十年间四种报纸合订本一页页翻看的细节也让我震惊，这简直就是教我们如何做博士论文的教科书。如果博士生们能像路遥那样舍得去下些笨功夫，又何尝会发愁写不出像样的论文呢？

我甚至对他抽的四盒装的“恭贺新禧”牌香烟也产生了兴趣。作为一个资深烟民，我很能理解路遥所谓的好烟才有好心情。想想路遥抽“恭贺新禧”的年代，我抽的是花块把钱就能买五六十根的散装“大鸡”，距离一下子便拉开了五百公里。

就这样，因为反复读《早晨从中午开始》，我从里面读出了灵魂的呻吟、心灵的歌哭，读出了疼痛和抚摸，读出了气充文见和荡气回肠，也读出了一种壮美和崇高。那是路遥的自白书，也是他为理想、事业、主义和文学写下的辩护词。在他的娓娓道来中，作家的自我情感终于有了一次痛快淋漓的释放，作家的自我形象也终于有了一次肆无忌惮的描摹。它是镜子，照出了我们的脆弱和渺小；它又像旗帜，孤傲地飘扬在 1992 年春天的上空。而那个时候，理想主义已轰然坍塌，实用主义正蠢蠢欲动。

《早晨从中午开始》已让我获得了极大的满足，我还有必要再去读《平凡的世界》吗？有一段时间，我似乎犹豫过，但随即就把读路遥的事情丢到一边了。需要读的书已经太多，而且，年齿渐长，我对读小说已有了几分厌倦。即便要读，也挑剔了许多。我已不再是年轻时那种饿虎扑食般的状态了。

2004 年 5 月，我终于买回一套《平凡的世界》，放到了自己的书架上，那似乎是阅读的前奏。此前我已读过邵燕君的《倾斜的文学场》，尤其对书中的一节内容——《“现实主义长销书”模式特点及其演变——以〈平凡的世界〉为个案》——印象颇深。现在想来，或许正是她的描述和论述勾起了我的阅读欲，我决定读一读这本传说中的作品了。

我在《一个人的阅读史》中记录下了阅读此作的情景：

2004年6月的某一天，我从书架上抽出《平凡的世界》第一部。……孙少平上学的情景让我想起当年自己读补习班的岁月，我很快就读进去了。感觉还不错，没有我想像的那么沉闷，看来它会吸引我读下去。不久，我开始学车了，学车得考交规，考交规得听一周的课，听课还要点名，《平凡的世界》就成了我听课时的读物。上课的老师唐山口音，在讲台上一摇三晃，晃得人眼晕，我就把头埋在路遥的世界里，读得津津有味。我仿佛又回到了大学时代，老师正在讲课，我却在课桌下搂着一本小说。

三大本的《平凡的世界》就是在那几天读完的，我似乎又找回了当一名纯粹读者的感觉。这部小说开篇不久即写到孙少平读《钢铁是怎样炼成的》，起初，他以为是一本炼钢的书，但开读之后，他一下子就被迷住了。“记得第二天是星期天，本来往常他要出山给家里砍一捆柴；可是这天他哪里也没去，一个人躲在村子打麦场的麦秸垛后面，贪婪地赶天黑前看完了这本书。保尔·柯察金，这个普通外国人的故事，强烈地震撼了他幼小的心灵。……在那一瞬间，生活的诗情充满了他十六岁的胸膛。”

兴许我正是从这部小说中读到了生活的诗情，我有点被感动了。这种感动尽管已不是我当年读《人生》时的那种感动，但它确实也是感动。

现在我想补充的是：一、我在6月22日凌晨3时读完了第二部，第三部读毕于25日。交代出这个细节，是想说明这本小说确实吸引了我，我必须通宵达旦，马不停蹄，只有把它读完才能安心。二、我买的是华夏出版社1998年出版的那个版本，开读之后，正好遇到了李建军兄。他听说我正在读路遥，立刻送我一套他责编的新书。于是，从第二部开始，我起用了人民文学出版社的新版本（2004年5月版）。新版本字号稍大，印刷考究，读起来更舒服。三、兴许是我当时就意识到这部小说的激励价值，随后便把华夏版寄回了老家，送给了我的外甥。外甥正在中学读书，我觉得他需要孙少平的故事。

但是，《平凡的世界》对我已构不成多少激励。我差不多是在路遥去世的年龄才读到这部小说的，那时我虽六根不净，但三观已定，已不可能受到它的影响了。它之于我，也许更多是一种唤醒和缅怀。它让我回望与反思，让我看到了来时的路蜿蜒曲折，路的尽头是一片黄土地，那里有我的兄弟姐妹，有我的父亲母亲，还有我活蹦乱跳的青春。年少的我正准备出发，而未来则深不可测，仿佛是我在 1991 年夏天的晋城古书院矿下走过的那条黑漆漆的巷道。

就是从那时起，我开始真正关注路遥了。我读过大部分亲朋好友回忆路遥的文章，我搜集了一大堆研究路遥的资料，我写过两三篇有关路遥的短文，我在课堂上讲开了《路遥与他的〈平凡的世界〉》，我计划重读一遍《平凡的世界》，既让姚斯所谓的“三级阅读”落到实处，也想破解那么多人喜欢读路遥之谜。但时至今日，我似乎还没有准备就绪。

2007 年 12 月，“北京文艺论坛 / 批评与文艺”在京郊举行。李敬泽先生发言时，我听得尤其仔细。他说：“这两年我和年轻学子们接触较多，从他们那里我学到很多东西。但是有一次，终于忍不住好奇，我问一位年轻才俊：关于文学，我们谈了那么多，现在能不能告诉我，古今中外的小说里，你认为最好的是哪一本，或者哪几本？他说：路遥的《平凡的世界》。”

噢——，李敬泽先生徐徐吐出了一个象声词。

这一声噢，余音绕梁，三日不绝。多年之后，一提到《平凡的世界》，依然会有噢的一声在我耳边滑过。我终于意识到，这个象声词已成幽灵，徘徊在我与《平凡的世界》之间，化作了一个不和谐音符。

对我来说，也许这正是起点，是我重新打量和思考路遥与他的《平凡的世界》的逻辑起点。

（原载《博览群书》2015 年第 5 期）

我去地坛，只为能与他相遇

杨海蒂

永远忘不了中学时期，我在课堂上偷偷阅读史铁生作品《奶奶的星星》的情形，当读到“奶奶已经死了好多年。她带大的孙子忘不了她。尽管我现在想起她讲的故事，知道那是神话，但到夏天的晚上，我却时常还像孩子那样，仰着脸，揣摸哪一颗星星是奶奶的……我慢慢去想奶奶讲的那个神话，我慢慢相信，每一个活过的人，都能给后人的路途上添些光亮，也许是一颗巨星，也许是一把火炬，也许只是一支含泪的烛光”这一段时，我泪水开始哗哗地流，只好把头埋得更深，不断用衣袖拭去泪水。同桌惶恐不安，老师莫名其妙……我也是奶奶带大的，我的奶奶也这般善良，也这般疼爱我，也被“地主”帽子压得抬不起头来。“奶奶已经死了好多年。她带大的孙女忘不了她。”我抽抽噎噎，念念叨叨，疯疯魔魔。幸好，一向偏爱我的老师，照旧宽容了我。

我哭，还因为少女的敏感多情——命运为什么要这样残忍地捉弄他?！一个“喜欢体育（足球、篮球、田径、爬山）、喜欢到荒野里去看看野兽”的男孩子，“活到最狂妄的年龄上忽地残疾了双腿”，从此再也不能活蹦乱跳了，“无论怎么说，这一招是够损的。我不信有谁能不惊慌，不哭泣”。他脆弱：他不敢去羡慕在花丛树行间漫步的健康人，在小路上打羽毛球的年轻人；他忧伤：脚踩在软软的草地上是什么感觉？想走到哪儿就走到哪儿是什么感觉？踢着路边的石子走是什么感觉？他失望：他曾久久地看着一个身穿病服的老人在草地上踱着方步晒太阳，心想自己只要能这样就行了就够了！

况且，21岁的他，渴望爱情而爱情正光临。“一个满心准备迎接爱情的人，好没影儿的先迎来了残疾”，那时候，爱情于他比任何药物和语言都有效，然而……

“结尾是什么？”

“等待。”

“之后呢？”

“没有之后。”

“或者说，等待的结果呢？”

“等待就是结果。”

他这样写道。他爱得虚幻，我痛得真实。他曾对中学老师B老师怀有善良心愿：“我甚至暗自希望，学校里最漂亮的那个女老师能嫁给他。”我当时就全是这样一份心思，暗自希望讲台上这个学校里最漂亮的女老师能嫁给史铁生。

残疾、失恋，让史铁生猛然被命运击昏了头，一心以为自己是世上最不幸的人，他孤愤、悲怆、怨恨，甚至长达10年无法理解命运的安排。“活着，还是死去？”这个哈姆雷特式问题，日日夜夜纠缠着他，年轻的他，心灵的痛苦更胜于肉体的痛苦。

“人不惧苦，苦的是找不到生之喜乐。”《圣经》如此教导上帝的子民，给人指点迷津。

好在，这个终日在死亡边缘挣扎的少年，最终没有被痛苦淹没，反而被苦难造就着。通过写作，他找到了生活的出路，找到了精神的征途，找到了生命的尊严，也找到了生之喜乐。

“写作，刚开始就是谋生。”史铁生直言。随着作品的不断发表和连连获奖，他靠意志和思想站了起来，站成一位文学的强者。

“在谋生之外，当然还得有点追求，有点价值感。慢慢地去做些事，于是慢慢地有了活的兴致和价值感”，他如是说，“一个生命的诞生，便是一次对意义的要求”。

人要赋予世界以价值，赋予生命以意义。人要求生存的意义，也就是要求生命的质量。曾经，史铁生写下小说《命若琴弦》，表达盲人对荒诞人生和自身宿命的抗争，以获取生存的价值与意义；在《许三多的循环论证》中，他一如既往对生命意义提出质疑，同时做出解答：没有谁是不想好好活的，却不是人人都能活得好，这为什么？就因为不是谁都能为自己确立一种意义，并永“不放弃”地走向它。

是的。人来到人世时紧握拳头，去世时手却是张开的；人生到最后，位子、票子、房子、车子四大皆空，所有功名利禄，一切荣华富贵，都烟消云散。既然死亡不可避免，爱人终究离去，我们为什么还会全心全意去爱？为什么还要不断创造美好的事物？我想，也许就在于生命的恩赐是珍贵的，爱情是无价的，人类创造的美好是永恒的。所以，尽管“眺望越是美好，越是看见自己的丑弱，越是无边，越看到限制”（史铁生语），我们依然应该尽量去追求理想而不是物质，因为，只有理想才能赋予生命以意义，也只有理想才具恒久的价值。

可是，时间会像沼泽一样，逐渐淹没我们的理想，让我们日益庸庸碌碌；时间也会像沙漏一样，不断过滤着我们的记忆，让我们漠然于逝去的似水流年。而独具慧眼的史铁生，却从一件件往事中，撷取出一个个片段，写可感之事、可念之情、可传之人：寺庙、教堂、幼儿园、老家；佛乐、诵经、钟声；僧人、八子、B老师、庄子、姗姗、二姥姥……像一幅幅精雕细琢的工笔画，徐徐展现在读者眼前，令人神往，引人入胜。这些往事有的温暖有的苦涩，在他笔下怀旧而不感伤，少年的轻狂、青春的绮丽、年轻的梦想、命运的跌宕、历史的沉浮、人间的温情、良知与情义、反思与忏悔，由他一贯纯净优美、纯朴平实、沉静睿智、沉稳有力的语言娓娓道来，有时一尘不染，有时直逼尘世的核心，冲淡悠远，意蕴深长。他曾说，二十一岁那年“我没死，全靠着友谊”，“那时离死神还远着呢，因为你有那么多好朋友”，那些好朋友，除了经常带书去医院看望他的插队知青，也有八子、庄子、小恒他们这些童年伙伴吧？

心灵的超凡脱俗，使他把目光抬高，俯瞰自己的尘世命运，“这个孩子生而怯懦，禀性愚顽，想必正是他要来这人间的缘由”，残疾是“今生的惩罚与前生的恶迹”；而一个善于反思的人，在面对自己的灵魂时，会黯然神伤：“现在想起来，我那天的行为是否有点狡猾？甚至丑恶？那算不算是拉拢，像k（矮小枯瘦的可怕孩子）一样？”“几天后奶奶走了。母亲来学校告诉我：奶奶没受什么委屈，平平安安地走了。我松了一口气。但即便在那一刻，我也知道，这一口气是为什么松的。良心，其实什么都明白。不过，明白，未必就能阻止人性的罪恶。多年来，我一直躲避着那罪恶的一刻。但其实，那是永远都躲避不开的。”“我也曾这样祈求过神明，在地坛的老墙下，双手合十，满心敬畏（其实是满心功利）……”

读他的作品，你的心灵会异常宁静、开阔、博大、悲悯。

史铁生最负盛名的散文是《我与地坛》。《我与地坛》语言清澈而精雅、清灵而深刻、清癯而丰华，人物丰富生动，文章甫一发表，立刻引起全国读者的注意，被多家选刊转载，被入选高中语文课本，被公认为新中国成立以来最优秀的散文之一；文中最为动人心弦的人物形象是作者的母亲——一个苦难而伟大的女性。关于母亲，史铁生还写下了深受读者喜爱的《秋天的怀念》《合欢树》《第一次盼望》等，尤其《秋天的怀念》，短小的篇幅，精致的文笔，纯粹的意境，写尽了母亲艰难的命运、坚忍的意志和真挚深沉的母爱，以及母子生离死别的苦痛，感人至深，余韵袅袅（曾在课堂上泪流满面的天真少女，已是饱经人生凄风苦雨的妇人，然而，每次重温它，我都会潸然泪下，久久不能释卷，久久难以释怀）。但流传最广的，还是《我与地坛》。一些中学教师和同学说，老师讲解《我与地坛》时，经常是女生哭男生也哭，学生哭老师也哭，以致师生们执手相看泪眼于课堂上。很多年里，很多的人，都是因为读了《我与地坛》而向往地坛，去地坛找寻史铁生的足迹。

我住得离地坛近了，去的次数多了。我知道，史铁生后来住得离地坛远了，他大部分时间在受病痛折磨与病魔搏斗，有时候，为了把精力攒下来读读书写点东西，他半天不敢动弹。所以，他来地坛少了。但他的心魂还守候在京都这座历经五百年沧桑的古园里。

我去地坛，只为能与他相遇。我记得史铁生说过的话：一进（地坛）园门心便安稳，有一条界线似的，只要一迈过它便有清纯之气扑来，悠远、浑厚。而我一进地坛，就觉得他的气息扑面而来。

20多年过去了，《我与地坛》没有随着岁月的推移而褪色，直到现在仍有人说，到北京可以不去长城，不去十三陵，但一定要去看一看地坛。这就是《我与地坛》的影响力，这就是文学的生命力。

史铁生的散文为什么这么吸引人？

世界越发展，人类便越渺小，物质越发达，人心就越孱弱；当今社会过于喧嚣浮躁，人的各种欲望空前膨胀，导致不少人心灵贫乏、精神荒芜、信仰没落。在这个物欲横流的时期，在这个急需道德力量的时代，社会需要精神食粮，读者需要文学营养，需要关注灵魂、呼唤良知、震撼心灵、柔化温暖人心的作品，这是当代散文必需的精神归宿，这是时代赋予作家的文学使命。

史铁生写的不是油滑遁世的逸情散文，不是速生速灭的快餐散文，不是自矜自吟的假“士大夫”散文，不是撒娇发嗲的小女人散文，挫折、创痛、悲愤、绝望，固然在其作品中留下了痕迹，但他的作品始终祥和、安静、宽厚，兼具文学力量和人道力量。他用睿智的眼光看世界，内心则保持纯真无邪，正因为他返璞归真的赤子之心，他的作品体现出广博而深远的真、善、美、慧。

一个有着丰饶内心和深刻灵魂的智者，不会沾沾自喜于世俗的得失，史铁生看出了荣誉的羸弱，警惕着声名的腐蚀：

“写作为生是一件被逼无奈的事……居然挣到了一些钱，还有了一点名声。这个愚顽的铁生，从未纯洁到不喜欢这两样东西，况且钱可以供养‘沉重的肉身’，名则用以支持住孱弱的虚荣。待他孱弱的心渐渐强壮了些的时候，确实看见了名的荒唐一面……

“美化或出于他人的善意，或出于我的伪装，还可能出于某种文体的积习——中国人喜爱赞歌……我其实未必合适当作家，只不过命运把我弄到这一条（近似的）路上来了……左右苍茫时，总也得有条路走，这路又不能再用腿去趟，便用笔去找。而这样的找，利于世间一颗最为躁动的心走向宁静……我仅仅算一个写作者吧，与任何‘学’都不沾边儿。学，是挺讲究的东西，尤其需要公认。数学、哲学、美学，还有文学，都不是打打闹闹的事。”

我想起了瞿秋白，瞿在《多余的话》中展示的高贵自省、伟大谦卑。

双肾坏死、尿毒症，每隔一天就得去医院透析一次，任谁也难以承受，不过，在21岁时挺过了最受煎熬的时光，之后，哪怕面对死亡的威胁，对史铁生来说都不可怕了。曾经，医院的王主任劝慰整天痛不欲生的他：还是看看书吧，你不是爱看书吗？人活一天就不要白活。将来你工作了，忙得一点时间都没有，你会后悔这段时光就让它这么白白地过去了；后来，医生这样评价他：“史铁生是一个意志坚强的人，也是一个智慧与心质优异的人。”几十年风霜雪雨过后，他已经可以坦然面对人世间的一切苦难、灾难、劫难。“我的职业是生病，业余写一点东西”，他笑称，“做透析就像是去上班，有时候也会烦，但我想医生护士天天都要上班，我一周只上三天比他们好多了。”他过50寿诞时，对作家朋友陈村说：座山雕也是50岁，就要健康不说长寿了吧。这幽默令人心酸。但“幽默包含着对人生的理解”，这是他的话。

心灵的成长需要时间，更需要命运的提醒。

《病隙碎笔》就是在透析期间的轮椅上、手术台边写出来的，足足写了四年之久。“生病也是生活体验之一种，甚或算得一项别开生面的游历……生病的经验是一步步懂得满足。发烧了，才知道不发烧的日子多么清爽。咳嗽了，才体会不咳嗽的嗓子多么安详。刚坐上轮椅时，我老想，不能直立行走岂非把人的特点搞丢了？便觉天昏地暗。等到又生出褥疮，一连数日只能歪七扭八地躺着，才看见端坐的日子其实多么晴朗。后来又患‘尿毒症’，经常昏昏然不能思想，就更加怀恋起往日时光。终于醒悟：其实每时每刻我们都是幸运的，因为任何灾难的前面都可能再加一个‘更’字。”这些感悟，将哲思与个人生命体验交融，使我们看到作者的谦逊感恩、平和坚韧，使我们懂得：幸与不幸，在乎人的感受；少欲少求，保持一颗虔诚的心，一颗感恩的心，一颗祥和的心，人才能获得内心的平静真正的幸福。

《阿伽门农》中有一句名言，“智慧从苦难的经历中得来”。当然，不是所有的苦难都能产生出智慧和德行，举目四望，苦难、清贫、病痛，也造就精神的颓废、道德的沉沦。但是，必须有大痛苦才有大深刻，有大深刻才会有大悲悯，有大悲悯才能有大智慧。智慧的人，懂得通过苦难走向欢乐。对史铁生来说，快乐当然不是幸运的结果，而是一种德行——英勇的德行。在德行的牵引下，他用喜悦平衡困苦，从而获得了心灵的安妥生命的自足。“当有人劝我去佛堂烧炷高香，求佛不断送来好运，或许能还给我各项健康时，我总犹豫。便去烧香，也不该有那样的要求，不该以为命运欠了你什么。唯当去求一份智慧，以醒贪迷。”

他的表白，不是伪崇高，没有人格造假，体现的是更高层次上的道德感。

让人欣慰的是，众目仰望的不是权力人物而是思维人物，毕竟，文化与思想的影响力要远远大于权力。史铁生以他的人格精神高度，深深打动着人们的灵魂，无数读者从他的作品中得到慰藉和鼓励，因而对他敬佩、敬重、敬爱、敬仰。有人说他的文字是全人类的精神财富，犹如一盏盏明灯照亮了人们的心灵，让人深刻地审视生命，让人找回自我、本性、灵魂，让人的灵魂得到升华；有人说，您的作品帮助我想明白了生命的很多问题，帮助我度过了人生最迷茫难熬的时光，网友“崇拜你的同龄人”甚至说“您的作品救过我的命”；有人称他为中国的霍金、中国的奥斯特洛夫斯基，称他是当代最值得尊敬的作家，称他是自己的精神引领者，质问“为什么感动中国没选他”？更有人呼吁：课本和媒体应该多推介史铁生作品以告诉孩子们什么是真、善、美和坚强。读者说：我们是幸运的，因为能读到他的文字！读者说：如果站在您面前的话，我真的很想给您鞠一躬。作家莫言也由衷感叹：“我对史铁生满怀敬仰之情，因为他不但是一个杰出的作家，更是一个伟大的人。”

文学没有衰落，更不会死亡，文学的作用，正如沃伦所言，“作家不仅受社会的影响，他也要影响社会。艺术不仅重现生活，而且也造就生活。人们可以按照作品中虚构的男女主人公的模式去塑造自己的生活。他们仿效作品中的人物去爱、犯罪和自杀。”

爱情与死亡是文学艺术的永恒主题，也是史铁生永远的人生命题。当年，充满哲学色彩和文学神韵、给读者以无比新奇阅读体验的《务虚笔记》问世，其中的生命思考和心灵独白，是那样地激荡着我，让刚刚开始涉足文学写作的我，不满足于只是惊喜阅读，还废寝忘食地大段大段抄写，那些笔记至今保存完好。

我至今对适逢《务虚笔记》问世时，某省举办的作家读书班上，当地文坛“三剑客”之二“剑”的争论记忆犹新。一个说，史铁生之所以善于思考，是因为他被命运限定在了轮椅上，除了苦思冥想便无事可做，否则他不会如此智慧，不会成为这么优秀的作家，他的残疾，对他来说未必不是幸运。

另一个反唇相讥：你也可以坐在那儿去想啊！你由于行动灵便，就自甘于俗务纠缠，更自堕于欲望滚滚，自己不去沉思，怪谁呢？再说，你去苦思冥想，就一定能产生出思想吗？！

而对史铁生来说，哲思不是沙龙里的讨论，它是生与死的搏斗。

他坦言，《务虚笔记》亦可称为《心魂自传》，而且，“一个作家无论写什么，都是在写他自己”。或许有人认为他太过玄虚，有人则说他证明了神性。其实，这是他的必然。黑格尔认为，艺术发展到最后一个阶段，绝对精神就不再满足于用艺术来表现，而走入宗教与哲学的领域。

哲学家把人的生活分作三个层次：物质生活、精神生活、灵魂生活。钟情于灵魂生活的人，不肯做本能的奴隶，不满足于虚幻的声名，必须追究灵魂的来源，追问宇宙的根本，才能满足他的人生欲。“人可以走向天堂，不可以走到天堂。”史铁生说。对一个深刻的灵魂而言，痛苦、磨难甚至是死亡威胁，也不会损毁它对美的向往和追求。史铁生提出真知灼见：在奥运口号“更快、更高、更强”之后，应该再加上“更美”。我们看到，他正一步步走过人生的三个阶段——审美阶段、道德阶段、宗教阶段。

《务虚笔记》问世十年之际，《我的丁一之旅》由人民文学出版社出版，史铁生在书中对爱情、人生、信仰和灵魂石破天惊的追问，令当下一些或写实或虚构，或拘谨或夸张，或精致或粗鄙的情爱小说相形见绌黯然失色。它的出色，评论家何东一言以蔽之：“此书堪与《百年孤独》等等国外优秀的名著相比，一本真正的爱情小说。”当时供职于《长篇小说选刊》的我，倾倒于小说情节布局之恢宏之阔大，想象力之瑰丽之天马行空，笔下之汪洋恣肆之从容不迫，语言之千锤百炼之炉火纯青，根本不记得自己要作编校，顾自深深沉浸于幸福阅读的心灵之旅。直到暮色苍茫，终于，我从书里探出头来，对亦师亦友的同事素蓉姐说，我从来不追星，但一直景仰史铁生。那一刻，我眼前浮现出的却是《奶奶的星星》里“赶快下地，穿鞋，逃跑……”还有《老海棠树》里“奶奶把盛好的饭菜举过头顶，我两腿攀紧树桠，一个海底捞月把碗筷接上来”那个聪明、可爱、淘气、顽皮的小男孩。

史铁生获过很多奖，但读者记住他，人们敬仰他，跟形形色色的奖项无关。萨特宣称，“我的作品使我永恒，因为它就是我。”这句话可以套用到史铁生身上：他的作品使他永恒，因为它就是他。生命虽短暂，但精神永存，且薪火相传。

（原载《美文》2016 年第 3 期）

夺　志

陈传席

我一向对马一浮不太佩服，据说他在杭州把《四库全书》全部读完了。这话我既不信以为真，也不信以为假。但他几次和鲁迅、周作人一起考试，名次皆在鲁迅、周作人之前，这倒是真的。但他的文章还是不如鲁迅锐利，不过，他讲过一句话，我很感兴趣（否则我也不会提到他）。他说：朱子有言，“仕宦夺人志者，甚也”。以今世观之，夺人志者何独仕宦。大学夺人志者不弱于仕宦。

这段话有一定道理，也多次引起我的思考。“夺人志者”有两种，一种是硬夺，一种是软夺。硬夺，凡有风骨的人皆不畏惧，也夺不了。孔子说：“三军可夺帅也，匹夫不可夺志也。”比如陈独秀，你叫他放弃自己的“民主”“科学”的主张，他宁肯坐大牢，甚至杀头，也不会放弃自己的主张。梁漱溟在政协会上提出农民问题，被批判；后来又叫他批孔，他就说出了“三军可夺帅也，匹夫不可夺志也”，他不会放弃自己的主张，也宁死不批孔。这就叫风骨，真正的知识分子，必有风骨，志是夺不了的。

软夺，比如你想考大学美术专业学习中国画，大学规定必须考素描、色彩、人体写生，那么你就必须花精力学习素描、色彩等，你知道发展中国画的基础是诗文传统文化、书法和临摹传统笔墨，但你也不能学，因为精力、时间有限，你必须抓紧把一生最宝贵的时间用于学校规定的项目上，你必须放弃自己对传统文化的学习。“大学夺人志者，甚矣。”

科举仕宦、大学夺人志者是软夺。青蛙在滚热的油锅里，反映极快，可以猛地跳出；但在温水里，它游得自在，水再热了，它就跳不出了，和水融为一体了。旧时读书人大多要通过科举考试而服务于国家，这个，士人们（读书人）都习惯了。读书、科举、做官，科举是关键，科举要考诗赋，你就必须习诗赋。要制义（又叫制艺，即八股文），你就得习制义。宋以后，科举都必须明于经术。宋王安石对闭门学作诗赋即可中举考进士做官特为不满，他说：“今以少壮时，正当讲求天下正理（指学习儒家仁义之道，掌握治国之术），乃闭门学作诗赋，及其入官，世事皆所不习，此科法败坏，人才致不如古。”于是王安石便不以诗赋取士，以儒家的经典为科举考试的主要内容，他自己还作了《三经新义》，解释《诗》《书》《周礼》。于是应试的读书人又“专诵王氏章句而不解义”，王安石很后悔，说：“本欲变学究为秀才，不谓变秀才为学究。”

为了科举、仕宦，必须如此。这就是“仕宦夺人志者，甚也”。不是硬夺，而是软夺，硬夺是逼你就范；软夺，是让你自己自觉地就范。

明清的八股取士，很多人认为必须以儒家的几部经典和固定的形式考试会禁锢人的思想、摧残人才。于是便多次有人主张废除八股文。康熙二年曾宣布“停止八股文，改用策、论、表、判”。但这样不能“使阐发圣贤之微旨，以观其心术”，“且不用经书为文，则人将置圣贤之学于不讲”，无法统一士人思想（即夺志），于是又恢复八股文。清朝执政大臣鄂尔泰就说过：“非不知八股为无用，而牢笼志士，驱策英才，其术莫善于此。”可见科举尤其是八股取士，是把政治放在第一位的，孔孟、《大学》《中庸》都是提倡忠义、仁义，在亲民、在止于至善，在修身、齐家、治国、平天下。因此，科举、仕宦之夺人志者，是讲圣贤之道，以圣贤之道改造人心。所以，封建社会经科举而仕宦者，大多能廉洁奉公，官员想到的是国家和民众。比如黄山谷《题画菜图》云：“不可使士大夫不知此味，不可使天下之民有此色。”他还手抄了《戒石铭》：“尔俸尔禄，民膏民脂；下民易虐，上天难欺。”范仲淹“先天下之忧而忧，后天下之乐而乐”，都是他们在读圣贤书准备科举时就固定在头脑中了。所以，仕宦之夺人之志者，有的是正确的、必须的。国家取士，必须有一个准则，要使无数士人统一到一个准则中。但关键是这个准则要正确，反之会坏事。

八股取士“实于政事无涉”，于是又设“博学宏词”，录取能文辞之才士，但清朝也只招了两次，便停止了。虽然文辞佳，但道德品质如何呢？是否能统一到圣贤之道中呢？其政治目的不明确也。

而今大学之夺人志者，也是个大问题。考大学、读大学必须有一个程式、有一个标准。你要上大学必须依据这个程式和标准。关键就在于制定标准的人的水平，标准定得好，国家就兴旺发达，人才辈出，人心忠厚；定得不好，国家就衰乱，人才不出，人心惟危。党内出现那么多腐败分子，就是缺少传统教育的结果。他们也许学一点外语和专业，但又不能用．于是钻营权术，以拍马逢迎至高位，以腐败至高位，必行腐败之事。

时至今日，凡人不受过正规的大学教育者，就会有很多麻烦，就业都困难。一般说来，都要考个大学。你考大学，就必须按考试的规定办。我前面文章说过，你学国画，必须懂诗文、精书法、会临摹。但大学国画专业不考这些，而是考素描、色彩，你就必须学素描、学色彩。这就叫夺人志。你明知学素描、色彩不是发展国画的基础，但你必须学，否则你考不上大学。你作为中国人，想学一些中国传统文化，但不行，考学、晋升、做官儿不需要传统文化，需要外语，那你必须学外语。

我们的传统文化为什么缺失，国家也一再提倡，但大学、仕宦又无此项，所以无人学习。

马一浮是反对大学、仕宦夺人志者，我则赞成大学、仕宦适当地夺人志。夺人志如果夺得好，其实就是培养人志，把夺人志和培养人才结合起来。这个“夺人志”即适当地规定，不能放任自由。但关键是怎样“夺人志”。“夺”之后，对人有利，对国有利才行。比如一个体弱致病者，你强迫他锻炼，结果他身体好了，而且他以锻炼身体为美事，甚至离不开锻炼，这样“夺”就对了。反之，如果一个人喜爱锻炼，你不准他锻炼，以致他身体变弱了，这样就“夺”错了。还有一种“夺”，比如他有体育天赋，你硬叫他学美术；他有文学天赋，而缺少音乐天赋，你却硬叫他学音乐，这也是“夺”错了。

中国和世界上其他一些国家各有自己的文化精华，有人学习了德国的交响乐，便大叫，德国太了不起，德国只有一个贝多芬就足以有理由统一全世界。有人读了几篇莎士比亚，便惊呼，英国太了不起，一个莎士比亚足以打倒全世界。我说：“托尔斯泰就看不起莎士比亚，认为他只是三流作家。”他马上反驳：“托尔斯泰太无知，根本不懂文学。”我说：“你读过托尔斯泰的《战争与和平》吗？”回答是：“我根本不会读那种下流的书。”我问：“你读过《红楼梦》吗？”他回答：“有了莎士比亚，还读什么《红楼梦》，中国的书不值得读。”我说：“你知道，世界各国都有研究《红楼梦》的红学会吗？世界小说家公认托尔斯泰的《战争与和平》为世界小说第一吗？”他的回答：“那些人都是走火入魔，他们无知，不理解莎士比亚。”这位朋友不读《红楼梦》，不读托尔斯泰，所以，他不知道其伟大，但他读了莎翁，便崇拜莎翁，也崇拜英国。

“五四”前后，国粹派和西化派交锋，国粹派强调自己祖国的传统文化最优秀，坚决反对和拒绝外来文化。因为他们深谙自己文化之优秀，但他们不了解西方文化也有优秀的。西化派对自己的文化并不深知，我看他们当时连道家学说和道教都分不清，更晚一点的朱德群、赵无极、吴冠中都说自己当时学画迷恋西洋画的色彩，对中国画不屑一顾，可知，他们一辈子也不懂中国画的奥妙，更看不出中国画的伟大。当然这几个人在中国文化中是不值得一提的，我只是举一个例子而已。“五四”时期跑到国外去的一群人，会讲几句洋话，其实外语只是一个工具，并不代表你有知识，但他们就要废除汉学，更要废除汉语，目的是要全盘废除中国文化，要废除读经，打倒孔家店等等。其中有些人晚年又开始重视读经、重视孔孟的儒家学说，对自己年轻时的反孔大为后悔。这一批人当时如果深谙孔孟之道的伟大，深谙传统文化的伟大，他们便不会那样反对中国文化。大体说来，研究什么文化便会热爱什么文化，所以，作为中国人，在受教育初期，一定要他们了解中国传统文化的优秀部分，而中国文化也确实是全世界最优秀的文化，至少是优秀文化之一。让中国人自幼就知道自己的文化之优秀，他就不会妄自菲薄，更不会自卑。即使他以后研究外国文化，作为比较，一方面会丰富他的研究，另一方面他会知道，中外文化各有长处。反之，他不了解中国文化的优秀，他就会自卑；他知道一点儿外国文化，他就会盲目地崇洋媚外，他就会看不起自己的祖国。有一位博士生了解一点印度文化，而且是别人介绍的印度文化，就大讲，印度文化太了不起，中国根本不行，差得太远。我问他读过《公孙龙子》《庄子》吗？他说，根本不能读，太差了。他没有读就说太差。其实他谈的那一点印度文化，在《公孙龙子》《庄子》里讲得比他更透彻、更深刻，因为他未读过，所以他不知道。

再谈谈人的道德品质教育或政治教育。我经常讲，学生学习道德品质和政治课的比例要增加到90%以上，增加的前提是取消政治课和道德品质课的形式，减少或取消的是形式，增加的是内容。语文课、历史课、地理课、体育课、美术课，每一课都必须同时是道德品质和政治的内容。这就要看课文选编者的水平素质如何了。

封建社会的科举考试，绝对要“阐发圣贤之微旨”，“观其心术”，“牢笼志士，驱策英才”，每一课都绝对是人品的教育、政治的教育，同时也学到知识。私塾的第一课是“学而时习之，不亦说乎？有朋自远方来，不亦乐乎？人不知，而不愠，不亦君子乎？”第二课是“吾日三省吾身，为人谋而不忠乎？与朋友交而不信乎？传不习乎？”然后便是“大学之道，在明明德，在亲民，在止于至善”，还有“古之欲明明德于天下者，先治其国；欲治其国者，先齐其家；欲齐其家者，先修其身；欲修其身者，先正其心；欲正其心者，先诚其意；欲诚其意者，先致其知，致知在格物。……”都是文化课，同时又都是教育人心和为人为国之道。从小就受到这样的教育，终身受用。但他们绝对不设政治课和道德品质课的形式。而实际上每一课又都是道德品质和政治。我们的课本选编者根本想不到这一点，他们头脑简单，智力低下，甚至连封建社会私塾先生的智力万分之一也不如。私塾教育，入学开始就以经学章句教育小孩，长大了，自然知道“亲民”“修身”的道理。我们的新式教育，第一课是“人、手”，第二课是“中、刀”。然后是“牛、羊”“水、火”。我读小学时，是“开学了，我们上学去”，试问这对人心、世事有何补益，又能学到什么知识？

“大学夺人志者不弱于仕宦”，这话还可以讨论，但他看出大学的作用还是对的，不仅大学，小学、中学更重要。“科教兴国”，“科”字是多余，发达国家都是“教育兴国”，我们教育搞好了，培养出十万个百万个邓稼先、钱学森、束星北、华罗庚等等，科学自然就发达了。你讲科学重要，但教育不出科学家，或教育出来了，跑到国外去，研究新的武器反过来打中国，又奈其何？

你要发展美术，你重视美术，你教育不出美术人才，又怎么发展？你的教育正确，培养出十万个齐白石，十万个黄宾虹，十万个毕加索，那美术自然发展了。（不必说十万，每四年培养出一个齐白石也就不得了）

国家要强大，人的素质要提高，很简单，教科书编好、教师选好，一切问题都解决了。有人说，北洋军阀时期、民国时期，培养出那么多大师和大科学家，而现在一个也培养不出来。很简单，那时候教师是什么水平，现在教师又是什么水平！那时候大师级的人才基本上都在大学任教，社会上只要出现一个人才，马上就被吸收到大学里来。我看了很多资料，很多人北京大学、清华大学毕业，甚至又到国外留了学，回来也只在小学、中学任教，等他出了可观的成果，足以显示他的才力，才被大学选去。现在本来就没有什么人才，矮子里选将军，或许有一点稍好的人才，而上上下下为了破坏教育，成立无数研究院、科研所、画院等，把大学里一流人才差不多全部调走。教育可知也，国家之兴可知也。悲夫。

（原载《中国书画报》2016年7月9日）

爱猫札记

黄 荭

一

“猫爱吃鱼，却不想弄湿爪子。”

这是法国十世纪的一句谚语。当“六点”推荐我译七百多页的《猫的私人词典》时，我在微信上第一时间发了这句深得我心的话。

但我还是忍不住弄湿了爪子，被这本外表学术理性、内里柔媚缠绵的书迷住，而且还抓了三位同样爱猫的学生跟我一起把爪子伸进深深浅浅的文字里，我们捉到了鱼。

这本书有一种矛盾的美，用作者弗雷德里克·维杜的话说：“一方面，是按照字母顺序排列的严谨和单调。另一方面，是在浓情蜜意中神游的自由。一方面，是片段、有条不紊的简短注释和论述所体现的客观。另一方面，是这个话题必然导致的感性和主观。”到底是人驯服了猫，还是猫驯服了人？到底谁是谁的主人？据说如果你喜欢猫，那是因为你想爱一个人，如果你更喜欢狗，是因为你渴望被人爱。我觉得这话说得很有道理，爱猫的人通常爱心泛滥，也因为爱得多，“就会偏心，就会片面，甚至会不公平或过分，这是自然”。所以我们爱猫常常爱得没有原则、没有道理。

从远古的猫到木乃伊猫到克隆猫，从童话里的猫到绘画中的猫到诗人笔下的猫，从埃塞俄比亚猫到查尔特勒猫到檐沟猫……这本砖头厚的《猫的私人词典》最让我感动的词条，还是曾经走入过作者弗雷德里克生命中的猫：谜一样的老祖宗法贡奈特、爱猫使者莫谢特、忠心耿耿的尼斯还有和菲茨杰拉德的妻子同名的泽尔达。深情款款的文字也让我坠入记忆的长河，勾起一些如水漫过青苔的柔软又潮湿的心事。

二

不知道为什么，小时候我一直以为自己属猫，说的时候摇头晃脑，两只小手五指张开抚着看不见的胡须，神气活现。大人们觉得好玩，从不戳穿我，捂着嘴笑，有时还伸手摸摸我的脑袋，就像在摸一只天不怕地不怕的小猫。

后来有一天，一个顶真又博学的幼儿园小朋友告诉我，十二生肖里根本就没有猫，而且我不属虎也不属兔、不属龙也不属蛇、不属马也不属羊、不属猴也不属鸡、不属狗也不属猪还不属牛，我是属……老鼠的！而且不幸的是，事实证明他是对的，我嚣张的气焰一下子就被灭得灰头土脸，这应该是我人生受到的第一次沉重的打击。

但我还是喜欢猫。

当时父亲刚开始教我在家画画，毛笔，水墨，而我最拿手的就是画猫。为什么是猫，家里也没养猫，究其原因或许是因为餐桌上总摆着一把猫状的茶壶，我口渴了就会抱着对着壶嘴喝。茶壶是龙泉青瓷的质地，猫端坐着，伸着一只爪子是壶嘴，而翘起来的尾巴是把手。至于还画过些什么别的，我几乎没了印象，不过每次画完，我脸上、手上、袖子上免不了会沾上不少墨水，活脱一只小花猫。

而我的画居然在县城的幼儿园得了奖，和另外四位小朋友一起被选派到丽水参加地区少儿绘画比赛。比赛在一个礼堂进行，摆了好多课桌，也有人直接铺了纸在地上画。我画得潦草，说得好听是写意，三下五下就画完了，抬头看不少小朋友纸还没铺好，架势还没拉开。老实说，我那天画得真不咋地，我完全可以选择重画一张，但我没有，我就这么坦然地接受了自己的平庸。

带五个小朋友去丽水的是教音乐的蔡老师，很年轻，小眼睛，短头发，笑眯眯的。比赛后我印象很深的是蔡老师带我们去了万象山公园，还去儿童游乐场坐了"飞机"，"飞机"开始升空时小朋友们都在拼命尖叫，我一直记得那种晕乎乎的快乐和不敢撒手的恐惧。之后我们在公园里合了影，回县城后蔡老师把照片洗出来给小朋友们一人一份，一张合影，一张是她的单人照，侧着身，一只手扯着一根柳条，扭过头来端庄地笑着。公园里灌木矮小，湖水和对岸的亭子一览无遗。十几年后我们家从县城搬到了丽水，周末常带着侄女去万象山公园，我们也在几乎一样的位置拍过照片，只是公园里的树木长高了，只能隐约看见浓翠中露出的一角亭子。

三

真正跟我一起生活过（或者不如说我跟它一起生活过）的猫是李露（Lilo），

那是 2003 年，我在巴黎第三大学新索邦做博士论文的那段时间。周末和放假我一般都在郊区的法国朋友家住，那年秋天朋友家在巴黎综合理工学院读书的儿子说同学家的母猫生了一窝，希望母亲 B 可以领养一只，“有漂亮的，有聪明的，有活泼的，有深情的……”“那就要那只深情的吧！”猫领回家的时候两个月大，B 给它取名 Lilo，说听上去很中国，我说 Li（李）在中国是常见的姓氏，lo 这个发音是“露”，李花上的露水，的确很东方情调呢。

李露很快就跟我混熟了，晚上会跳到我的被子上，趴在我的脚边呼呼大睡。有时我嫌它捂得热，一脚把它踢开，它出于骄傲，会假装口渴，跑去客厅的花瓶那里喝口水，然后若无其事地回来，再次跳到我的床上，继续趴在我脚边心满意足地呼呼大睡。

小猫总是活泼，于是 B 给它买了不少玩具，嫩黄色的绒毛小鸡，灰不溜秋的小布老鼠，还有一堆五颜六色的弹珠大小的纸球。它最喜欢的就是满屋子踢纸球，然后从犄角旮旯里一颗颗找回来，藏到它自己的角落像守着一堆财宝。而它的深情，是在某个周末我回来，就在我开门换居家的便鞋时，我突然发现，所有的小纸球都塞在我的鞋子里，这是李露思念我的一种方式。

爬树是猫的天性，客厅里有棵大盆栽，我们不让李露爬上去，但李露瞅到空就在下面窜来窜去，不出几个星期树就摇摇欲坠。最后我们只好把吸尘器拿出来放在树边，李露这才悻悻作罢，因为它在家最怕的就是吸尘器这个噪声怪物，B 一插上电在家吸地，它就一秒钟溜得无影无踪。因为还小，B 从来不放李露出门到小区草木森森的大院里玩耍奔跑，但外面的世界看着那么美好，白墙黑瓦映着绿树红花，李露常常坐在阳台的栏杆上眺望，一动不动，不完全是，只有尾巴尖在微微地摆动，证明它在思考。人类一思考，上帝就发笑。小猫一思考，乌鸫就傻乐。乌鸫是一种长得和乌鸦很像的鸟，不过嘴巴是黄色的，声音婉转多变，性格莽撞好斗。到了冬天，阳台的栏杆就成了它和小猫对峙的场所，乌鸫大大咧咧地飞过来，啄着 B 铺在栏杆上的黄油和面包屑，小猫不动声色看着跑到它领地里的入侵者，慢慢弓起背，瞪大眼睛，乌鸫着实觉得小猫摆架势的时间过于漫长和做作，猛地冲过来“咿呀咿啾啾啾”地挑衅，小猫大吃一惊，噌噌噌后退几步，谁知一个踉跄竟然失去平衡，从二楼摔了下去。一直隔着落地窗看着这一幕的 B 和我哈哈大笑，冲到阳台往下看，李露躺在楼下邻居的花园里，我们又担心又好笑地飞奔下楼，在花园里把猫抱出来，它似乎还有点懵，我们看它完全没有受伤，又忍不住大笑，李露羞愧自己刚才掉链子的表现，又愤恨平日里那么宠爱它的我们这么肆无忌惮的嘲笑，于是假装虚弱，任我们抱它上楼，之后一整天都窝在家里闷闷不乐，一声不吭，看都不看一眼窗外的风景和……凯旋的乌鸫。

有次 B 一家外出度假，我留在家里做论文顺便照顾小猫。论文做到百无聊赖的时候，我就出门逛个超市，或许是怕我也会弃它于不顾，只要我往门口方向去，李露就会嗖地跑过来，喵呜喵呜地堵在门口，于是我就给它套上项圈，放在买菜的篮子里拎着它出门。第一次出门它非常好奇，也非常胆小，很快就爬到我身上让我抱着，在超市买东西的时候它就站在我的肩膀上，在巴黎西郊小镇的超市，一个中国姑娘肩上扛着一只小虎斑猫买鳄梨法棍和希腊酸奶，应该是一道很特别的风景吧。

春天到了，李露也快一岁了，B 决定让它出去闯一闯，于是我们看到李露白天在屋前屋后的树上草地上撒欢。第一次捉了老鼠兴冲冲叼到楼上摆在门口的擦鞋垫上邀功，被我们骂过几次后还是会常常在楼下撕心裂肺地叫唤，叫我们去看它捉到的青蛙、鸟和……刚出生的绿颜色的刺猬！而我每次看到它天真无邪的凶残和猎物半死不活的绝望时，总是恶狠狠地数落它，它无辜地看着我，显然小猫只是为了炫耀它的捕猎技术，博得我的几句称赞，因为它并不会吃它的猎物，只是用各种手段玩弄它、折磨它，冷酷，用一种与生俱来的优雅。

李露最爱吃的，是我做的红烧鱿鱼，生的它不吃。自从放养后，李露每天一早就出去撒野，不玩到天黑不会回来，有时天黑了还不知道回来，B 就会拉着我在小区一路 LiloLiloLilo 地喊，跟叫一个玩疯了忘了回家的孩子一样。但只要是早上集市买了鱿鱼回来，我在厨房水龙头下清洗的时候，李露都会溜回来看看，凑着水龙头喝几口水，谄媚地跟我喵几声，好像叮嘱我烧好了一定要给它留一份似的，然后假模假式地再巡视一番，闻一闻看上去像白橡胶一样生鱿鱼，最后摆驾出宫又撒欢去了。B 说李露一直都没有走远，它就在房子周围的某个树丛上盯着屋子里（当然也有屋外）发生的一切，的确，有时候仔细看，就会在某棵树上找到它的身影，一只耳朵或突然摆动的尾巴。

后来母猫李露开始发情，夜里叫得凄凄惨惨切切，于是 B 狠狠心带它去了兽医那里，手术做得很顺利，但李露显然受到了巨大的惊吓和痛苦。手术那天我在学校，到了晚上 B 打电话给我，说你明天如果没有课能不能来一趟？李露从兽医那里回来后就缩着蹲在那里一动不动，不吃不喝也不理她，她很担心它就此一蹶不振，甚至担心它一心向死。第二天一早我就动身去了郊区。李露看到我，终于有气无力地喵了几声，我拿了它爱吃的吃食喂它，端了水给它喝，它有了一点点力气后就喵呜喵呜地述说它的经历，它所受到的无耻和彻底的背叛。最后它终于在我轻轻地抚摸中入睡了，慢慢打起轻轻地呼噜。

它是一只大度的猫，很快就原谅了人类的过错，忘记了曾经的噩梦，重新找到了自信和快乐。

再后来，因为儿子高中毕业，B 要来中国和被公司外派的丈夫 F 团圆，李露被送给一位 80 多岁的老太太，有趣的是她和科莱特的母亲有一样的名字，茜多太太，她是 F 小时候的钢琴老师。据说李露慢慢在老太太的调教下变成了一只沙龙猫，优雅，高贵，只有一次它从家里逃出去，被路上的车辆吓到了，爬到一棵树上死活不肯下来，是老太太叫了消防队员才把它解救下来。它是不是又装出一副要晕倒的样子？只不过这一次，像十八世纪宫廷里的贵妇人？

李露最打动我的，是我回国内教了六个月的书后再去巴黎继续做论文。B 到地铁站开车接我，到了小区门口停好车，我拖着行李箱和 B 一起在小路上一边说话一边往家走，突然，从草丛中，像一个疯子一样，跑出来一只虎斑猫，扑过来抱住我的腿喵呜喵呜地叫，李露竟然没有忘记我！

其实这么多年过去，我也一直没有忘记它。

四

大黄，也称黄主任，是南大甚至是全国高校人气最高的喵。在南京大学仙林校区辽阔的校园里，天天宠幸三妻四妾，照拂一众儿女，并按时领受南大同学们虔诚献上的食物和赞美，现世安稳，岁月静好。

据说在 2015 年 weavi 网发布的大学情怀排行榜中，大黄代表南大出战，“一举击败了武汉大学珞珈山野猪、浙江大学求是鸡、重庆大学学霸雁、西工大三哥、中山大学猫头鹰、北京大学学术猫、厦门大学屌丝鹅、北师大乌鸦、同济大学孔雀、西北农林科技大学克隆羊等强劲对手，以南大气势，携九州风雷，问鼎中国校园神兽榜，引发数千万人类和数百家媒体的疯狂膜拜。”最近又听说南京大学的同学们又推出了大黄专属毕业纪念册和笔记本、印着大黄头像的校徽、大黄系列文化衫……

这只当年蹲坐在教育超市门口扑闪着大眼睛靠卖萌发家的小花狸猫如今养得膀圆腰粗，子嗣不计其数。有次我们一群人在图书馆门口遇见它，不能免俗地挨个抱起它合影，大黄沉甸甸地在我怀里直往下滑，我笑得灿烂，而它一脸嫌弃，宠辱不惊。

然而不公平的是，去年南大首届猫王争霸赛竟然没有了大黄和大黄家族的身影，报名参赛的都是有主的家猫，南京大学师生校友有近200只养尊处优、饫甘餍肥的萌猫刷屏，从教育研究院王运来教授家憨态可掬的“咪咪”到法语系外教薛法兰家嘴角长了一块媒婆痣的“水饺”，从哲学系张异宾教授家读报纸的“妞妞”到文学院杨柳老师曾经救助过的流浪猫“佐罗”（据说这只智商极高的“黑老大”被成功领养，过上了听琴赏龟的神仙日子，我只是想：“你们问过那只龟的感受吗？”）……虎斑猫、波斯猫、加菲猫、英短、美短、缅因猫、中国狸花猫、中华田园猫……德语系11级的一个同学给她家的老佛爷拉票：“我家的老佛爷，名叫MIGI，是一只高冷的大龄处女喵，喜马拉雅猫品种，卖得了萌、耍得了酷、捣得了蛋、装得了傻、卖得了乖、揍得了人。她已经陪伴我和我的家人15年了，为我们带来了很多欢乐和亲情，我的整个学生时代都充满了她的身影。”你能忍住不给它投票吗？

热闹是别人的，大黄和大黄家族依然在校园里生生不息，天晴时成群结队在草丛湖边露个小脸，高兴时跑过来蹭一蹭童鞋的裤脚，享受一下人类的抚摸。当大黄盘踞在图书馆高高的台阶上傲视群雄时，目光慵懒却依旧霸气十足：“放肆，我是南京大学黄主任！”

五

文人爱猫养猫，单单从诺贝尔文学奖得主中就可以报出一长串名单，且都是有图有真相：吉卜林、叶芝、萧伯纳、赫尔曼·黑塞、安德烈·纪德、艾略特、威廉·福克纳、丘吉尔、海明威、加缪、萨特、贝克特、帕特里克·怀特、布罗茨基、南丁·戈迪默、辛波斯卡、奈保尔、帕慕克、多丽丝·莱辛……写过《猫事荟萃》的莫言应该也可以算一个。

《猫的私人词典》自然也谈到很多作家的猫和他们笔下的猫，我也忍不住八卦一下。

1904年夏天的午后，梅雨初晴，一只出生不久的小猫迷路后跌跌撞撞闯进了夏目漱石的家。翌年一月发表的《我是猫》就是以这只小猫为原型创作的，成了出道不算早的作家的处女作和成名作。

这部明治维新以后的作品充满着知识分子在新旧两个世界徘徊的惶惑，一群穷酸潦倒的书生成天插科打诨、玩世不恭，一边嘲笑捉弄别人，一边又被命运和时代捉弄和嘲笑。那只自称“咱家”的猫对人类的观察和讽刺十分酸爽：“人们那么呕尽心血，真不知想干什么。不说别的，本来有四只脚，却只用两只，这就是浪费！如果用四只脚走路多么方便！人们却总是将将就就地只用两只脚，而另两只则像送礼的两条鳕鱼干似的，空自悬着，太没趣儿了。”口是心非、作茧自缚是人类最大的弱点：“他们自找麻烦，几乎穷于应付，却又喊叫‘苦啊，苦啊’。这好比自己燃起熊熊烈火，却又喊叫‘热呀，热呀’。”我很喜欢译林出版社出的于雷的译本，言语里透着东北人特有的趣味和彪悍，就像他在译序中描绘东北的大雪，“总是那么魁伟、憨厚，却又沉甸甸、醉醺醺的”。

在微信圈看日语系的老师和同学晒夏目漱石旧居和墙头那只猫的雕像、岩波书店出的老版封面和插图，总会让我幽幽地神往。其实我心里一直有两个疑问：夏目漱石在写《我是猫》之前，有没有读过霍夫曼《雄猫穆尔的生活观》呢？鲁迅在写《狗·猫·鼠》时，脑子里是否闪过当年一度迷恋的日本报刊上连载的《我是猫》呢？

每一只猫都有魔法，都那么特别。我一直想看多丽丝·莱辛的《特别的猫》，去网上书店搜居然遍寻不见，只有孔夫子旧书网上有，价格颇有哄抬物价之嫌，最后托浙江文艺出版社的编辑阿花在库房找了一本。从非洲到英伦，莱辛的生活里一直都有猫的陪伴，甚至有太多的猫，尤其当她小时候住在非洲农庄的时候，“小猫实在是太多了，而在我们看来，小猫简直就跟树上的叶子一样，先从光秃秃的枝丫上冒出来，渐渐变得青翠浓密，然后再枯黄坠落，每年周而复始地重复同样的过程。”我一直认为是非洲这段内心既复杂又绝望的经历为她日后和猫的相处打下了蓝色的基调：“在我和猫相知，一辈子跟猫共处的岁月中，最终沉淀在我心中的，却是一种幽幽的哀伤，那跟人类所引起的感伤并不一样：我不仅为猫族无助的处境感到悲痛，同时也对我们人类全体的行为而感到内疚不已。”记忆总是挥之不去，只有世界在你脑海中最初的映入才是决定性的、不可更改和撤销的，有一种宿命的意味。“在过了某个特定年龄之后，我们的生命中已不会再遇到任何新的人，新的动物，新的面孔，或是新的事件：一切全都曾在过去发生，过去一切全都是过往的回音与复诵。甚至所有的哀伤，也全是许久以前一段伤痛过往的记忆重现。”

或许，这也是为什么我一直拒绝自己养猫的原因，我担心在它闯入我世界的那一刻，我会愕然地看到，自己已经不记得的那块——命运的胎记。

（原载《〈猫的私人词典〉译后记》，华东师范大学出版社 2016 年版）

沐浴精神的日出

王雪瑛

一

1923年,《新青年》的代表人物之一胡适在写给高一涵、陶孟和等人的信中指出:"25年来，只有三个杂志可代表三个时代，可以说创造了三个新时代:一是《时务报》;一是《新民丛报》;一是《新青年》。

的确，创刊于1915年的《新青年》打开了一个时代的大门，陈独秀在篇首《敬告青年》一文中就向国人疾呼:"国人而欲脱蒙昧时代，羞为浅化之民，则急起直追，当以科学与人权并重。"《新青年》以"科学"与"民主"的大旗，明确了现代性的核心内涵，指明了建构中国现代文化的基本走向，形成一种社会意识和价值观念，促进了人们的思想解放，推动了中国文化从传统向现代的转变。

百年前的中国正处于"千年未有之大变局"，辛亥革命失败，西方列强入侵，袁世凯复辟帝制，黑夜茫茫、贫困衰弱，满目疮痍，中华民族向何处去?民族复兴的伟力在哪里?用什么思想来唤醒青年，冲破束缚与压抑，奔向自由和光明?

陈独秀、李大钊、蔡元培、胡适、鲁迅、钱玄同、刘半农等以《新青年》为思想库，开始了他们伟大的人生实践，引发了那场改变中国文化基本走向的"新文化运动"。他们在苍茫的灰暗中，在血色的晨光里，在历史的棋盘间，以思想落子，以行动对弈，以生命开局。

他们在《新青年》杂志上发动"文学革命"和"思想革命"，他们提倡"以白话代文言"，介绍各种世界性的"新思潮"，内容包括西方各个时期、各个领域、各个国家、各种体裁，体现了兼容并蓄的精神。他们以社会不断发展、文明不断演进的进步观念，引领青年人，打破黑暗、封闭、专制，开创光明、开放、民主的明天。

百年后的今天，我们凝神回眸《新青年》，从其字里行间，仍能感受到他们生命的温度，思想的力度;他们塑造青年、改造国民、影响社会之时不我待的进步理念和责任意识，我们真切地感受到那场"文化革命"所散发的思想热能。今天我们重新梳理新文化运动，不是"知识考古"，不是文化怀旧，不是为了忘却的纪念，而是复盘已经尘埃落定的历史棋局，回溯他们的心路历程，体会和思索他们的选择与理念，从中汲取思想资源和精神资源。

百年的斗转星移，科技在进步，人文在发展，世界风起云涌，中国沧桑巨变，时代大浪淘沙，中国人的生命理念与生活方式发生了重大变化，互联网改变着我们的生活方式，我们用全球化时代、多媒体时代、全媒体时代、自媒体时代、微时代等来描述和命名我们的时代特征和生活新貌，在这样一个科技进步，资本的快速输出和流动，跨国市场体系形成全球化的时代，百年前的新文化运动对于我们的人生到底还有什么意义？我们能从新文化运动中汲取什么精神的滋养？新文化运动给我们留下了怎样的精神财富？ 80后、90后的年轻人还会对新文化运动感兴趣吗？他们如何获得与新文化运动中的大师对话的能力？

因为只有心灵的相通，精神的对话，才能接受和继承新文化运动的精神财富。而心灵的相通，精神的对话，应该从对他们作为个体的人的了解开始，了解他们重要的思想脉络，了解他们共同的理想追求，了解他们不同的主张与分歧，了解他们的个性与情怀。

二

《新青年》的根本立意没有偏离过“立人”的主题，是要塑造新的“青年”。对此，主编陈独秀在《新文化运动是什么》中立意鲜明地指出新文化运动是人的运动。《新青年》倾心打造的“新青年”究竟是怎样的青年人呢？李大钊在《青春》一文中，从个体人生的角度，倡导青年“自觉其新鲜活泼之价值”，“以青春之我，创建青春之家庭，青春之国家，青春之民族，青春之人类，青春之地球，青春之宇宙”。

陈独秀撰写了与杂志同名的《新青年》，与李大钊的《青春》表达了同样“青年强则中国强”的理念。陈独秀在文中要求自命“新青年”者要与“旧青年”诀别，而李大钊的《青春》则号召“新青年”以“今日青春之我”去“扑杀昨日青春之我”。在陈独秀、李大钊等人那里，“青春”、“青年”是社会进步的中坚力量，他们推崇进化论的理想，他们期待以青春鲜活的生命开创未来，他们相信进步将更替保守，光明会战胜黑暗，历史、现实、未来是一条向着曙光的延长线。

《新青年》的基本导向没有偏离过建立多元并存的思想生态，陈独秀在论述从一元到多元的理由时就强调：“我向来有两种信念：一是相信进化无穷期，古往今来只有在一时代是补偏救弊的贤哲，时间上没有‘万世师表’的圣人，也没有‘推诸万世而皆准’的制度；一是相信在复杂的人类社会，只有一方面的真理，对于社会各有一种救济的学说，空间上没有包医百病的良方。”李大钊在《东西文明根本之异点》中所说的“东洋文明与西洋文明，实为世界进步之二大机轴，正如车之两轮、鸟之双翼，缺一不可”。表明了他们对不同学说、不同文化持开放的立场，努力打破传统社会“独尊儒学”的一元独尊，引导中国文化从一元走向多元的文化生态。百家争鸣、多元并存是“新青年派”的导师们共同的理想和追求。

如果说他们共同拥有的多元并存的开放心态，“科学”与“民主”的核心理念，塑造新青年的基本诉求，凝聚成一种富有生命力的文化合力，积极地推动了新文化运动的全面展开，那么他们各自意见与主张的不同和差异，通过一场场论争，不断地推进着新文化运动的深入发展，也给我们今天的重新审视提供了更多课题与材料。

史学家郑大华认为，新文化运动中的进步观念，有渐进论与激进论、改良论与革命论两种类型。运动初期，陈独秀、胡适都从进化论出发，批评旧道德、旧文学，但从胡适的《文学改良刍议》和陈独秀的《文学革命论》，从文章的标题就可见“改良”与“革命”的不同。胡适受导师杜威实验主义的影响，他明确主张渐进论，他在《新思潮的意义》中指出“进化不是一晚上笼统进化的”，“再造文明的进行，是这个那个问题的解决，不要自以为能找到包治百病的“根本解决”。

陈独秀、李大钊等人以唯物史观来分析历史变革，李大钊在《再论问题与主义》中强调应该承认“遇着时机，因着情形，或须取一个根本解决的办法”，“经济问题的解决是根本解决”。李大钊还以《唯物史观在现代史学上的价值》，对进化史观与唯物史观进行了比较，他指出“以历史进展的动因为准则，唯物史观更胜一筹，因为它把历史进化的动因归于‘物质’，归于‘社会的生产方式’”（《新青年》8卷4号）。

新文化运动是一场思想冲浪运动，古今中外的各种思想在运动中交汇碰撞，从运动诞生的那一刻，就充满着争论：文言文与白话文之争、传统与反传统之争、问题与主义之争……正是一场又一场的争论推动着新文化运动全面而深入地展开，成为有多个阶层参加、多种思潮交汇、多种诉求并发的社会运动，为我们留下了一幅思想大河浪潮奔涌的壮丽画卷。

三

历经百年的历史烟云，我们从壮阔的历史画卷中，不但感受到了思想浪潮激越的力量，还感受到了那一批“新青年派”的导师们内心的波澜，人生的壮阔，他们的彷徨与呐喊，他们的探索与坚守，他们的分歧与论争，他们的独立与相助，他们的胸襟与气度。

1917 年 1 月，著名教育家蔡元培出任北京大学校长。他提出“循‘思想自由’原则，取兼容并包主义”，他锐意革新旧制，扫除陈腐校风，广为延揽有真才实学的学者，陆续聘请陈独秀、李大钊、胡适、鲁迅、刘半农、周作人等一批具有新思想、提倡新文化的新派人物执教北大。一时北大人文荟萃，风流云集，《新青年》编辑部也由上海迁到北京，以《新青年》为核心的新文化阵营，使北大成为新文化运动的主阵地，向全国辐射着思想的光芒和能量，新文化运动迅猛发展。

鲁迅是《新青年》的核心作者，1918 年 5 月他在《新青年》上发表《狂人日记》时首次使用“鲁迅”这个笔名，随后一发而不可收，他在《新青年》上发表了大量杂文随感和白话小说，《孔乙己》《药》《风波》《故乡》这些石破天惊的作品，让文学革命拥有了颗粒饱满的果实，而不是随风漂移的浮萍，使《新青年》成为“议论”和“创作”并重的杂志，有一种理论和创作相得益彰的生命力，有力地推动着新文学运动的全面展开。

鲁迅先生目光犀利地“睁了眼看”，反对瞒和骗，他敢于“直面惨淡的人生，正视淋漓的鲜血”，他“的的确确时时刻刻解剖别人，然而更多的是无情地解剖自己。”他“抉心自食，欲知本味”，他提出，中国人“一要生存，二要温饱，三要发展”。他又说，无论社会结构如何变，最重要的还是“改革国民性”。他的《拿来主义》，比喻生动，化繁为简，结论有力，“首先要这人沉着，勇猛，有辨别，不自私。没有拿来的，人不能自成为新人，没有拿来的，文艺不能自成为新文艺”。鲁迅以千字文辨析了新文化运动中的重大问题：东方与西方，继承与革新，传统与现代的问题，人和文艺如何创新，获得生命力的问题。

鲁迅以文学的方式，以小说塑造出鲜明生动的人物形象，以自己丰富的人生经验，对社会的深刻认识，真诚地启发青年，改造国民性，探寻新文化运动中提出的重要命题。

胡适是另一位《新青年》的主要作者，他的为人与为文与鲁迅全然不同。他在鲁迅之外树立了另一种坐标。胡适在《新思潮的意义》一文中，将“五四”的根本精神归结为一种“新态度”，他把这种新态度称作“评判的态度”。“评判的态度，简单说来，只是凡事要重新分别一个好与不好。”他还说，“做学问要在没有疑处有疑，做人要在有疑处不疑。”

他的日记细致地记录了平时的思考和当时的各种话题，以备后人查考。鲁迅生前对他有过苛评和戒备，而胡适看到鲁迅《中国小说史略》出版后，报以热情的推崇，“这是一部开山的创作，搜集甚勤，取构甚精，断制也甚严，可以替我们研究文学史的人节省无数精力”。鲁迅辞世后，当后人问及胡适对鲁迅的评价时，胡适的回答是不能抹杀周氏兄弟在近代文化史上的独特贡献，鲁迅在中国小说史研究上的独到之处，应该受到尊重。而且他对别人在鲁迅身后的无端指责，都严词批评。

胡适一生坚持自由主义，他以一种理性的目光审视着动荡的社会，以从容的态度批评着那个时代。他深受导师杜威的影响，喜欢研究问题，先假设一个观念，然后再求证。而陈独秀的思想理路与他不同，是先设定一个目标，为之不懈奋斗。他们因为理念和主义的不同而分道扬镳。陈独秀曾几次入狱，胡适都出力组织营救。陈独秀离世后，胡适还写文章对他晚年的反思表示赞赏。

胡适与李大钊思想上也没有共同之处，胡适的名篇《多研究些问题，少谈些主义》就是与李大钊论争的，但胡适敬重李大钊的人格，与他保持了多年的友谊。胡适不仅学术视野十分开阔，他为人处世的宽广和豁达，他对同道友人的宽厚和热诚更显现着新文化运动中知识分子的人格魅力。

胡适、李大钊、陈独秀、鲁迅，他们个性不同，政见不同，主张不近，文风不近，但他们都有兼容并蓄的胸怀，他们都致力于建立多元并存的思想生态，他们不仅以著书立说影响着世道人心，更以自己的现实人生践行着新文化运动的理念，他们发动、推动、建构着新文化运动的发生、发展和深入；新文化运动也影响着他们的人生之旅、胸襟气度、思想理念，塑造着他们的生命情怀、人格品质，焕发出他们身上现代知识分子、文化人的人格魅力：独立之精神，自由之思想。

他们是新文化运动的代表人物，他们构成了上个世纪初中国知识界文化界的梁柱。新文化运动的生命力鲜活地体现在他们身上，他们之间的思想理念、学术方向、审美趣味、个人性情、心路历程的差异不同，构成了新文化运动可供探讨的丰厚内涵和巨大张力。

四

站在21世纪的地平线上，回望他们百年前留下的棋局，回想他们的探寻与求索，他们的考验与承担，他们的问题和答案，现代与传统、东方与西方、拯救与启蒙、继承与革新、革命与改良、封闭与开放、一元与多元，这些问题在他们的脑海中盘旋，在他们的笔下展开，在社会的层面上激荡，又被时代的大潮冲刷，在历史的深海中漂流、沉淀，现在又以新的面目浮现在我们的面前，我们今天仍处于中国现代化进程的延长线上，我们要探索民族未来的道路，依然面临着这些问题的挑战，我们站在新的时代峰峦上重新审视，探究这些命题，传统与现代、民族与个人、全球化与本土、继承与创新、资本与市场、大众与精英、学术与政治、大众传媒与意识形态，我们在思索中回望历史，在理解中认识价值，在分析中取用资源，我们在应对新的社会文化实践的挑战中，进行着与新文化运动理论内涵与思想价值的对话，我们汲取中华文化的丰富养料，完成对传统文化的创造性转换与创新性发展。

我们只有在进行当下中国的文化社会实践的过程中，才能深入认识他们曾经面临和思考过的问题，才能深入认识新文化运动的积极意义和正面价值。在此实践和探讨的过程中，他们发动的新文化运动不再是与我们的人生无关的历史事件，而是和我们的生命和思想息息相关的真实经验，他们的人生实践会成为我们人生实践和选择的真实参照，他们的思想探索，才会成为塑造我们心灵空间的坚实材料，建立我们精神谱系的重要资源。只有心灵的对话，精神的相通，我们才能开始接受和继承新文化运动的精神遗产。

中国现代思想史专家周策纵在《五四运动:现代中国的思想革命》一书中指出：“在近代中国的思想历程中，五四运动无疑是一次最为壮丽的精神日出。以前的一切，似乎都汇集于此，彼此激荡奔腾；以后的一切，似乎都由此生发，造成了种种历史的巨变。”

站在21世纪的地平线上，我们仰望那一轮精神的太阳，胸怀他们留下的思想大潮冲击而成的画卷，我们不必遭受血雨腥风、军阀混战、贫穷落后，但我们还面临着环境污染、信任危机、贫富差异、社会矛盾，我们依然面临着现代化进程中新的问题和困惑。我们在全球化的新常态中，应该保持我们独立思考的先锋性，反思全面否定传统的文化激进主义，摆脱工具理性的偏激，我们应该有着更加从容的心态，以价值理性的视野，认识中国传统文化，中华美学精神在全球化语境中的意义，从人性的丰富和完善，从社会文化的全面发展的需要，从文化自身的内在价值，来认识中国传统文化的价值和现代意义，来完成现代商业社会中的价值重建。

我们并不孤单，我们看见了他们坚毅的背影，坚实的足迹，我们沐浴着那精神的日出。

（原载《名作与欣赏》2015年第12期）

普鲁斯特与我

浦　歌*

许多信息都可以把我的视线引向普鲁斯特的《追忆似水年华》，比如我正在读画家霍克尼的访谈录，他提到一幅实验性的画作:《科比<仿荷加斯>有用的知识》。他说，这是他用反透视法画的第一幅画，反透视法的关键是它与你本人的关系更为密切。在画作中，远处山顶上的一个男人正在抽烟，而在前景楼房窗户里探身出来的一位妇人正端出点燃的蜡烛，这让人产生错觉，似乎她正在为山顶上的男人点烟。如果你稍稍留意，那个男人的身高居然超过了山的高度，于是，我想起《追忆似水年华》中像魔兽一样盘踞在时空里的小说人物，以及相似的讽刺意味。

在《追忆似水年华》中，你会感觉到这种漂移不定的错位和不停变化的高度，一次睡眠和另一次睡眠，一次拜访与另一次拜访，就像行走在高低不平、角度不同的山路上。而且，在作者建造的绵延时空里，任何事物都有不止一次的变形，因为欲望、角度、视野的不同，这些熟悉的景物和人物像万花筒一样置身奇异的哈哈镜中：斯万，一会儿被我的亲人看不起，认为只是一个过分客气的邻居，一会儿又变身为出入亲王等人府邸的贵客。等“我”喜欢上他的女儿时，他又扮演了另一个奇特的身份。作为读者，我第一次发现自己不是置身画外，而是置身画内，在重重叠叠的画作内部，人物和事件开辟出各自的地盘，各自有自己独立的透视范围，就像身处天上不同的星座一样。

而我多年来数次对《追忆似水年华》的阅读（只有最后一次完全读完），以及阅读之时的生活处境，似乎也依次被裹挟进这些画面的附录里。或者它们也正成为画作的一部分。每次我拿起《追忆似水年华》，伴随着文字和意境，背后隐隐升起被埋没的我的生活。

1995年，我在一个小城市里读书，我的外国文学武跃速老师刚刚在课堂上讲了普鲁斯特和他的《追忆似水年华》，次日中午我在城市里逛书店，正在一家非常小的书店里浏览，这时，一位店员拿出一套书，正要将它放在书柜的最下层，差不多就是下意识地灵光一现，我觉得这就是老师提到的《追忆似水年华》。买到书回到学校教室，我立即开始了阅读，我如同非常贸然地走进一个始料未及的世界。当时，我只是一个贫穷的学生，拥有一个完全未知、非常茫然的未来。果然，毕业后，我回到偏僻村庄，回到我们全家居住的沟壑里，由于找不到合适的地方，只好滞留在家中干活。在那里，我继续读《追忆似水年华》，在非常辛苦的拉沙间隙，我用变得粗大、有了老茧的手指翻开书页，有时会有沙粒唰啦一声掉进书页中间，我并没有因为那是一个富丽堂皇的世界而排斥它，我觉得普鲁斯特正在写我，他的爱情可以置换为我的爱情，他的嫉妒可以置换为我的嫉妒，他对记忆的发现也带来我的发现。性格暴烈的父亲在我的周围走来走去，而我的化身正坐在亲王夫人的沙龙里，那里正有一种暧昧的气息在蔓延。等我后来独自到都市里漂泊，差不多孤立无援的时候，我又开始重新阅读它，这时，在沟壑里的艰苦生活也活跃在文字周围，就像我暴烈的父亲依然在我的周围走来走去一样，就这样，屡次的阅读都氤氲着对过去的回忆。此后的多次阅读也见证了我的屡次窘迫、屡次感情事件，以及我的婚姻和我的女儿。最后一次，差不多两三年前，我终于完整读完了它，那种感觉就像我几乎全部的生活突然有了结尾，这是我坐在沟壑里没有抵达的，也是我在都市漂泊时没有来得及涉及的，这时，我觉得自己的生活终于包裹、交融在这部小说之中，并被艺术地套上了封底。

有时我甚至认为，自己像是普鲁斯特的同胞兄弟，我们共同存活在《追忆似水年华》之中。这似乎是我阅读其他的书籍时无法做到的。《追忆似水年华》直译为《寻找失去的时间》，它是对记忆法则的一次深度模拟，它想捕获的是一个人自我意义上的过去，记忆法则只是一种隐秘的手段，它诱捕我们进入一个完满的世界，它浸满了时间的液体，在时间的羊水中，完整的、神秘的、多义的自我凭借“记忆”重整了这个散乱的世界，使它终于能够作为一个宏伟的形体，忽远忽近地围绕着教堂，围绕着一段乐曲，围绕着几幅画作，围绕着小说中的文学，围绕着几树山楂花，围绕着地名，全面铺展开时空中的记忆魔兽。而教堂、乐曲、画作、文学、山楂花、地名等等，在时间中差不多都是一回事，教堂蕴含着乐曲，乐曲蕴含着画作，山楂花蕴含着一切，这些标志性的关键之物将围绕它们的复杂人世和畸形人性通融为一体。“我”的自我、斯万的自我、夏吕斯的自我，其实都是作者自我的外延或者更真实的自我，他们三个像是孪生子，共同在时间中浮游，并延伸和扩展到小说中的整个意义世界。作者努力寻找回的时间，其实就是一个完整的自我世界，它模拟了一个人全部的记忆和深度。作为旁观者，我对这个世界的阅读，难道不是拷贝了一个人的完整自我，以至于我不得不成为他的同胞兄弟。它是如此完整，以至于我的生活无法真正插足其中，只能作为附录、注解和回音，成为它的衍生部分。

等我尝试着创作的时候，小说中那个有此想法的主人公似乎也附身于我，他的焦虑也是我的焦虑。我顺着他喜好的视线阅读罗斯金的《现代画家》《建筑的七盏明灯》等等，有时我总觉得不是我在看，是普鲁斯特在看。我看他推崇的福楼拜的《情感教育》，我似乎也很快洞悉了他对《情感教育》的吸收，“我”对已婚美妇的向往与失望，“我”与亲密朋友的交往与疏远，这在他的作品中都有某种回音，法国大革命的战乱情景与《追忆似水年华》中一战的轰炸之间，似乎也有某种暧昧的联系……

这使我联想起文章开头时的那幅画作，那个站在山顶，跟山一样高的绿色巨人，就像真正的普鲁斯特，那个探身出去的端着蜡烛的人，更像象征意义上的我，我的蜡烛之火永远无法抵达普鲁斯特的烟管，尽管他像山一样高，尽管我觉得与他有无限的联系，但我只是因为非常偶然地遭遇了《追忆似水年华》，并在象征意义上窃取了他的自我，以至于我总觉得他就在我身上，让我觉得自己随时都可以用蜡烛之火点燃他的烟管。

当然，在某种意义上，这也是一种微妙的讽刺，就像《追忆似水年华》的完满世界对我凌乱、枯燥的生活所产生的一种隐隐的、长久的、高人一等的讥讽。

（原载《博览群书》2016年第5期）

北戴河：地域文化之启示

江　冰

七月下旬，从广州飞机转火车，抵达北戴河的第一个晚上。窗外蝉鸣不止，全不顾夜色浓重。为何如此奋发出声，从天亮直至夜晚？静心思想，一定有原始冲动。遂启动手机百度，果然是为繁殖，雄蝉鸣叫，引诱雌蝉交配，交配后雌蝉产卵于树枝，一周后雄雌皆亡。北戴河夏天较短，六至八月为夏季，亦是一年中唯一的旅游季节，游客踊跃而至，夏蝉繁殖亦是争先恐后。也许，正是这样的气候特点，她成了首都北京城——首选的度夏胜地。

海滩，是北戴河最吸引游客的第一张牌。熟悉的海景，熟悉的海边浴场公园，好在人还不至于拥挤，好在小城尚有宁静稀松一面。紧张的是满街警察，坐的士进城拦住查身份证，的士师傅八卦：七万人一个旅游区，调五千警力，不过站街多为大学生，站七八两月回去就毕业了，“五一”到“十一”有人来，以后警察也撤走。询为啥？那红脸北方汉子语气神秘：不是咱国家要决定大事吗，定了，回北京就宣布。逗他：警察逮谁呢？回答：谁像坏人逮谁。说实话，北戴河与体制与政治相连，多少是政治或国家符号，少年时读毛诗，最迷那句：“秦皇岛外打渔船，一片汪洋都不见。”盖过风景的还有历史，秦皇汉武唐太宗，均有丰功伟绩于此。近代以来，亦是风云之地。

距北京三百公里处，见识北方异果。住处一棵有年头的核桃树，树冠巨大，果枝垂地，一瞅为梨，一问核桃，坚硬沟壑的核桃居然穿着如此生嫩新鲜的绿衫，树荫下仿佛一个偌大的舞台，衬托着露珠晶莹的绿衫仙子，精灵般地跃动眼前。油松则以黑油油如铁的枝干，托出满树松果，仿佛厚重幽深历史点缀着无数秘密的故事。海棠果如邻家女孩，玲珑可爱；水蜜桃几乎是北方夏日的招牌水果，多汁般地丰满；没见过的是当地土产水果红梨和洋葡萄，暗红色梨子一望而知，唯黄澄澄的洋葡萄似乎不像土产，向小贩落实了果名，直觉那像坐了五月花号大船，从欧洲跨洋驶进美洲的结果，是这样的出身吗？小贩一问三不知，直嚷五块一斤甜啦，递过来就吃，果然甜，爽口地甜，但与葡萄味道无关。清光绪允许欧洲各国进入北戴河，难道亦是进入导致的结果。还有第一次见识的柿子，翠绿的果实隐蔽在肥大的绿叶之下，几乎被眼睛忽略，可那扁圆形状着实可爱。住处隔壁是一所百年前协和大学校长故居，人去屋空，幸好有一块牌匾，保护神般地守护，但并无文物级别的注明。房屋破旧，唯有小院并无荒芜，被邻居种成茂盛的菜地——那西式故居外来主人，当年又有怎样的故事呢？绿色柿子寂寞地挂在树上，逝去的主人也无声地消失在历史的深处。北方的树和花，与南方殊异。松树居然为城市街道绿化主打，常见还有白杨、银杏、旱柳、柏树，少见果树为核桃和柿子，花除了荷花，其余均不识名。比较南方，花形壮硕，叶子肥厚，与蔬菜相似，比南方都大一尺码，又好似北方胖子也一定比南方多出许多。气候，从来都是地域特征形成的重要元素；文化，亦一向与四季变化关系亲密。

山海关是北戴河的第二张牌。倚燕山，临渤海，故名山海关。虎踞龙盘，威武雄关，与嘉峪关遥相呼应。长城长，故事多，但我印象深刻有三：吴三桂降清开城放铁骑入关，难道真的为一红颜？秦良玉丈夫被害，因子年幼，代夫领职，镇守雄关。可谓花木兰出世，且抗击清兵，厮杀疆场，女将良玉舞刀剑。老龙头，伸进大海的滨海类长城，为万里长城之首，与山海关相连。此时眼前有气无力的红衣门卫小伙，把雄壮历史消解得气息殆尽——昭示游人，风景而已。虽有名家范曾评价高度，五位皇帝亲临巡视余威，却也架不住城墙下小女孩流行音乐轰响下的架子鼓，加上新娘花轿 20 元一回颠轿的滑稽音乐。或许生活就是如此，泛滥表面都是平常的快乐，无须深刻，只求娱乐。看多了高大上风景，我倒对雄关下讨生计做生意的当地人多看几眼：六七八三个月旺季，十月就没班上了，导游女孩无奈地说。她说山海关囊括所有长城类型：角山、平原，以及伸出海面的滨海长城。我问何谓角山，她摇头不知，莫非懒得回答，当午太阳正晒，但愿她不是真不知道。想想挣钱摆摊都不容易，我一飘即过，又何必认真呢。

北戴河第三张牌是与共和国政治传说相连的山与水、路与屋。联峰山，主席登山处。进山口，看宣传栏里大幅黑白照片，1954 年的毛泽东还是踌躇满志壮年之时。在北戴河，他筹划了多少国家大事？历史如眼前的山雾飘拂，其真实面目何在？我一时坠入虚无。随同伴至神山顶峰，大雨将至，山谷迷雾渐浓，眺望处一片模糊，山海瞬间演化成一张曝光不足的底片，隐约可见低处山坡上红瓦别墅成片：那栋楼乃是毛主席的别墅呢？最具悬念的是林彪别墅，96 号——1972 年北京事发，林携夫人叶群、儿子林立果一行就此别墅匆匆下山，乘防弹红旗轿车至山海关机场，三叉戟飞机向苏联逃逸，最后机毁人亡，摔死在温都尔汗。据说得知逃亡消息，毛说了一句："天要下雨，娘要嫁人。"副统帅出事，全国震惊，构成我少年记忆中不可思议大事！从此，我对事物发展的未来充斥了色彩斑驳灰色主调之想象……竭力环顾四周，不知那个是历史大剧的起点或终点？嘴里嘟噜着疑问，眼前是乱云飞渡，却看着一山头的人忙着拍照，一丝失落轻轻划过心头：历史转场，好似舞台灯光由亮渐渐黯淡，等待着下一幕的开启。一幕戏结束，她的主角消失，历史的谢幕真的如此迅疾和无情吗？天更暗了，赶紧下山，终至大雨洗山。伴着闷闷雷声，走过一段高墙，道旁设岗亭，亭内有武警，并无带枪，但有电话座机在侧。大雨滂沱，埋头看路，行至山下，方知那高墙后面就是林彪别墅，不禁怅然若失，五味杂陈心间……北戴河里里外外共有四百多栋外国别墅，构成小城底色。其最强大的附属色彩当属"微缩的北京"——几乎所有国家机关的微缩翻版。穿街走巷，除了军人岗哨的大院，即是不亮身份的院落最神秘，隐蔽着某种贵气，愈是无人居住，愈是落地窗帘紧闭，贵气愈发了得，"一入侯门深似海"，有多深呢？唯有人民日报宾馆路口，形势陡转，人气大旺，地气井喷。何谓地气井喷，人气陡长？因为进入家庭旅馆区，活色生香，游人如织，有一家人，有一伙人，半裸着身子，顶着鲜艳救生圈，或去海边，或从海边回来，热热闹闹，喜气洋洋。小吃店饭香四散，特产店色彩缤纷，奔腾着老百姓的家常快乐，很生活，很庸常。与机关小院子大院子的安静构成明显反差。

在我看来，衡量一个地方创造文化的力量，有两个标志，一是连接力量，一是创造特征力量。北戴河为历代帝王青睐之地，积淀丰富的历史资源。1949年后，为共和国首都的度夏之地，多次重大政治决定产生于此，可谓号令一出，神州响应，连接力量，不可小视。历史与当下，共同创造了北戴河具有强烈政治色彩的地域文化特征。其创造力与共和国的体制、历程、领袖气质，以及风云变幻的世界形势息息相关。可以说，北戴河，一座特殊的海滨城市，就是一本历史大书：既豁朗大气，又神秘莫测；常看常新，启示无穷。

（原载《广州文艺》2016年第2期）

阅读·慢读·重读·细读

周　实

阅　读

关于阅读，正好昨天，有人通过电话采访，向我提了几个问题。

第一个问题是：你做过出版又当过《书屋》杂志的主编，想必你的藏书不少，能为我们介绍一下你的一些藏书吗？我说没有，没有藏书，我真没有什么藏书。

第二个问题是：如今是资讯发达的时代了，买书早就不是难事。不过，是否有什么书是你曾经特别想要而又始终寻不着的？我说没有，真的没有，如果真有这样的书，那我也就不看了，我是个知道放弃的人，不放弃又能怎样？

第三个问题是：能向我们介绍一下你心仪的书店吧，可以是长沙的也可以是旅途中偶遇的，国内国外的都可以。我说我真无法介绍，我已很久不去书店，如果要买书，也是在网上。

那么，关于阅读呢，能够谈点什么吗？我说如果实在要谈，那我想说的——就是现在的——好多书已不是书了。

这是什么意思呢？我的意思也就是：以前的书大都为不大不小的三十二开，大也只是大三十二，而现在的好多书竟然变成杂志一样，很多都是十六开了，甚至不知多少开了，反正是已大得无法放进书架了，大得只能死尸一般摊在冰冷的书桌上，或者码在地板上，你如果想读，哪怕是一页，密密麻麻地读下来，不但看得眼睛痛，而且扭得脖子酸。

我说现在的好多书，不但大，而且厚，而且重，厚重得就像那砌城墙的大砖头，你如果想读，一只手不行，必须两只手用劲地捧着端着或抱着，不须一会儿，手腕就痛了，虎口也酸了，想看必须戴上护腕，有的甚至要戴护指，才有可能把书读完，待到读完了，手也累伤了。

我还说现在的好多书非但不是书，更像月饼盒，不但包装得过了度，设计得也过了度，一本书做出来似乎不是让人读，而是让人作礼品，好多的都硬邦邦，就像披了副盔甲，穿甲弹都打不进。

再就是胶订，不怕你有劲，若无五指山镇住，一松就会弹回去，就像两扇弹簧门，若是遇上这样的书，我又非看不可的话，只好将它拆开来，看完再将它合拢，复原那是不可能了，只好任它伤痕累累。

我害怕看这样的书。

我现在正看的只是两本小小的书，一本是钟叔河送我的《记得青山那一边》，一本是朱正送我的《序和跋》，出版者是海豚出版社。

两本书，虽然小，但却好，小得好。

慢　读

关于慢读，七八年前，我曾写过一篇短文，短文的题目叫《速度》，文如下：

据报载，现在时兴电子书，看的人也越来越多。

我不行，还是喜欢捧着书，一行，一行，慢慢读。

读累了，闭上眼睛想一想。眼睛舒服了，又再接着读。

人们对于速度的追求使手工业近乎灭亡。而手工业所代表的却是耐心，独特，精致。

写作也是手工业的，即使你已使用电脑，如果你是用心写作，你会竭力躲避那些已经泛滥成灾的词汇，就算因此放慢速度，你也依旧心安理得。

阅读也是手工业的，至少在我看来真是。可惜，现在，人的阅读，较之先前更匆忙了。先前还是一目十行，现在怕已一目百行，有的还是跳页阅读，只看某个观点的结论，追寻某个故事的结尾。

人们喜欢故事、结论，喜欢 msn 交谈，已经甚于文本了。

而写作的独特价值，不在别的，就在文本。

我们只能依据文本，依据文本的独特程度，记住一个个的作家，否则，恐怕就难分清这一个与那一个了。

我这样说，是否在说：电子书就不好了？声明一下：当然不是。

我这样说，只是想说：写作应该讲究文本，阅读最好放慢速度。

细嚼慢咽，才能品味。细品其味，才有会心。

且慢！且慢！你看！你听！那些被你忽略的文字，正为你的速度痛心。

如今，七八年过去了，人们的眼睛所盯住的所一瞥的已经不是 msn 而是 QQ 微信了，速度更快了，快得你想慢下来，好像都不可能了。你刚开始看某题，或某文，或某段，手机就丁零响起来，电脑也马上告诉你，新的文字又来了。于是，你放下正看的，去看那刚刚发来的，又是一些什么新闻，或者一些什么趣事。你真很难安静下来，我是说你的心。你若想摆脱这种状态，除非你不看你的手机，除非你关闭你的电脑，除非你能陶渊明："结庐在人境"，"心远地自偏"。

重 读

"幸福的家庭都是相似的，不幸的家庭各有各的不幸。"这是托尔斯泰的名言。

记得先前读它时，似乎有点不以为然，因为若是反过来说：不幸的家庭都是相似的，幸福的家庭各有各的幸福。好像也没什么不妥。

现在想起来，当时那个我，真的可说无见无识。

为什么？只需闭上眼睛想想，在你平日的生活之中听几个人说过幸福？

不好说没人说，但说的真很少。

为什么？幸福只能藏在心里，幸福大多藏在心里，好像一旦说了出来，幸福就会飞了似的。

要不，你也试一试，你也说说自己的幸福？

你不说，事还好，那幸福也很好。你一说，那幸福就会显得可笑了，你也好像成了一个十分浅薄的跳梁小丑。

幸福真是不好说的，说了它就不幸福了。

哪怕就是错过的幸福，甚至包括失去的幸福，也是经不住谈论的。人们如果谈论它，谈的也是错过的遗憾以及失去它的痛苦。人们嘴上能说的，能谈的，只是那些经历的痛苦，也就是那各自的不幸。

当然，这只是我的感受，别人的感受也许不同。

今天我是这样感受，明天还可能那样感受。

读时的心境环境不同，味道感受也不同。

好书让人爱不释手，好的文章也是一样，好的段落也是一样，好的句子也是一样，回头率都是很高的。她总让你情不自禁，身不由己，回过头去，再次看她，再次读她，再次在她的字里行间，停留，反复，细细品味，获得好多新的感受。

细　读

若是你非要问我，在我的阅读经历中，难道就没一本书让你一读再读吗？那我只能说《论语》了。

人是需要自信的，但又不能太自信，过于自信了，就自以为是了。

比如“吾日三省吾身”，一般说来，习惯都说这句话是孔子说的，已经约定俗成了，不少大人物或者小人物，都是这样说。我也习惯这样说。前不久的文章里，我还曾经这样说。但你若去查《论语》，就会发现不是的，这话原是曾子说的。曾子何人也？曾参也，孔子弟子也，小于孔子四十六岁，其父是曾皙，也曾事孔子。事实就是这样的，《论语》也曾看过的，为何还是依习惯说是孔子说的呢？这就可见自以为是容易导致轻率了。

再说“吾日三省吾身”。一般来说都理解为每天反省自己三次。这个意思也没有错。但你若去翻《论语》，内容就不相同了。《论语》原文是这样：“曾子曰：‘吾日三省吾身：为人谋而不忠乎？与朋友交而不信乎？传不习乎？’”翻成白话是这样：“我每天必定用三件事反省自己：替人谋事有没有不尽心尽力的地方？与朋友交往是不是有不诚信之处？师长的传授有没有复习？”这才是曾子所说的“三省”。这“三省”说了两个方面。一是修己，一是对人。对人要诚信，诚信是人格光明的表现，不欺人也不欺己。替人谋事要尽心，尽心才能不苟且，不敷衍，这是为人的基本德行。修己不能一时一事，修己要贯穿整个人生，要时时温习旧经验，求取新知识，不能停下来，一停下来，就会僵化。

为人如此，当然很累。所以，孔子眼里看来，曾子是较鲁钝的，气象也是狭隘不大。他能获孔子多少真传，我们真的难以断定。他的意见也未必能完全代表孔子的意见。但他勤勉，兢兢业业，既不从政，又不经商，一心一意，全力治学，孔子之孙也从他受教，孟子也归于他的旗下，他的影响反倒极大。由此亦见，人的天资并不能限定人的成就。困知勉行，虽愚必明，虽柔也能致强也。

孔子呢，不同了。依照一般看法来说，孔子当然是个天才。谋事必忠，交友必信，舒放开阔，博大自然，爱好知识“发愤忘食”，追求真理“乐以忘忧”，“不知老之将至”也。知之者不如好之者，好之者不如乐之者。曾参是个知之者，孔子是个乐之者，两者境界不同也。

两者境界若析之，可借禅宗两句诗："时时勤拂拭，莫使惹尘埃"，此为曾参境界也；"本来无一物，何处惹尘埃"，才是孔子境界也。

人间天才毕竟太少。刚毅木讷也能近仁。

（原载《新京报》2015 年 4 月 25 日）

面向生命的阅读

李凤亮

一

我出生在苏北乡下一个较为偏僻的农村。小的时候，没有上过幼儿园，现在能想起来的儿时阅读经验，大多跟连环画（我们称之为“小画书”，现在则有了更多的绘本）有关。因为可读的东西少，所以常将一本小画书翻来覆去看很多遍，内容滚瓜烂熟不说，还能画出小画书里的人物。我特别喜欢画武将，岳飞、金兀术画得尤其多。直至前年，同样喜欢武将的儿子看着我一会就能画出武将的盔甲，瞬间表示出十分敬佩的神情。

阅读是需要认字的。我至今搞不明白当时不认字的我们一帮小伙伴是如何看懂小画书上的内容的。也许那也是我们的“读图时代”。在同伴当中，我认字比较早，这得归功于在农民中视野相对开阔的我的父亲。父亲也不怎么认字，但他意识到读书认字对改变农村人命运的重要性，所以在我四岁的时候，父亲安排读高中的哥哥每天教我认几个字。农村没有现在已很常见的识字卡，于是哥哥裁剪了一堆两寸见方的纸片，正面写汉字，反面写拼音，就这样教我认起字来。等到上小学一年级时，我大约已认得七八百个汉字。同班学友学起来较为费劲的字，我大多早已会了，老师们不时表扬，这大大鼓起了我儿时的学习自信心。因为认字多学习好，自然被老师选为班长，还当上三道杠的大队长，更加激发了认字读书的兴头。

毕竟是在乡下，可见的读物是有限的，一切有字的东西，无论是“文革”时遗存的宣传标语、每家每户门上的春联，还是村部里每天四版的地方报纸，抑或聋四爷（一位地主出身的乡绅）小黑屋子里皱巴巴的古书，都成了我留意的读物。最兴奋的大约是上二年级时，哥哥从部队寄回来几本《动脑筋爷爷》，彩绘版的那种，印制得也跟一般图书不同，我简直顾不得吃饭，一口气看下去，甚至睡觉也放在床头。要知道，对于没有电视、一个月才有一次广场电影的乡下孩童来说，除了从收音机里的评书（我曾听过全本的刘兰芳讲《杨家将》《岳飞传》）、乡村手艺人晚饭后的闲谈中了解一点外面的世界，一本书常常成为陪伴其精神成长的全部。所以，在乡下，步行个把小时去几公里外的村子找同学借书，点着油灯一两天赶快看完还回去，这些便成为常事。

我把那辈乡下孩子的经历讲给儿子听，他有时表示同情，但却是无法体会的。因为匮乏而带来的肠胃及精神上的饥渴，其实极容易满足。我还记得大约小学五年级暑假，不知从哪借来一套《笑傲江湖》，因为急着要还，于是整天看。中午实在太困，看着看着就睡着了，醒来时生怕书被拿走。我儿子听我说起这些，犹如天方夜谭，觉得不可理喻。他是认字特别早的，也是因为一岁多时回乡下，没什么事干，他妈妈带着他认每家门上的对联，竟认出瘾来，后来见到有字的东西，自己就会去念。三岁左右的儿子，估计能认出两千常用汉字来，这也算是惊人了。所以儿子不缠人，带出去吃饭，他自己吃饱了，就拿出书坐在一边看。他上的小学，恰好是"八岁能读会写实验班"，他幼时的阅读基础，很快成为在班上能读能写的一个，二年级时写的童话《书架上的对话》还曾在报纸上公开发表。就在最近，他还这样写道：

> 我读书有时到了痴迷的地步：上学、聚会甚至外出度假，我都喜欢带上一些书。书籍让我看到历史的丰富、世界的多元。更多的时候，我喜欢发现历史中的联系，寻找不同年代的异同。正因为这样，在班级举行的《上下五千年》读书分享会上，我与来自大学、中学的老师一起担任评委，认真点评每一位同学，受到好评。我喜欢阅读中的思考和发现。在我眼里，历史不只是一堆人乱糟糟地表演，更像是一场场梦境般的现实。我不仅读史书，还爱科幻、魔幻巨作：《三体》、《哈利·波特》、《海底两万里》、《鲁滨孙漂流记》……让我激动、惊奇、欣喜、害怕，一本书常常带给我一个新的世界。

儿子的这段话，让我更坚信了阅读是多么神奇，拥有多么大的力量！

二

事实上，抛开各种为了对付考试的读书行为不说，从文化行为学的角度来看，阅读可以说是人类最基本的文化行为。人类大多数的知识传承，来自阅读；人类的艺术创造行为，不论是文学创作还是艺术创作，也植根于阅读。古人讲："书读百遍，其义自见。"是说即使对于一些艰涩的文本，只要反复阅读，其意思也自然会明白。这大概也是古人提倡吟诵的缘由之一吧。

关于阅读，中国人耳熟能详的另一句话是："书中自有黄金屋，书中自有颜如玉。"这句话并非俗语，而是取自宋真宗赵恒的《励学篇》。诗是这么写的——

富家不用买良田，书中自有千钟粟。
安居不用架高楼，书中自有黄金屋。
娶妻莫恨无良媒，书中自有颜如玉。
出门莫恨无人随，书中车马多如簇。
男儿欲遂平生志，五经勤向窗前读。

这不仅是"励学"，更是"励志"了。对于许多中国人来说，不管是科举时代，还是今天的高考招生，本质为功利性阅读的"学习"恰恰是很多人改变命运的主要途径。由此我们不难想到，同样是阅读，其功能指向往往迥然相异。

比如有专业性阅读，也可称作为研究类阅读。这类阅读的指向性十分明确，以追索文字的价值意义、内在蕴旨为目的。严格意义上讲，这类阅读实际上是一种职业行为。而既将阅读作为职业手段，其快乐有时不免要打折。比如，叫你读一本《正义论》，还要不断想着这个那个问题、做这样那样的批注，那感觉肯定比不上读两篇性灵文字来得舒服。故而教授学者们皓首穷经式的阅读，虽也有豁然洞开后的愉悦，但更多的往往是反复琢磨却不得要领的苦烦。

让人愉快的是消遣性阅读。不带目的，不带功利，只是想消磨一两小时的时光，相遇一段人生故事，触碰几缕人生感悟，或仅愿纯粹获得一种文字欣赏的快感。各种类型的文学——小说、诗歌、散文，还有历史、传记，都是能够引起这种愉快的文本。消遣性阅读往往不受时空限制：飞机上、车站里，抑或等候一个朋友的片刻，更多的是临睡前的半个小时……都可进行。越是无功利的事物，往往越容易引起兴趣，甚至会令人手不释卷、废寝忘食。

还有一种思想性阅读。这类阅读者往往有较高的知识水平，不满足于一般的故事性分享，也不太钟爱那些华丽的文字。他们所喜爱的，常常是一些有思想的读物，不管这种读物是一种哲理式小说，还是哲学家写的性灵随笔。当然，如果一个作品思想与文采兼备，那无疑会成为他们的最爱，可惜这样的作品并不太多。我曾读过不少米兰·昆德拉小说的中译本，比较起来，还是觉得早年读过的韩少功、韩刚翻译的《生命中不能承受之轻》来得过瘾——虽是从英文转译，但对原作理解的深刻以及转达的生动，往往让人叫绝！阅读那个译本，真是一种思想和文字的双重享受。

三

谈到昆德拉，让我想起一个问题，即阅读者与被读者的互动。

作品对其阅读者，常常会有一种主体的塑造。读一个东西久了，你常常会成为你曾阅读的人物，像他那样去想、去说话、去行事，思维方式甚至也会逐渐地变化。这大概就是古人说的“六经注我”，当然更理想的是“我注六经”。书读多了，读久了，会有自己的发现、自己的主见，甚至有时以自己的经历看待和理解读到的文字。这种阅读和经历的相遇，正是阅读的奇妙之处，所以“一千个读者有一千个哈姆雷特”，或如鲁迅先生说的，读《红楼梦》，“经学家看见《易》，道学家看见淫，才子看见缠绵，革命家看见排满，流言家看见宫闱秘事”。

书读多了，自会有一种书卷气，这就是古人讲的“请君莫羡解花语，腹有诗书气自华”么？这种书卷气，自然不是一两日养成的，所以阅读应成为一种长期的习惯，不在于一日千里，而在乎守之以恒。

不同的书给你不同的营养。还是培根说得透彻：读史使人明智，读诗使人灵秀，数学使人周密，科学使人深刻，伦理学使人庄重，逻辑修辞使人善辩，凡有所学，皆成性格。长期阅读的人，谈吐自然少浊气，多雅识，让人见了之后，即使不用开口，也会赏心悦目。从这个意义上讲，阅读应该成为所有人群一种共同的文化素质行为。当然有时候对不同的群体，阅读所能产生的效果又不太一样，阅读要求也不应相同。比如对于学理工的人，多读一些诗词文学，木滞的神情或许就能鲜活不少；而对于从政者，多读史书，或可鉴古今得失，为施政提供警醒与镜照。

阅读有时更是一种不期而遇——不是目光与文字的相遇，而是两个生命的相遇。碰到一本合适的书，就像遇到一个谈得来的人，相见恨晚，恋恋不舍，那种愉悦与满足不是一顿美食两件靓衣能比的。从这个角度看，所有人在阅读之前，似乎都有一点解释学家伽达默尔所说的“前理解”或“成见”。往往阅历丰富的人，不大看得上那种面向美文的“轻阅读”，是不能“相遇”的原因么？或许是吧。

阅读的愉悦，不只在于相遇，更在于发现。发现写作者的机心，发现字里行间未写出的深意，抑或发现常人不见的独解，便有一种会心的一笑，怡然自得，心有灵犀。二十世纪五六十年代以来，接受美学大行其道，反复张扬阅读者的权力和价值，强调作品不只是被“阅读”，而应是被不断地“重读”，正是讲的这个意思吧。所以，我提倡在应用型、心灵鸡汤式、炒股类一类的书籍之外，人们应该多读经典，道理很简单，经典是浓缩的人生、思想的精华，阅读的过程就是和大师对话、和思想相遇、和心灵发现的过程。这个过程，一定愉悦。

有发现自然就想要表达，写出来便是读书感悟。好的读后感，有时不亚于原作；对于研究性阅读而言，优秀的读后感，其质量常常超过一篇苦磨出来的论文。这里面的道理其实不难理解，因为从阅读中自然流淌出来的“发现”，有依傍、有来处，从原文本的根处不断向上生长，常常成为对原作的一种升华。所以，常有原作者引评论者为知音的现象，当然，前提是读得进去，又能走得出来。

四

有一种说法，说当一个国家的人均 GDP 超过 3000 美元（后来又调整成 5000 美元），文化消费会迎来爆发式的增长。2015 年中国人均 GDP 已达 8000 美元，如果是这样，作为文化消费基础的阅读，岂不迎来了一个黄金时代？

现实似乎在印证这个阅读时代的到来。首先看周末各地的大小书城，人满为患，人们看累了往往席地而坐，成为一道道风景。精明的书店，也开始营造彻夜开放不打烊的氛围。图书发行行业虽然面临着互联网和电商的竞争，但也在创造着自己新的营销路径。于是，线上线下的购买，纸质或电子的阅读，相互烘托，形成了一股不可小视的阅读新浪潮。

不过，从数据看，中国国民的阅读似仍不乐观。网上常有这样的数据：就国民每年人均阅读图书量而言，日本 40 本，韩国 11 本，法国 20 本，以色列 60 本，中国 4.35 本，不及以色列人的十分之一。还有来自联合国对世界 500 强企业家读书情况的调查统计：日本企业家一年读书 50 本，中国企业家一年读书 0.5 本，相差 100 倍。不知道这些广被征引的数据有没有根据。虽然我们需要充分考虑中国欠发达地区图书消费量不足所造成的区域阅读不均衡，但从总体上看，今天大多数中国国民用在微信朋友圈、肥皂剧、宴饮逛街购物上的时间多于阅读的时间，则是一个不争的事实。发达国家的地铁内，常见人们安静地读书；而我们的地铁内，更多的是高声的喧哗和刷屏的动作。有时看多了这样的报道，不免沮丧。不过也有网友调侃：我倒是想在地铁上读书，可下班时间能挤上地铁都是幸运的，想读书，回家再说！

不过情况似乎在一步步好转。各地不同形式的读书节、读书月、读书周，参与者甚众，也成为当地重要的文化活动，政府投重金着力打造。像深圳这样的新兴城市，甚至将“让城市因热爱读书而受人尊重”列为城市的十大观念之一，以鲜明的口号标举自己的文化性格，殊显可贵。

我一直在想，渐近小康社会的中国，民众在物质丰裕的同时，正应逐步养成两个好的习惯——一是健身习惯，二是阅读习惯：前者以强健体魄，杜绝诸多富裕病；后者以澡雪精神，培养一点贵族气。

记得好几年前在商务印书馆里见过其创始人张元济先生的一副名联：“数百年旧家无非积德，第一件好事还是读书。”一眼记住，至今不忘。确实，富裕之后的中国人，如何过得更有质量、更有尊严、更有贵气，是所有文化人都应深思的问题。许多人富而不贵，正是因为缺少底蕴。不少老板书架上灰尘深积，放置的线装书虽然昂贵，却不曾打开过，甚至有人索性只是摆些大型丛书的盒子做做样子，甚觉可笑。不少人总觉得读书应是“读书人”的事，与“生意人”无关，岂不知书中不仅自有很多生意经，读多了，眼界不同，境界不同，世界也不同呢。前几年深圳荣膺“全球全民阅读典范城市”时，我曾说过这是对深圳特区35年建设成就很高的褒奖，从长远看，它比GDP再上几个点的意义要大得多。现在看，我还是这个观点。

阅读习惯需要慢慢养成。是否阅读、如何阅读，应该成为我们经常思考的问题。对一个家庭来讲，在家里的显要位置设立一个书架，对营造家庭读书氛围是一个很好的方式。父母应经常带孩子逛逛书城，并不妨形成相对固定的阅读时间，全家一起静心读书、相互交流。对于学校来讲，可以开展形式多样的阅读活动，从小培养学生的阅读习惯。事实上，近年来各地层出不穷的民间阅读组织，在组织和推广阅读方面，做了许多有益的事，他们功不可没。应该鼓励更多的这样的民间组织的出现，用民众的创新能量提升阅读参与度和阅读有效性。

阅读吧，从现在开始，并持之以终生，你的生命会更加丰盈。从自己做起，从身边做起，从最基本的阅读做起，你一定会遇见一个不一样的自己。

（原载《阅读看见未来——对我影响最大的一本书》，海天出版社2016年版）

小说地理的言说

黑　丰

一九九三年夏季的一天，我在乡下老家的菜园里，写下了这样一段话：

> 在纸上的漂泊中，我呼唤并期望寻索一种新的地理。我提倡人的不灭，祖先永远活在土地上。认为文学实则是一种变相的考古学。我们不仅要善于从人使用过的器物中，从历史的遗迹与印痕中，从空间的迷局中给祖先和易失的人类按脉，还要善于从当代人的身上发掘我们的祖先，从而发掘人的存在的多样性，从而开启另一扇人的生存之门，进而拓展一种神性的文学新疆界，让比我们更古老的词语重新开口说话。

第一次在我的笔下提出了“地理”的概念，凭直觉认为“人”（的灵魂）是不灭的，认为“祖先永远活在土地上”，并且推论文学应该是“一种变相的考古学”。文学“地理”的提出，主要经由一九九〇年前后几个实验小说的托举和承重，具体形成“地理”这一概念是一九九三年。

现在看来，仍然是对的。这个认识后来在福柯和德里达的著作中得以认证。福柯的“知识考古学”正是研究时间中的“空间”、历史中的“档案”的。他认为空间为外化了的时间，时间不单纯是“绵延”的，也是沉淀的。“博物馆”看起来保存的是“物”，但其实是时间的“遗迹”，使用它们的人虽然不在，但使用的印痕、生命浸淫的汁渍和时间沉淀的“遗迹”还在。物就像一个“贮放人性的容器”（里尔克语）。时间虽然从死亡的零界、从握着“烟斗”（福柯）的手上断裂，但消失的时间会在“烟斗”上一层层“冷冻”下来，同时它也会在今人身上“沉淀”，这就需要我们去发现发掘。“烟斗”的所指具有意义，它的能指同样具有意义，或许更为本质。德里达的《文字学》也有进一步的表达，《文字学》是一部强调“写”“轨迹”“文本”的书。他认为世界万事万物皆是“时间—历史”的“轨迹”，这种“轨迹”不是直线的“绵延”，而是层层覆盖。现在“覆盖—删改”着过去，透示着未来。眼前的事物，大多为昨天的事物，事物在“延续”中“自身同一”，但今日的事物，已非昨日的事物，今非昔比，“同”中有“异”。这就是德里达的“延异”。

在我的实验小说《人在芈地》中，主人物“尹”三次遭遇一棵命定的楝树，其中有两次是爬树的。三次，表象地看似乎是三个时间片断爬向了一种沉淀的时间；但也可以这样看，三次爬向的不是一棵楝树，而是爬向（尹）自己，自己（在某一刻）就是家乡（芈地）的一棵苦楝。

> 尹离开猪舍，走了一程，看见一棵熟悉的苦楝。他的手有些发痒。他丢下简单的行李，脱下一件一件的衣，朝手上吐一口唾沫，就向树上爬，爬上树后一看方觉时令已值初夏。这时，他看见米粒般的、紫色的楝花。楝花出现，楝花的暗香也就出现了。尹站在树丫上，深吸一口气，小便的要求接着就来。在树上小便可能与抽水马桶小便大相异趣。它潇洒。尹刚刚撤了一半，树下的竹床上传来一个女孩梦乡中呻吟转为惊呼之声。芸正在楝树下竹床上午睡。芸已到随身携带卫生纸的年龄。芸正在开满紫花的楝树下暖暖地做着春梦……
>
> 尹费劲地在酸度越来越稠的空气中一步一步走。他的装订松散的哲学笔记一页一页地飘落。这些靠楝树皮制作的纸品飘逸着楝花时节的芬芳。一棵命中注定绕不开的楝树就出现在眼前。他除下简单的行李，爬上楝树。他爬树的动作像一只敏捷的老猴。爬到楝树的一半，他习惯性地回头望了望，他望见了年轻的自己，自己正走下堤坡。年轻气盛的他竟然没有发现这个爬树的老猴。他向上望了望，他看见了青云般高高在上的树冠。等尹爬上楝树的枝丫已是下午的一些时光。尹喘得厉害，叹息气力不如当年——这时他望见遥远的地方有一支吹吹打打的丧葬队伍走过。
>
> 尹跟着孩子走在归家的途中。这时，一片黄色的楝叶飘来，尹绕过一口池塘；二片黄楝叶飘来，尹跨过一根横木；越来越多的黄叶从一个方向飘来，境与物越来越熟。一棵预期的苦楝出现在应该出现的地方。凉床就顺理成章地出现在苦楝的下面。此时已是深秋天气，苦楝已过了它的茂盛时期。苦楝上伶仃地挂着一些不落的楝果，楝叶的叶柄正在松脱，一匹匹灿黄的楝叶在瑟瑟的秋风下无声无息地飘落。芸此刻仍身着夏令时的服装躺在凉床上，一根裤带极不体面地拖到地下。芸衣着松散，仿佛刚刚梳洗过似的，才睡了过去的样子。可是芸的身上和四周已积满了历史的楝叶。纷飞的楝叶似乎向人们述说着一件暧

味的往事。

三次，一次与一次都不一样。小说中尹第一次（并非尹的人生第一次）爬树，动作是“丢下”（行李），第二次“除下”（行李）……渐变的。渐变的还有其他。楝树在这里，既可是另一情状的“人”，也可是另一种“泥土”。“人”也罢，“泥土”也罢，都是以空间形式显世或在世的。泥土可以理解成一种高举的“地理”，“芈地”通过这棵树升到了空中，“升”是时间页岩的另一种沉降。“尹”的诞生，“尹”的童年，“尹”走下北方那所大学的台阶，“尹”归故里（芈地）以至“尹”走入棺木等，都能在这棵树的深处望到。树的“深处”正是这一楝树所处的被日常所遮蔽的特殊区域。这一区域，与你所处的纯物理区间也许是一致的，部分是重叠的；但它的未可知的（大片大片的）“页岩”就“叠”在那里，冷冻在那里，你在树下望不到，或很难望到，根本无法契入。当“丢下……行李”或“除下……”，他（尹）就望到了这一隐在的区域，望到了“时令已值初夏”，望见了“年轻的自己”。他的小便洇醒了冷冻在一区间的“正在楝树下竹床上午睡”的芸。有时一匹黄叶打开一扇门，将你引入一棵树的“深处”，使你看见另一区域。飘落的树叶一匹一匹地向你诉说，你（尹）的亲人，那个疑似姐姐疑似情侣疑似母亲的身份不明的女人（芸），芸可以在树叶的飘打中像经霜的黄叶一日之内年老色衰，极不检点，“衣着松散”，“一根裤带……拖到地下”。

我的写作“考古学”的意义，是空间的，遗迹的（发掘），“人虽不在场，却完全存在于景物当中”（塞尚）。因此，我重视“物像”，重视罗伯·格里耶，重视他的重要代表作《嫉妒》。物体和词语中存在“一种非有机体的生命的力量”，“消亡的是有机物，不是生命”（德勒兹）。

我的小说撇开了传统小说的故事链条，特别强调了地理的因素，强调一种考古学意义的地层发掘。《第 6 种昏暗》《人在芈地》《白棺》《黑鸟为什么盘桓》《蛇的弥漫》等多篇实验小说都特别重视地理。譬如一九九〇写的《黑鸟为什么盘桓》就是一篇特别具有地理性的象征小说。虽然它尚够不上一个短篇的那种特有的精致，但它的价值不在这，而在于叛逆，在于它的延“异”（这正是我所要标举的最可贵的地方）。其实从中国文学传统“延”下的（东西）只能是很小的一部分，重点在“异”（陌生化），重在（血液的）刷新。因为只有这样才能重生。

有一种写作不是承继的、顺从的，而是“反父性的，它自始至终是一场搏斗——既与他者，又与‘孤家’。这个他者，可以是历史幽暗渊薮中的所有‘他们’（父亲们，但不是天父）。在此，我们必须用力、用烈火，打倒并销毁‘父辈’的永生的金像，只有在残酷的销熔中，我们方得以再生（或重生）。同时，写作又是一种召唤（直指可能之物和未知事物）——对神意、对那些游荡的、无家可归的虚位‘在者’，使那些曾经‘在’的‘在者’重新临在，复位和安居”（见拙作《一个逐渐逼近天造的我的永梦》）。

人的这种“反父性”和叛逆与一个人的个性有关。当初严词否决一种大众化的惯性(故事化）写作，否定一种既定系统，一意孤行地确立地理地貌上的物像变化，这确实是很生理很个人化的反应，就像吃某种东西就过敏就呕吐一样，它不适应我的身体和我的胃。可能，我的体液中有一种特别异质的东西，它抵制，它不允许我这么做。人一旦有了这种异质便不易在惯性轨道中滑翔。它规避，它易燃也易爆。如果顺滑它就有可能要（精神）分裂，化为碎片，使不复存在。最主要的是我的身体需要陌生化，需要深潜沉，需要有异于淡水的咸海中的那种逆流；需要一种新的价值、新的路径和炳朗星空的照彻。所以我不看好那种线性的很平面化的写作。我所认可的小说和我所认为的世界不是这样的，所有事物都是共在的、平等的。人不是升起的孤礁，不能孤立的独存。人是由与人共生共荣的天地万物（包括日月星辰大气液态）构成的，万物构成自己也构成人。它们像上帝的恩宠和奥秘一样日夜围浸着我们并成为我们。一点一滴的悸动，一匹树叶在枝儿上的轻摇，一只青蛙在一座新坟上的叫喊，一颗黑桑葚“莆——”的滴落，一支猎枪的蛇影在水面蠕动……都与我们的生命和生活有着千丝万缕的联系，都暗示着什么昭显着什么言说着什么。并非空穴来风。万物静默如谜，但万物也倾声如诉，只是不为人知而已。

所有写作最终在于指向并言说一种不可言说，指向并言说天地万物之深奥。指向并无限切近这种感性背后最本质的存在。指向并非沉默论者维特根斯坦在《逻辑哲学论》中之所谓“对不可言说的必须沉默”。

“如果存在某种不可说但对人类意义深远的真实，那么，人们怎么能言说这种真实呢？不可说的怎样变得可以说？”这就是一个问题。这个问题由著名宗教哲学家 H- 奥特提出并在他那里解决：“在此重要的是不可说的必须作为不可说的说出。‘不可说性’、神秘没有被消除。”——那么，如何使“不可说的”作为“不可说的”

说出，又保持了它们的“不可说性”与“神秘”呢?

H- 奥特的答案是：象征。唯有象才使“不可说的”作为“不可说的”说出，又保持了它们的“不可说性”与“神秘”。

事实上，地理是象征的。因为地理中任何一种物象，都是有上帝参与的，不是无缘无故的。它们每时每刻都在言说，通过一种未知的语言介入我们的生活。

那种认为世界万物都清清楚楚、明明白白的科学的唯物史观，实际上是粗鄙的片面的，那是人的一种“盲”。认为小说就是一个接一个的故事，写就是生产，写就是组装，无休无止。无休无止地写无休无止地看。这是制造庸众，也是对现象、对世界真相的和个性的扼杀，对物自体的粗暴干预。

任何一件事的发生都有迹象、有应和、有先兆、有暗示、有预警。不是孤立的。过去时现在时未来时，都在一定的地理中核磁共振。不同的时空也可并置。《黑鸟为什么盘桓》写了一个小孩的惨死，他妈妈很伤痛（振动），他的弟弟很惊恐（振动），周边的事物与气象一起振动。孩子是如何死的？是砍树枝、偷吃桑葚，还是被一支猎枪捕杀？这是一个谜。作品没有明确的宣喻。但围绕这一事件构成的有许多动态、零碎的物象与地缘片断，它们像一个阴谋，一种忧伤的雾霾，像大雨临界的种种征候，围浸着言说着，但又含糊着。

H- 奥特的象征，实际上就是强调了一种空间的、地理的要素。记忆的历史的时间的都是地理的，都会在大地上沉降或沉淀。地理实际上是一种十分感性的东西，时间才是理性的。人对时间的记忆实际上是对一种地理的记忆，因为它们总是在一定的地理（或境遇）中发生的，然后在相似或相同的地理中遣悲怀、追忆、停顿或展望（向前推进）。地理诞生时间也迷失时间；诞生人类也迷失人类；诞生万物也迷失万物。

强调小说中的地理性，这是空间颠覆时间，感性颠覆理性。把时间还给上帝。这种颠覆性的地理写作直指一种无法把控的最高存在、直指上帝的理性。上帝的理性即人类永远也无法参透的神秘性。

这就是我所认为的地理小说，也是我的小说观。

（原载《创作评谭》2016 年第 1 期）

书话三章

徐春平

余喜藏书十余年，因喜而藏，因藏而缘，因缘而有心得，谓为书话。

从安思远题赠本说起

去年 8 月，全球著名亚洲文物收藏家安思远去世，我曾一度想写一篇他题赠《安思远藏善本碑帖选》给我的文章，以怀念这位收藏界的传奇人物，但不知从何写起，故迟迟未能动笔。今年 5 月，读报看到《安思远旧藏亮相广州春拍》，当中有这样一段文字："以华艺国际这件明十七世纪黄花梨大四件（一对）为例，首先是顶级家具藏家黑洪禄 1980 年在香港购得，后来在 1992 年前后，在纽约转到了安思远手上……"至此，使我重起旧念。这是因为，我手中的安思远题赠之书正是与黑洪禄先生有关。

2008 年春，我到香港出差，广东省民族研究所（现为研究院）的马建钊所长托我去看望他的老朋友黑洪禄。建钊是我儿时同学，他不喜收藏但知我喜，此托也是"醉翁之意"，他看我刚换到一个比较空闲的工作岗位，为了让我开开眼界，长长见识，故出此招。建钊向我介绍黑洪禄："老黑家的古董多到看得眼花，但生活却十分简单，我们去他家，他就煮牛肉面条招待我们。"我知道，建钊和黑洪禄都是回族，用牛肉面招待正对习俗。

黑洪禄先生是一位十分和蔼、外表朴实的老头儿，看不出是一位大收藏家。记得我第一次去他家拜访时，从广州带去一盒茶叶，并在香港街头书报亭买了一本刚刚出版的香港《信报财经月刊》（2008 年 1 月），里面有我的一篇文章《道教雕版〈福地龙虎山冥途路引〉典藏记》。听我说喜欢收藏碑帖，黑洪禄便问我知不知道安思远这个人，还说就是他把《淳化阁帖》以 450 万美元卖给了上海博物馆。我回答说当然知道。黑洪禄告诉我，当年安思远买《淳化阁帖》，还是他介绍的。谈到兴起，黑洪禄随即允诺可以请安思远赠一本签名书给我。黑洪禄与安思远是老朋友，1979 年，安思远第一次到中国来，是黑洪禄陪他到北京，后来又去了上海和西安。

从这个意义上来说，是黑洪禄把安思远引入中国的。

记得这次在黑洪禄家看了不少藏品，确实看到“眼花”，但具体看了什么已经大多记不起了，只记得有一尊大约五六厘米高的全金或铜鎏金观音像，十分精致，应该是北魏时期的。

大约半年后，我再次到香港出差，又去拜访黑洪禄。一见面，黑洪禄便拿出这本《安思远藏善本碑帖选》给我。我翻开书的扉页，只见安思远先生用英文题赠“TO MY FRIEND XUCHUNPING”，以及“安思远”的中文签名。《安思远藏善本碑帖选》，1966 年由文物出版社出版，启功先生以《真宋本〈淳化阁帖〉的价值》作序。安思远是世界公认的最具权威的亚洲艺术品收藏大家，能获得他的题赠本，令我十分高兴。同时，我更感谢黑洪禄，是他为我与远在万里之外又素不相识的安思远牵线搭桥。我想，归根到底，这还是中国传统文化的魅力所然。

《安思远藏善本碑帖选》，有《淳化阁帖》卷四、卷六、卷七、卷八。就是这四本《淳化阁帖》，2003 年被上海博物馆以 450 万美元购得，曾轰动一时。此外，该书还有《宋拓十七帖》《宋拓黄庭经》《旧拓晋唐小楷》《宋拓怀仁集王圣教序》《宋拓怀素千字文》《唐小字麻姑仙坛》《水拓本瘗鹤铭》《明拓天发神谶碑》《明拓礼器碑》《曹全碑》（未断本）及《旧拓石鼓文》。且不说那四本稀世珍宝《淳化阁帖》，就是其他那些，也是今天碑帖收藏的珍罕之物。

在中国传统文化艺术品中，碑帖拓本集古代书法篆刻、人文历史、造纸制墨工艺、捶拓工艺、装裱工艺等于一体，无疑最具民族特色。清末民国时期，碑帖善本的价格到达最高峰，但从民国末年到 20 世纪 80 年代，碑帖收藏逐渐陷入低谷，碑帖善本的价值在国内外都不被人们所认识。而恰恰从 20 世纪 80 年代起，安思远开始购藏中国碑帖善本。作为一个不懂中文的外国人，这无疑需要极其超前的眼光。以这四本《淳化阁帖》为例，1994 年和 1995 年，安思远先后在纽约佳士得中国书法专场拍卖会购得，总共只用了 30 万美元，但到 2003 年，他以 450 万美元卖给了上海博物馆。也正是从那时候开始，碑帖善本的价值才开始慢慢又被人们重新认识。

（原载《藏书报》2015 年 9 月 14 日）

《清华周刊》所载梁启超演说词考证

地点：清华学堂时间：1916 年 1 月 10 日

2008 年 5 月 12 日《藏书报》曾刊发拙文《刊载梁启超清华演说辞的〈清华周刊〉疑为梁任公文献之孤本》。8 年过去了，经笔者进一步考证，《清华周刊》所载的《梁任公先生演说辞》虽不是孤本，但却有着重要的考证价值。

《梁启超演讲集》（天津古籍出版社，2005 年 7 月第 1 版）一书共收录了梁启超先生的 32 篇演说词，其中有 29 篇注明了演讲的时间和地点，另有 3 篇只注明时间而未注明地点，分别是《学生自修之三大要义》（1917 年 3 月）、《对报界之演说》（1917 年 3 月）、《敬业与乐业》（1922 年 8 月）。在该书的编辑说明中，有这样一段文字："本丛书编校原则如下：一、原著出版于二十世纪初期，内容、结构及语言文字自有其时代印痕。此次编辑出版，原则上一仍其旧，一般不做改动，以存原貌。"由此可见，这三篇有演说时间而没有演说地点的演说词，并非编辑疏漏所致。

近日，重新翻阅民国 6 年（1917）出版的《清华周刊》第 59 期，内有《梁任公先生演说辞》，两相对照，方知《学生自修之三大要义》正是梁启超先生的这篇演说词，只不过文字略有不同。《学生自修之三大要义》中的小标题为"为人之要义"、"做事之要义"和"学问之要义"，而《清华周刊》所载《梁任公先生演说辞》中的小标题为"做人之要点""做事之要点"和"做学问之要点"。两篇演说词的篇幅相当，文字大同小异，各有增减，但完全可以断定是梁启超先生在同一时间、同一地点所作的同一篇演说词。由此可知，梁启超先生的这篇《学生自修之三大要义》，演说地点正是清华学堂（清华大学的前身）。

另外，对《学生自修之三大要义》的演说时间，似有探讨的必要。因为《梁启超演讲集》中标注的时间是 1917 年 3 月，而根据《清华周刊》上的记载推算，应该是 1916 年 1 月 10 日。以下是《清华周刊》所载的这篇演说词的第一自然段：

"忆昔民国三年十一月五日，先生曾莅校演说，命题曰君子，举周易君子自强不息厚德载物两语，为吾人为人之标准。嗣即馆校中，著《欧洲战役史论》一书，复为吾人演讲欧战者，凡两次。又尝于吾校留音题词中有言曰：'吾在城市，与混浊之社会相接，往往悲诧愤悒，心灰意尽。吾一诣兹校，则常觉一线光明横吾前，吾希望无涯涘也。’先生爱悦吾校之诚，盼望吾校之深且切，可以概见矣。今者先生手活共和，解甲归来，于元月十日重莅吾校。吾人不得睹先生丰采者，已两易寒暑矣。今复得相聚一堂，则欣慰愉快，何可言喻。是日午后四钟，先生演说，复谆谆以学生自修方法应注意之要点。告诫吾人，至理名言，足为吾人之圭臬，终身用之有不尽者。爰述大意如左，藉作吾清华同学之晨钟暮鼓，庶不负先生殷殷之厚爱也。”

这段话是《学生自修之三大要义》中没有的，应该是《梁任公先生演说辞》的撰稿人程树仁加上的。读起来，这段文字更像是梁任公演说前的预告。不仅有具体时间：“元月十日”和“午后四钟”，而且还有演说内容：“复谆谆以学生自修方法应注意之要点”。

此外，根据这段文字还可以推算出梁启超先生这次演说的时间应该是1916年。“忆昔民国三年十一月五日，先生曾莅校演说……今者先生手活共和，解甲归来，于元月十日重莅吾校，吾人不得睹先生丰采者，已两易寒暑矣”。从民国3年（1914）11月5日，“两易寒暑”，则应为1916年。

《清华周刊》刊登这篇《梁任公先生演说辞》的时间，距梁启超先生在清华学堂演说的时间仅一年，因此其所记载的关于梁启超先生的演说时间应是准确的。

综上所述，梁启超先生《学生自修之三大要义》的演说地点，可以确定在清华学堂，时间是1916年1月10日，而不是《梁启超演讲集》所注的1917年3月。

今年恰是梁启超先生作《学生自修之三大要义》演说100周年。百年之后，重读梁任公的这篇演说词，深感并未过时。自修之三大要义，无论对今天的年轻人，还是对整个社会，依然大有裨益。

（原载《藏书报》2016年3月14日）

李镜池先生藏书零拾

前不久路经广州一旧书店，见旧书10元3本任挑，便选了6本。其中有2本值得一提：一本是《中国大事年表》（商务印书馆，民国二十三年初版），书的封面用钢笔书红字“李镜池”，书中天头多处有补录并夹有两张旧的摘录卡片，补录与卡片字体相符，应是李镜池所作。此外，该书还夹带一张“广东省高等学校招生委员会阅卷委员”胸签，第00317号，盖有“广东省高等学校一九五六年招生工作委员会”印章。胸签同样应为李镜池旧物，至今刚好一个甲子；另一本是《历代名人生卒年表》（商务印书馆，民国十九年十月初版），书中同样有补录，而且，在该书的扉页，有李镜池用钢笔自书跋文两段，全文如下：

> 梁氏书备检点用颇便，前有小字本，曾略有订误及补遗，为友人借去，久不还，后亦忘借者姓名，遂告遗失，此后当不轻于借出，免致麻烦，书此志戒。
>
> 梁书还不完备，姜亮夫有附载传志篇目本，更较方便，但已不易得。
>
> 李镜池　一九五四年

这两本书所补录字体与李镜池自书跋文的字体相符，由此可以证明都是李镜池的旧藏。

今天的广州人，也许大多数不知李镜池是何许人，但只要读过有关《周易》方面书籍的人，便会知道，李镜池是广东现代易学大家。

李镜池（1902—1975），字圣东，广东开平金鸡镇横岗村人。其父李希殷是美国华侨，逝世于美国波士顿。李镜池早年就读于广州协和神学院，二十年代中期赴燕京大学，在国学研究所师从陈垣，亦从许地山、顾颉刚等先生学道教史、古史研究等课程。自1931年起，先后任教于广州协和神学院、燕京大学、岭南大学，讲授中国文学史、中国学术思想史、中国古代宗教研究等课程。1952年，李镜池在华南师范学院（现华南师范大学）中文系任教授，五十年代末因染脊髓灰质炎退休。

自二十世纪三十年代起，李镜池便开始对《周易》的研究。1978年，在李镜池逝世三年后，中华书局出版李镜池研究《周易》的论文结集《周易探源》。书中最早的论文完成于1930年，最晚的写于1962年前后。该书出版后在国内外学术界产生了广泛的影响，成为当代《周易》研究者必备的参考著作。2016年1月，该书第5次再版。

1981年，中华书局出版李镜池晚年所著《周易通义》。该书是李镜池晚年研究《周易》的专著，系李镜池二十世纪五十年代末因病退休后至1966年完成。李镜池写作这部书稿颇为艰辛，此时，他已经因病行动不便，每天只能坐在床上研读和写作。1981 年，也就是书稿完成后的第 15 年，他的学生曹础基教授完成老师遗愿，把书稿整理出版。

《周易通义》反映了李镜池一生探索和研究《周易》的成果，凝聚了他一生的心血。该书就古经六十四卦的卦爻辞进行注释和解说，简明扼要，浅白易懂，既博取古今注释之优长，又有其独到的见解，如对《周易》是何人所写、何时所写，都有其独到的见解。1985 年，该书被香港商务印书馆评为十大畅销书之一。2015 年 11 月，中华书局第 8 次再版，发行量达十几万册。

这样一位易学大家，在他离世四十一年后，他的藏书竟然流落街头旧书店，不知何故？令人感叹。前不久，读到香港翻译家马海甸的一篇文章，回忆他与李镜池先生长达一年的借书还书的交往过程（《南方都市报》，2013 年 7 月 28 日）文中还提到有关李镜池的藏书。以下，是摘录马海甸文章原文：

> 记不清是 1973 还是 1974 年，同学的父亲余叔告诉我，华南师院中文系有一位姓李的教授，家里有一些书准备送人，问我可有兴趣。我那时正愁没书读，一听说有书，立时与余叔约好，第二天即到石牌……李住在师院西区的小平房里，房子虽然不大，但房间倒有好几个，他十来个书架近万册藏书就散置在各个房间里。房间湫隘，藏书有些发霉，显然已疏于管理。李教授其时已偏瘫，半卧在床，我们就到他的卧室聊了一会天。
>
> 他指着床边的书说："这些书我准备留给女婿，你不能动，也不能借，其他书你可以借走，读完还我再借。我老了，家里的孩子都不是干我这行的，这些书我留着早晚也得散掉，让有缘人读读也好。

从马海甸文章可知，李镜池先生的藏书有近万册，而且早在他离世前的几年，他就考虑如何处置这批书。"让有缘人读读也好"，这或许是李镜池认为对藏书处理的最好方法。我想，他的近万册藏书，应该就是这样处理的。只是今天不愿看到，他的藏书，以白菜价出现在旧书店。他的藏书，完全有理由堂而皇之地出现在大雅之堂。

（原载《羊城晚报》2016 年 5 月 19 日）

绿野的风

李明华

我们在都市里生活，现在已经难得呼吸到新鲜的空气，难得看到澄明的天空。在很多城市里，到处充满着尘埃，汽车废气扑面而来，高大密集的建筑物遮蔽了阳光和蓝天，仅见的天空布满了光化学烟雾，田野和草坪被一块块蚕食，孩子们对蜻蜓、蝴蝶、鸟儿已经十分陌生。即使在农村，很多地方树木被砍伐，河流被污染，野生动物被猎杀。这很像英国诗人济慈（Keats）在一首诗中所写的："枯萎了湖上的蒲草，消匿了鸟儿的歌声"。

1995 年底，我到澳大利亚做学术访问，并参观了堪培拉、悉尼、布里斯班等几个城市。来到澳洲，使人有一种焕然一新的感觉。在堪培拉，国立大学的安格教授开车带我在市区周游，而我看到的是大片的原野，茂密的树林，草坪上开满了鲜花，芬芳中传来鸟禽的欢乐鸣叫。天空碧蓝如洗，白云如雪。安格教授对我说："城市在哪里？城市消失了。"我感到这是一句意味深长的预言。当我们在大力推进"城市化"的时候，当很多地方森林在消失的时候，传统意义上的"城市"却在堪培拉消失，它走的是一条"逆城市化"的道路。正如日内瓦被称为"欧洲的花园"一样，堪培拉则是"澳洲的花园"。我想，在花园里生活的人们，是幸福的。在悉尼游人如织的海港，海边上没有一只易拉罐，没有一个泡沫饭盒，甚至很难看到一张丢弃的纸片。港口边熙熙攘攘的餐厅里，野鸽泰然地和游客共餐。在布里斯班，友人告诉我，这座 140 万人口的城市有一千多个公园，当我徜徉在布里斯班河岸的丛林中，看着盛开的鲜花和清澈的河水，感到真正回到了自然的怀抱。想起儿时在乡村的田野上追逐彩蝶，在草地上爬滚嬉戏，摘一把黄色的菜花，去村边拣拾梧桐和楝树的果实，真是惬意。至今仍难以忘怀那树林和草垛，清晨的鸡鸣，以及原野的风。

工业化摧毁了人类的田园梦。20 世纪是理性主义胜利进军的世纪，是人类自豪地征服自然的世纪。对于 20 世纪的大多数人来说，自然是人类随时可以开掘和挥霍的资源，是为人类服务的仆役。人们认为，人是整个世界的中心，是自然的最高权力者。

但是，人是什么？人是自然之子。自然是人的母亲。自然界的物种不可胜数，人类只是其中的一种。虽然，人是自然界最近期的、最高阶段的成果，是有智慧、有理性、有自我意识的存在物，但是，人类丝毫不能因此拥有特别的权利，人类没有破坏环境、竭尽资源以满足自身物欲的权利。没有人，世界将是不完整的；但是，没有猩猩和熊猫，苍鹰和蚂蚁，橡树和三叶草，荒野和河流，艳阳和明月，世界也是不完整的。自然界的一切都有自己生存的权利，人不是自然界的立法者，人类的利益与生态系统的利益互相依存，不可分离。与一个繁荣的、充满生命活力的自然界和睦相处，是人类的最后归宿。

令人遗憾的是，人类的巨大开拓性力量使自然界日益萎缩和衰败，人类自身的行为造成了生态失衡、环境危机，分散的、个别的、盲目的行为造成了一个整体的恶果。正如恩格斯所指出的："我们不要过分陶醉于我们对自然界的胜利。对于每一次这样的胜利，自然界都报复了我们。"人类只是在大肆掠夺自然资源、破坏生态系统，而遭到自然的无情惩罚，并危及自身生存的时候，才懂得自然界的不可侵犯，才开始反省自己的"征服"行为。人们开始思考：我们为什么会自食苦果？人类为"征服"自然付出了多少代价？当我们获得了丰裕的物质生活资料时，我们的生存质量为何日益恶化？还有，人们为攫取自然资源、生产消费产品而不惜破坏环境，不惜损害后代人的利益，这种行为难道是道德的吗？

这种迟来的反省，实际上也是人类的先知先觉者长期以来呼喊和斗争的结果。我们应该永远铭记那些呼唤环境意识、为保护生态而毕生努力的勇敢斗士。

我曾在美国生活了一年，因此对美国的生态思想家有了一些了解。1999 年夏天，我到美国马萨诸塞州位于瓦尔登湖边的丛林中寻找亨利·大卫·梭罗（Henry David Thoreau，1817—1862）的足迹。我和几位朋友从哈佛大学出发，沿 2 号公路往西驱车约 30 分钟，就到了一片湖光秀丽、景色迷人的林地。梭罗，这位哈佛的毕业生，是一位自然和荒野的赞美者，是美国早期的自然博物学者和环境思想家。他于 1845 年离开自己的家乡康科德镇，在 2 英里之外瓦尔登湖畔的树林里，盖了一间小木屋，独自一人度过了两年多时间。他在这里种玉米、土豆和豆角，在丛林中观察植物和鸟类，在碧绿的湖水中荡舟沉思。就是在这间林中小屋里，梭罗写了 200 多万字的日记，并写下了美国环境思想史上的经典——《瓦尔登湖》（*Walden*）一书。梭罗毕其一生，都在寻找"真正自然中的家"，他把荒野和森林作为“精神上的营养”，并把自己和自然融为一体。梭罗的田野浪漫主义和他的生态思想，鼓舞了一代又一代环境思想家。在梭罗的木屋里，我看着那简朴的小床、油灯、木柴、陶罐，静静地遐思当年主人的生活情景，不禁油然而生强烈的回归自然之情。在这座小木屋旁，有一尊梭罗的塑像，严肃中饱含着思索，幽深的目光似乎在探索自然的奥秘。屋边的瓦尔登湖，虽然比 19 世纪时小了很多，但依然是一池碧水，清澈洁净，倒映着湛蓝的天，湖的周围环绕着青翠的树林。我们在湖中舒畅地游泳，看见鱼儿悠然地从身边擦过。投身于自然之中，你才能真正理解梭罗的胸怀，才能真正品味到伟人思想的深邃。

随着美国工业化的发展，“美国梦想”的逐步实现使自然遭受到巨大的劫难。森林消失，牧场荒芜，尘暴肆虐，河流污染，生态不断出现危机。因此，在梭罗之后，美国出现一代又一代的生态思想家，他们为保护自然环境而奋力呐喊。约翰·缪尔（John Muir，1838—1914）被称为“荒野之子”，他是美国国家公园和森林保护区的创建者，他发起创办的旨在保护山区森林景观的塞拉俱乐部，会员曾达到 15 万人。缪尔为保护加利福尼亚州的约塞米特森林公园与论敌们斗争到生命的最后一刻。奥尔多·利奥波德（Aldo Leopold，1887—1948），是享誉世界的环境保护主义理论家，他写的一本自然随笔和哲学论文集《沙乡的沉思》，被认为是“关于人和土地的生态及其伦理观”的不朽作品。在这本书中，利奥波德不仅描述了大自然的无穷魅力，而且从哲学的意义上，提出了“土地道德”的概念，把人们对自然的态度与人的道德联系在一起。威廉·福格特（William Vogt），同样也是一位著名的环境思想家，他的《生存之路》向人类提出警示：我们如果不能正确处理人与环境的关系，人类文明将遭到毁灭。福格特指出：地球上的资源是有限的，我们再也不能实行“榨取经济”了。巴里·康芒纳（Barry Commoner，1917—　）美国当代生物学家和生态学家，他在著名的《封闭的循环》一书中，对现代技术所造成的环境危机进行了激烈的抨击，他指出，技术的缺陷导致了空气中的光化学烟雾、湖水中的有机废物、整个地球的核灾难以及各种社会问题，他警告：这些将驱使我们走向自我毁灭。

在美国人写的关于环境问题的著作中，最令我震撼的是海洋生物学家蕾切尔·卡逊（Rachel Carson，1907—1964）写的《寂静的春天》。卡逊一生中最重要的时光是在马萨诸塞州度过的，而我正好是在该州读了她的那部伟大的著作。当我呼吸着马萨诸塞州清新、洁净的空气，徜徉在遍布于各个社区的花园、草坪中，看见松鼠在人行道上安详地嚼食松子，而肥硕的野鸽与路人并行，这时我就想起蕾切尔·卡逊，这位为保护环境做出杰出贡献的女科学家。1958年，卡逊收到一封来自马萨诸塞州的信，这是她的一位朋友奥尔加·哈金丝写来的。哈金丝在信中说，由于飞机喷洒杀虫剂消灭蚊虫，致使她饲养在后院的野鸟都死了，而且她生活的小镇已变得毫无生气。卡逊此时正在考虑写一本有关人类与生态的书，这封信促使她把全部精力集中到关于杀虫剂危害环境的研究中。在将近4年的时间里，她阅读了几千篇美国官方和民间关于杀虫剂危害环境的报告和文章，向有关领域的权威科学家核实情况，积累了大量翔实的调查结果和数据资料，写出了《寂静的春天》一书，于1962年出版。在书中，作者从考察杀虫剂DDT等化学药剂对自然界的毒害（她称这些杀虫剂为“杀生剂”）开始，深入调查了这些危害涉及的各个方面，这些残存在土壤、江河、海洋里的化学毒物，已普遍地侵入到鱼类、鸟类、爬行类以及家畜和野生动物的躯体内，并潜存下来，而人类的骨髓里，也吸进了此类药物，使人的生理过程产生致命的恶变。书中写道：“当人类向着他所宣告的征服大自然的目标前进时，他已写下了一部令人痛心的破坏大自然的记录，这种破坏不仅仅直接危害了人们所居住的大地，而且也危害了与人类共享大自然的其他生命。”不仅如此，人类的生命也深受其害，据卡逊调查，在美国、日本、印度、叙利亚等国，农民、儿童因农药中毒死亡的案例十分惊人。卡逊严厉地谴责商人们“不惜代价去赚钱”，即不惜付出毁灭自然界的代价，付出毁灭地球和人类的代价。她还谴责美国的一些州政府和联邦政府对恶劣滥用毒药的纵容态度。这本书在当时引起了巨大的震撼。书中关于化学药剂对生态环境的严重破坏和对人类生存的致命危害的论述，不仅表达了卡逊作为科学家对自然界的生态忧虑，而且渗透着她对人类命运的深切关怀。卡逊对环境日益恶化进行了彻底的揭示，对人类破坏大自然的行径予以了无情抨击，表现出一位正直科学家的无畏勇气。《寂静的春天》宣布了人类征服自然的时代的终结。

在20世纪60年代以前，美国的公共政策中还没有“环境”这一款项。在几乎所有人的观念中，自然界是人类理所当然的仆役，它只有给人类无偿提供资源和服务的义务。人类向大自然开战，以征服自然作为表征人类自身力量的确证，因而引以为自豪。人们从来没有想到要设立“环保局”这样的机构，未曾想到要回馈自然。因此，当《寂静的春天》出版时，它遭到了激烈的攻击，包括对卡逊的人身攻击。不仅那些生产 DDT 和其他杀虫剂的大批商人对卡逊进行围剿，美国医学协会也站在商人和美国化工公司一边。甚至一些政府官员和科学家也反对她。

美国前副总统阿尔·戈尔在给这本书的新版本所写的前言中说，《寂静的春天》出版后，“对蕾切尔·卡逊的攻击绝对比得上当年出版《物种起源》时对达尔文的攻击”。但事情急转直下，1963 年，当时的美国总统肯尼迪任命一个特别委员会调查这本书中的结论，调查结果证明卡逊的论据和警告是正确的。国会立即召开听证会，促使了全国对环境问题的重视，曾获诺贝尔奖的 DDT 和其他几种剧毒杀虫剂从生产和使用的名单中被清除。1970 年，美国环境保护署成立，这在很大程度上是由于卡逊所唤起的意识和关怀。因此戈尔副总统说，《寂静的春天》的影响可以与《汤姆叔叔的小屋》媲美，这两本珍贵的书都改变了美国的社会。戈尔认为《寂静的春天》是一座丰碑，“它为思想的力量比政治家的力量更强大提供了无可辩驳的证据”。我们可以说，蕾切尔·卡逊关于人类与环境关系的思想，照亮了一个时代。在这个时代里，联合国于 1972 年召开了人类环境会议，这是国际社会就环境问题召开的第一次世界性会议，这次会议发表了两个文件:《只有一个地球》《人类环境宣言》，标志着全人类对环境问题的觉醒；也是在这一年，罗马俱乐部发表了震动世界的研究报告《增长的极限》；1984 年，世界环境与发展委员会成立，并于 1987 年会议发表了一份重要的报告《我们共同的未来》，这份报告经典性地界说了“可持续发展”概念；1992 年，联合国环境与发展会议在巴西的里约热内卢举行，这次会议发表了《里约环境与发展宣言》和《21 世纪议程》……纵观人类实践的这一发展轨迹，我们可以清楚地看到，当初蕾切尔·卡逊发表《寂静的春天》，确实具有非凡的气魄和伟大的历史远见。

人类在不断地认识自然，也在不断地认识自己。从农业文明、工业文明到生态文明，人类走过了漫长的道路。人类的进步，不仅是生存意识的进步，而且是价值观念、权利观念、道德观念的进步。美国环境伦理学家 H. 罗尔斯顿（Holmes Rolston）曾以科罗拉多瓦赫原野公园的新旧指示牌为例说明这种进步。以往的指示牌上写着:“请留下鲜花供人欣赏。”后来新的指示牌改为:“请让鲜花开放。”前者表现出人作为自然界的主人的傲慢态度，后者则表现出人对自然界的谦恭态度和平等意识，以及维护自然界生机盎然的责任感。因此，这里不仅仅是个生态环境的问题，它更是个伦理境界的问题。在一个新的时代来临的时候，我们应该确立一种新的文明观。环境、生态、资源、可持续发展，这些用语固然与经济指标、资源存量、环境政策等密切相连，但这类问题的核心却在于人类的文明观念。

生态伦理学、大地伦理学、环境哲学、生态哲学，这些都已成为当代国际学术界的“显学”。我们谈可持续发展，只有进入到环境意识和环境伦理深入人心的阶段，才有了可靠的社会基础。然而，我国在这方面的研究尚处于“初级阶段”，不少人认为可持续发展主要是或仅仅是经济领域或技术领域里的问题。记得 1996 年全国地方社会科学院哲学所所长联席会在广州召开，作为东道主之一，我建议会议主题定为“可持续发展战略与文明观”，当时即有不同意见：一是认为“我们这个地区连发展都谈不上，何来可持续发展”；二是认为“可持续发展是经济领域的事，哲学界有无必要讨论”。后来会议围绕这一主题讨论得十分热烈，代表们就作为一种当代文明观的可持续发展战略发表了深刻的见解，这就证明它应该纳入哲学家的视野。在这次会议之前，广州市有关部门主持编写本市的《21 世纪议程》，作为实施可持续发展战略的官方文本。起初提纲分为 17 大类，未有专章论述观念问题。当时我提出可持续发展的一个重要方面是观念问题，即文明观问题，建议增写一章。这个建议立即被采纳，这方面的内容作为第 18 章现在已正式载入《广州 21 世纪议程》。这一章当然写得很简短。我们几位执笔者以及几位同仁感到有必要用更多的篇幅来阐述一种新文明观，来展示未来世界的美好图景。我们认为，未来的时代，是绿色的时代，是自然界真正复活的时代。摒弃人类利己主义和人类沙文主义，与一个繁荣的、充满生命活力的自然界和睦相处，是人类最高的境界和最美好的归宿。

在一个新时代到来的时候，我们渴望沐浴绿野的风。我希望:在我们的国土上，在整个地球上，让鲜花永远自由地开放。

（原载《风口中的乡愁》，中国社会出版社 2015 年版）

最后一个历史轮回

任　蒙

省作家协会组织我们赴辽宁和吉林两省进行文学交流，同时这也是一次笔会，因而沿途安排了采风活动。

沈阳故宫—大帅府—九一八纪念馆—伪满皇宫，我们恰好是按照历史的时序一路走过。

我忽然想到中国封建史的最后一个轮回，想到这次大轮回之后的历史变局。

一

“沈阳故宫”几个金字再次映入眼帘。

少年时代我就通过图片记住了这里的“郭体”书法，曾经将这里的建筑想象得十分宏伟壮观，可当我在上个世纪末年来到沈阳看它时，却颇有几分失望。因为，我已经多次参观过北京的故宫。

北京紫禁城的规模与气势是整个世界无与伦比的，它让我许多次思考过朱棣这个开创者的气魄。北京的故宫占地七十二万平方米，而沈阳故宫仅仅六万多平方米，不及十分之一。但是，沈阳故宫在总体建筑风格上，采取的还是汉族传统的宫殿结构，榫卯相接，飞檐斗拱，从个体上看，也显得高大巍峨。不难看出，他们建造的皇宫是对中原王朝的某种模仿，只是他们那时不具备建造一座与关内皇城相媲美帝宫的雄厚实力。

几经查考，也未弄清这里“小故宫”始建的具体日期。努尔哈赤率领大军进入沈阳，是 1625 年 3 月，即便从他们定都的这年算起，到他们入关的 1644 年，还不到二十年。说明那时满族政治集团对入主中原并没有多大胜算，至少他们没有预见到机会来得那么快。

愤怒的农民军将大明的崇祯皇帝逼到煤山的那株歪脖子老槐上自缢而死，朱明王朝主导了二百七十多年的历史轮回，在这一天画上了句号。下一个轮回，本来是以发动暴民杀进北京的李自成为起点的，但由于起义领袖们众所周知的肤浅和失误，大顺皇帝在武英殿的龙椅上仅仅坐了一天，就仓皇撤离了北京。

清王朝是幸运的。历史舞台将限定给帝制的最后几个世纪的时光，全都给他们了，一天也没有克扣。两百六十七年，相当于前朝“大明”的长寿，这在中国的封建王朝中已经是很体面的了。

然而，它又是不幸的。在它还没有登上历史舞台的日子，世界已经转向，最后将其逼上绝路的，正是滚滚而来的时代浪涛。

早在明王朝行将就木的年代，欧洲主张个性解放，以人权取代神权的文艺复兴运动，已经开始了几个世纪。就在清军欣喜若狂地杀过山海关的那年，西方有个叫英吉利的地方，正在酝酿资产阶级革命，四十多年之后，革命爆发，议会限制王权的《权利法案》诞生。任何史书写到人类社会走向现代文明的历程，都不能绕开这个转折点。

十七世纪中叶，无论是对中国还是西方，都是一个起点。

——英吉利从那个起点出发，很快乘上了蒸汽机车，向着曈曈初日一路呼啸奔腾，政治革命和工业革命释放出巨大的生产力，改变着欧洲，也改变着世界。

——东方古国的最后一个王朝也从那个起点出发，可他们依然乘坐着古老马车，驱赶着老牛木犁，艰难地重蹈着几千年不变的历史覆辙，前方却是更加昏蒙的晻晻天色。

不列颠群岛上的王国离中国很远很远，“天朝”上下都沉浸在几千年养成的农耕社会的自满自足之中，牧羊人和他们随时可能被屠宰的羊群都很悠闲，都不知道山外发生了什么，总是那样“贫苦并快乐着”。无论是金玉满堂的贵族，还是每天辛辛苦苦耕作在田野的农夫，都以为世界就是这样的，这样的秩序就是他们心中的“天道”。

康熙是被国人引以为荣的圣主，经常手不释卷，据说他很爱西方传进来的天文、数学等知识。微积分、万有引力定律，这些重大科学建树都是西方人在清室入主中原的前夕完成的，不知这位圣明的皇帝读后，对他的天朝带来了哪一点益处。

玄烨之后，其孙弘历又表现不凡，爷孙俩在位一百多年，他们接力创造的“康乾盛世”，至今还让中国人自豪不已。其实，封建帝制中出现“明君”，只是帝位不可选择的铁律导致的一种偶然性现象。所谓两代圣君，并未给天朝带来什么生机，反而变本加厉地闭关自守，大兴文字狱，强化儒家伦理，使封建制度更加严酷，更加沉闷，更加老态龙钟。康乾二帝的深恩厚泽，也未给他们爱新觉罗的后世破解千古“难题”留下任何积极意义。假如玄烨和弘历活到清末，他们也不会具有顺应时代洪流的政治襟怀。

康乾盛世不过是整个封建制度落日的辉煌，不过是帝制临近死亡的“回光返照”。

说大清朝廷幸运，还因为历史给了这个僵死腐臭的政权以最大的宽容。在其后期，同样出现过揭竿而起的暴民运动，汹涌而迅疾，很快席卷大半个中国，并且建立了新的政权，但是，太平天国起义最终被扑灭。尽管清室早已内外交困，危机重重，可历史没有让传统的反叛势力将其致命，已经重病缠身的清廷竟然挺过了它立国以来最为沉重的一次内乱打击。

在朝廷危亡之际，还有林则徐、左宗棠、李鸿章、张之洞等一大批股肱之臣，板荡耿耿，勇作中流砥柱。尤其是曾国藩，不但率领自己的湘军平定叛乱，为清王朝立下不世之功，而且恪守儒家规范，自省内敛，在自我修养方面几乎达到了圣化境界，几十年后还被两个敌对阵营的领袖毛泽东和蒋介石引为人生楷模。可是，由于统治集团背离历史潮流，虽然这些贤臣为自己的封建主子尽忠，尽职，尽力，尽德，但他们终究未能挽回没落的王朝。

二

封建历史的每一次循环，几乎都是前一个轮回的重演，连许多历史细节都惊人的相似，甚至是分毫不差的“克隆”。虽然每一个王朝都希望帝祚永续，江山不再更易，但由于帝制的荒诞性，每个王朝从他们开张的那天起，就预兆着或早或晚要走向灭亡。

皇权大得无边无际，大得六亲不认，大得随心所欲，大得不顾人伦，可谓无所不用其极。同时，巨大的诱惑也使皇位随时处在刀锋火口，父子兄弟也会“六亲不认”，皇城大内骨肉残杀的斧声烛影，无数次血溅宫帷，也成了封建轮回反复重演的“保留剧目”。

在晚清的一次皇位交替之际，靠近最高权位的一个皇妃夺取了这种极权。这个后宫女人年纪尚轻，不曾有过任何处理朝政的经历，也没有良好的妇德，但这并不是多坏的事情，史上不知有过多少个少年、童年、幼年，甚至襁褓里的孩童被送上极位，一个成年妇女来掌握皇权，总比“幼儿园的小朋友”要合情合理得多。慈禧能够垂帘听政，也是因为她生了小皇帝同治。可是，这个妇人自私而恋权，不但恶毒而娴熟地攫取了权力，也能够毫不含糊地防守权力，阴险，冷酷，出手果决。

女人的贪欲和虚荣心膨胀起来，往往比男人更奢侈，更疯狂。

几日之后，我们在长春参观伪满皇宫时，意外逢上在宫内巡展的“慈禧瓷器展”，极其考究与奢华。谁都明白，瓷器仅仅是生活必需的一个很小的侧面。

如果改变政体，过去供其奴役和宰割的几亿牛羊，就会变成公民，就会变成“人”！

——在颐和园排云殿的软榻上，这个贪恋权力到了不顾脸面的老女人辗转反侧，不知道这样持续了多少个难眠之夜，她始终吞不下那口恶气。

——强硬——欺骗——拖延，统治集团死到临头还抱着侥幸。

甲午惨败，举国痛悔，历史上曾经被明代皇帝“册封”的小小日本国也变得如此强大。几乎所有懂得思考的人都开始明白，积贫积弱的中国仅仅靠购买洋枪洋炮洋舰船，仅仅靠经济和科技领域里的“洋务运动”，解决不了问题。

然而，“当今圣母”扑灭了让国人荡气回肠的维新变革大业，依然抱定两个字：不改！

不肯与人民共存的清政府，在列强面前步步忍让，可以做出最为羞耻的妥协，但面对举国上下渴望政治改革的呼声，却心僵如铁，寸步不让。

他们宁愿一次次割地赔款，卖国乞和。大清拥有一千多万平方公里的国土，还可以“割让”若干年，衣衫褴褛的亿万草民还可以砸锅卖铁，凑些银两向列强赔款。

管他山河怎么破，只要“国在”就行。

就这样，“我大清”在以慈禧为首的保守势力的极力拖延下，一次次错过了它起死回生的时机。

时代大潮波高浪急，清朝王室不可能绕过历史这道坎。宣统三年中秋节后的那个夜晚，武昌城内一群被激怒的新军士兵挺身而出，几阵枪炮就轻易地夺取了这座千年古城。

原来，皇帝制度早已像一只烂透的苹果，树干被轻轻摇晃就坠落下来，不肯变革的清王室最终未能逃脱历史的“万有引力定律”。

封建历史在中国的最后一个轮回，也是这种体制最窝囊、最丑陋的一个轮回。

三

大帅府，那座青砖小楼组成的院落，仍然不难想象出当年它在奉天的尊贵和威严

一个又一个旅游团队聚集在各自导游的小旗下，听她们讲述着相同的故事，很像“三重唱”或“四重唱”，都在讲老军阀怎样没有文化，他娶了几房妻妾，哪座楼是怎么来的，哪间屋子里发生过什么故事，等等。游客对什么感兴趣，她们就讲什么。

张作霖是东北王，按军阀的山头划分，叫作奉系。军阀混战时期，还有众所周知的直系、皖系、晋系、桂系，还有难以计数的大大小小的军阀势力和草头王。也就是说，在那时中国的大地上，说不清有多少个大大小小的“帅府”。

辛亥起义胜利了，但它催生的政权却被军事强人异化了。

袁世凯能够在国人面前蛮横无理，因为他手中有枪。从他开始，以此类推，谁手里有枪谁就狠，谁就是爷。

一个省是这样，一个县是这样，甚至一个村也是这样。

全中国自上而下，无不按照这个“定律”运行。

没有挑选的余地，也没有协商的余地，更没有考核的余地。

小个子男人张作霖虽然只念过三年私塾，但为人机灵，早年在他老丈人家一个名叫赵家庙的村里成立“保险队”，依靠为乡亲护村守院起家，后来成为拥有几十万条枪支的“大帅”，把整个东北都划进了自家的院子，谁当省长市长都是他一句话。

慈禧之流逼迫自己的军队调转枪口炒了主子的“鱿鱼”，而袁世凯又使偌大中国变得枪炮林立。看看眼前这座作为文物单位被清扫得整洁干净的“大帅府”，就不难想象混乱中国是一副怎样的惨象。

九一八纪念馆是近几年新建起来的，馆前的巨碑以台历造型，时间定格在1931年9月18日。几年前，当我在影像中第一次看到它时，觉得它颇有创意。

“九一八”是十六世纪日本好战领袖丰田秀吉的忌日，但它作为中华民族蒙羞的历史标识，并非是铁定的日期。如果没有“九一八”，肯定会出现“十一八”或“十一一八”。这样一个日期，注定要出现在苦难中国的历史进程中。

纪念馆规模较大，展品以图片为主，也有部分实物，这些都在预想之中，只有细看才有收获。可是，由于我们要赶下午的飞机，我不敢停歇地走马观花，身上浸出微微汗水，结果还是全队最后一个上车的。

暖洋洋的阳光照进车窗，我枕着靠背思索着:我们参观的路线，是从帅府走来，这座纪念馆也是由“帅府”而来。

一个自乱的民族不遭外敌欺侮，那才令人费解。

还在清王朝风烛残年的年代，两个恶棍为了争夺辽东半岛而在中国大打出手，于是爆发了沙俄与日本在中国交战而清政府“中立”的奇怪战争。日俄战争胜在日本，此后日本以驻防之名，不断往东北增兵，九一八事变之前已经在东北驻有超过一个联队的兵力，名曰“关东军”，还经常借口演习，到一些重要城市和军事要塞为他们日后的侵占做准备。如此规模的狼群长期养在你家中，并且横行无阻，想他们不伤人未免有几分天真。

事变发生后，东北三十多座城市在几日之内相继陷落。

外寇入侵，人们担忧的灾难降临得这么快!

这一年，距离清廷被颠覆的日子，整整二十年。

最后一个王朝从沈阳启程，中国最大的一场民族灾难也从这座城市肇始。这并非是历史的某种巧合。最后的历史轮回以其荒诞告终，它所造成的最坏恶果，也就从它轮回的起点开始。

这就是历史的因与果!

几十个世纪以来，历史每一次重新轮回，整个民族都要付出巨大代价。浩劫之后是千孔百疮，户口剧减，一片凋零破败。每次几乎都是在废墟上重建，经过缓慢的喘息才得以艰难复苏。

革命失败之后的军阀混战，遭殃的是百姓。

外国侵略者乘势而入，最遭殃的还是百姓。

翻遍晚清和民国时期的照片，几乎找不出一丁点儿民族的生气，尤其是普通民众，全是灰袍垢脸，表情迷茫而呆滞，土屋黑炕的背景灰暗压抑，一看就是被搜刮过多少遍的民居。兵荒马乱的日子，鬼子的铁蹄又使多少个家庭拖儿带女地千里逃逸，连缀满补丁的破袜子都有人买走。

四

日本人急于炮制一个傀儡工具，不可能专为所谓的满洲帝国修建“执政府”，他们腾出原来管理吉林、黑龙江两省盐务的吉黑榷运局，作为溥仪的办公和生活用房。于是，盐务官署的三座洋楼成了皇宫的主楼。其中，那座哥特式建筑用作典礼和办公之所，即所谓的勤民楼，是一幢两层高的方形圈楼，楼下一层为拱券式门窗，颇具西洋韵味，而中间的方形天井，又使它显示出中式建筑色彩。

“勤民楼”正门上方，缀有“承光门”字样，字体小得几乎被人忽略。但是，凡有重要庆典或接待“外宾”的活动，溥仪都会在门下的台阶上与众人合影，因而，该门被民间讽为“卖国名门”。

跨进灰色的皇宫，我才感到，溥仪的这个“国”，原本是一场卖国闹剧。有他这个“国”，日军占领东北；没他这个“国”，日军还是占领。

拿他的“满洲帝国”当真的，也许只有溥仪自己和追随他卖国的几个遗老遗少。

1932 年 3 月 8 日下午 3 时，溥仪被日本人用专列从一个名叫汤岗子的小站运送到长春。当小伙子看到车站前来欢迎他的人群中出现黄袍马褂时，几乎要落下泪来。

天下不计其数的没有做过皇帝的人，都梦寐以求地想做皇帝，做过皇帝的人当然更想做皇帝。

自从土肥原贤二在前一年十一月某个月黑风高的夜晚秘密出现在天津静园的那天，一股帝王的欲念开始在他心中不断升腾，真是天赐时机于斯人！宣统年间，他曾经坐在煌煌紫禁城里正经八百的龙椅上，面对整个大清国做皇上，可那时候他实在懵懂，几乎连记忆都没留下。这一回，复辟祖宗的帝制大业就在眼前，他一定要认真地做这个皇帝，一定要努力地做这个皇帝。

在从渤海湾驶向辽东湾的海路上，日本商船淡路丸号的那间颇为舒适的船舱，也无法让他平静下来。他每天都在渴盼龙袍加身的时刻，还暗自埋怨笨重的海轮速度太慢。他特意捎带着光绪留下的一件龙袍，但后来日本人只准他在行祭天礼时穿戴，礼毕之后立即改穿“大元帅服”。

开始，他以为他真的是皇上。

渐渐地，溥仪似乎明白了什么叫卖身投靠，他所抱定的只剩下一种侥幸和苟且了。

五

当年的皇宫门岗重重，戒备森严，那深墙里露出的庄严楼宇，或可使人想象到这座“满洲第一院”的尊贵、豪奢与温馨，其实这里长年囚禁的只有相互猜忌、暗自愤怒与忍气吞声，只有迷茫、哀怨与醉生梦死。

当年远远望去，那昏黄的灯火不但没有给这座大院带来丝毫生机，反而让人感到几分恐怖。出入皇宫的人，都不曾流露过多少舒心的表情。

每个人都会感到，“帝室御用挂”吉冈安直的魔影无时无刻不在盯着自己的脊背。

李玉琴本来是个在校学生，在日本人的一手包办下入宫为妃，因为年幼单纯，颇得溥仪信赖。可他们对坐于那间空闲的密室时，口里高谈着对皇军尽忠的话语，而手指却匆忙地蘸着茶水在桌子上写字交流。没法儿，他们只能慢慢习惯这种交谈方式。

婉容因为和御侍私通而被溥仪置于冷宫，所谓冷宫仍然是其原来的居室，行为被严格限制。每日，她侧卧在那张旧式沙发上，靠手中的一杆烟枪打发时日，对面跪地的太监照例一丝不苟地侍候着她——在其卧室斜对面的“抽烟室”里，两具蜡像生动地再现了末代皇后的宫内生活。据说，婉容每天除了吸食大量的烟土，还要抽掉八十支卷烟。与其说她是在加速自己的死亡，不如说她内心里那点儿生命的星火早已化作了灰烬。

皇帝至高无上，是天底下最有权势的男性，皇后是世上最尊贵、最幸福的女人。然而，在这个荒诞的“国度”，在这个一切受制于外寇的所谓皇宫里，每一幕几乎都是与常识相颠倒的。真不知道，溥仪在伪满的帝王岁月与其后来的囚徒生涯，究竟有多少本质的区别。

皇帝、皇后尚且如此，生活在强盗鞭影之下的几千万庶民百姓的境况，更是可想而知。多少年后，一个乡间老太愤怒地控诉伪满政权助纣为虐的罪行，情绪激动，声声血泪，站在她面前的一个中年男子扑通跪下，说：“大娘，我就是您痛骂的那个康德呀。”据说，这一幕发生在“康德皇帝”溥仪被关押在战犯管理所接受改造的日子。

可笑的“满洲帝国”，不过是特定的历史时期由侵略者扶持起来的区域性政权，并且属于非法性质。因此，历史不承认这个“国”，它也不是封建制度的延续。

张勋、袁世凯、溥仪等人贼心不死，企图让帝制在中国死灰复燃，并且都以自己的实力或借助外力付诸行动，但全都被碰得头破血流。

谁也别想明目张胆地再把皇帝请回中国来，因为历史的每一个拐点上都竖有醒目的标识：此路不通！中华民族宁愿在泥泞中艰难挣扎，也绝不容忍帝制。

那天午后，我在沈阳桃仙机场的上空，默默地向舱外的这座城市告别，想再看看故宫的琉璃屋顶和大帅府青灰的砖楼，还有九一八纪念馆的白色巨碑，可它们全都被掩进了苍茫大城的楼宇之中。

我想，只要我们民族走过的路径保持清晰就行了。

（原载《天津文学》2016 年第 4 期）

我吸到的第一口空气是硝烟

郑荣来

我出生在一个灾难深重之年——1938年。这年我们正在广州，母亲怀我的时候，正是广州经受日本侵略军狂轰滥炸的日子。

广州抗战史载，日本侵略军从1937年8月首次空袭广州起，至1938年10月21日广州沦陷，对广州市进行了长达14个月的狂轰滥炸，共炸死居民6000多人、伤近8000人、毁坏房屋无数，其中规模最大、使广州损失最为惨重的是1938年5月、6月间的大轰炸，仅仅一个多星期，日军共出动飞机14批100多架次，广州尸横遍野，瓦砾满街。据说日军进城时连炸带烧引起的硝烟，弥漫了两个多月。

我无法知道，更无法想象，母亲是在怎样的气氛中，怀着怎样的心情保护着她腹中的我。都说母亲十月怀胎最艰辛，而我母亲更是万苦千辛。母亲终于在广州沦陷之后两个多月后生下了我，12月25日，恰逢圣诞节。母亲不是基督徒，但把我的乳名起作“酥仔”。起名原因不详，父亲只说那只是一种爱称，没说过有其他含义。也许我生于战乱，母亲祈求一种保佑，也未可知。这名字一直叫到我上学改成现名为止。我的降生，其实是与灾难同来，与“光荣”、“荣耀”毫不相干，我的现名，只是按辈分而起，我的几位堂兄皆称“×来”。

我出生之后，广州仍在一片烧杀的恐怖中，城里已无法再待，于是举家出逃。父亲曾回忆，说那天我母亲正发烧，她用背袋背着我，手里还牵着大我3岁的姐姐，父亲他手提、肩背着包袱，随着如潮的难民队伍，逃向远离城区的韶关方向。无车无船，头上还时有敌机掠过，孩子们惊吓得哭声一片，难民只能走走停停。几天之后到了一个叫马坝村的地方。但这里也不安全，鬼子飞机不断来轰炸。于是又掉头沿北江南逃，几经颠沛，几经流离，惶惶恐恐，提心吊胆，到了番禺榄核镇，母亲再也走不动了。母亲背着我，到底走了多少路，奔波了多少个时辰，已是无法算得出来。好在这里是珠江三角洲，是个鱼米之乡。我们就落脚在这里了。

小镇地处珠江三角洲，它前面是一条河，我们在河边租了间房子住下。原来以为这里是农村，会比较安全，但日本鬼子的飞机，三天两头就来一次。常常刚听到“嗡嗡嗡嗡”声，飞机就已经到了头顶上。被吓怕了的老百姓，一听飞机来就逃，于惊慌之中，母亲总是先把我背上，勒上背袋再往外跑。她个子小力气小，跑得气喘吁吁，满身大汗。可她从不放下我，连上厕所也背着。后来母亲说，逃跑的时候，我惊吓得大哭，她一边拍着我的屁股，一边小声喊着：“别哭！鬼子听见就要扔炸弹了！”也很奇怪，还不懂事的我，一听说鬼子和炸弹，马上就不敢哭了。

鬼子占领了好几年。我记事时大约是三四岁，那时我老是闹着要米饭。这里本来是出大米的地方，可米价一天比一天贵。大人为了节省大米，就用豇豆掺米做粥吃，好长时间见不到干饭。让大人心急的是，不久粮店关了门，连高价米都买不着了。眼看就要没米下锅，父母愁得整天唉声叹气。有一天，听说农村正在抢收稻子，见许多外乡人都去拾稻穗，父母带着我们也跟着去了。

我们来到一家大户农田主的稻地，只见一大片水稻田里，摊着一行行割倒后晒了大半天的稻穗。中午一过，田主雇用的一帮人，抢着捆扎稻子，然后装到船上运走。拾稻穗的人蹲在四周的地头等候。等稻子捆收完毕，田主把哨子一吹，拾稻穗的人就蜂拥而下，去捡稻田里遗漏的稻穗。捡到太阳快下山时，田主又吹起哨子，大家把拾到的稻穗送到地头，大约十分之四交给田主。我们去捡了七八天，回来晒干碾成米，算是救了急。

在鬼子占领的日子里，我们的衣服没有穿过新的。尤其是我，总是穿姐姐穿过的。我 5 岁那年春节。为了节省衣料，母亲买了一块花布，多做了一件衣服给我。年三十我试穿时，发现竟是女孩子布料，心里委屈极了！好不容易做件新的，怎么还是女孩子的！我大哭大闹了一场，死活不肯穿，母亲怎么哄都不管用，背过脸去抹眼泪。要不是父亲一声大吼，还不知闹到什么时候。我的不懂事，想必也让母亲伤心，多少年后我一想起这事就难过。

也正是这年，母亲病逝，那时她才 28 岁，我们没钱也没药（那时运输封锁，很多药都买不到），使她过早离开人世。记得那天，母亲体弱不堪，奄奄一息。父亲见状：“我去找医生！”像是对我们说，又像自言自语。只见他在门外走了两圈，又无奈地低着头回来。我们一个外乡人，到哪里去找医生?！突然，母亲低声叫我乳名：“稣仔，过来！”我走到她床前，她摸了摸我脑袋，眼泪从眼角涌出。然后又叫我父亲，并伸出一只手，父亲会意，把手给她，她拉住父亲的手，然后脑袋一耷拉，眼睛就闭上了。

母亲逝世，四口之家忽然少了主妇，犹如天塌一角。我们哭天喊地，无比哀伤。那天，天空阴沉沉的，仿佛与我们同悲。第二天，下起了小雨。父亲雇了一条小船，把母亲送到大岗，在一座小山下埋葬。墓上立了一块小石碑，写着“大埔张锦娘之墓”七个字。我记得，此时父亲的脸，也如同这天色。他忽而环顾四周，忽而仰望苍天，茫然无措，一副十分无助的神情。与母亲告别时，父亲交代我们姐弟：“长大了要常来给母亲扫墓。”从此，我们的心，我们的挂念，都留在了大岗。

母亲去世得太早，太短促的人生！她有许多理由，享受更多的人生，见识更多的变迁，体验更多的沧桑。尽管战事频仍，当年的平均寿命也有四五十岁，何以那么早就让她上了黄泉路？母亲渴望人生，留恋人间。她辛辛苦苦生我育我，还远没等到我自立，便因日本侵略者发动的战争带来的贫病而永远地去了。我深知，她是很伤心的，带着深深的遗憾离开人间。她生前没有享受过日不愁三餐、夜不愁风雨的生活，更没有见识过现代文明。她太不幸了，命运对她也太不公平了！父亲中年丧妻，我们姐弟幼年丧母，人生的大不幸，都降临到我们家，真是惨不堪言！

我对母亲没有做过丝毫奉献，没有给过点滴回报。她弥留之际，我只有 5 岁，连一杯水都不曾给她端过，她枉生了我一场！如果她不早逝，尽管世事多艰，也会有这样那样的磨难，但人间总有阳光在，生活总有欢乐时。如果她健在，今年该是 100 岁了。儿子纵然不能尽孝，也会让她尽可能好地领略人生。然而这种心愿，如今只能是一种空许，没有实现的可能。心有余而力不足是一种遗憾，而今我心力都有，就是无缘尽孝，细想便更感心伤。

难忘的 1938！我的第一声号哭发自 1938，我吸到的第一口空气是日军轰炸引起的硝烟，我的人生开始在战乱的 1938。母亲在乱世把我带到人间，却未能把我养育到安宁的年代，这也是让母亲难以心安的憾事！我思念她的艰辛，她遗憾自己未遂心愿。天地两茫茫，何以慰心灵？想起那个年月，我心情总难平静。

（原载《文汇报·笔会》2015 年 9 月 4 日）

长跑，让人类慢下来

吴昕孺

一

跑，非人类所独有，有足者皆能。当然，足倘若过多，就只能爬了。但我相信，即便在爬行动物中，也有“跑”的概念存在，就像两足或四足动物的跑是“走”在速度与耐力上的延伸，爬行动物的“跑”同样可以是“爬”在速度与耐力上的延伸。走兽可能瞧不起爬虫的跑，那并不意味着爬虫不会跑呀。所有生命都有自己的运动能力，借此得以生存与壮大。所不同的是，人类之外其他动物的“跑”只是出于本能，捕食或迁徙，求偶或逃生；而人类，由于发明了强大的工具，除了逃生，捕食、迁徙和求偶，已进化到基本上不需要“跑”了。

那“跑”用来干什么呢？用来锻炼身体的力，用来塑造形体的美，用来挑战自我的极限，用来磨炼人生的意志，用来昭示坚持与拼搏的精神……在人类这里，跑由本能，演变成了一种文化。从这点来说，人的确是万物之灵。无论速度还是耐力，人在动物中充其量只能算中等偏上，为什么人类能进化到远远将其他动物抛在后面，成为天地之间仅次于上帝的主宰呢？乃因其灵性所致。灵性，启迪和指引着人类，达成由力向智的转变，从而实现对生命本能与丛林法则的超越。对于拥有汽车、高铁、飞机甚至运载火箭的人类来说，“跑”只能算是一种原始的位移，早已不是速度的范式。

当“跑”从生存的必然性中解放出来，它就开始在自由舒展的生命沃野上绽放光华——跑步——这是一个包孕着休闲与健身的词语，身体像花草一样摇摆和开放，里面是永不褪色的春天。这还不够。伴随着对极限的挑战，“跑”进而演化成一种玄秘的命运符号——奔跑——这是一个蕴含了跳跃与飞扬的词语，身体像鸟儿一般翱翔和旋舞，激荡着人类不依靠外力振翮远举的梦想。

中国的传说中，最早关于“跑”的故事是《山海经》里面的夸父追日。远古时代的夸父要和太阳赛跑，他喝干了黄河、渭水和北方的大泽，仍然没有追上，在湖南沅陵县的夸父山口渴而死。和太阳赛跑，连飞鸟、雄鹰都办不到吧，人类就是这样，他们不仅想飞，还想超越飞。五千年前的黄帝时代，谁会想到这能变成现实呢？现在，人类借助科技，早已将飞鸟抛在了身后。目前，世界上最快飞船的速度达到每秒三千多米，而太阳绕着银河系公转的速度是每秒250千米，差距依然巨大，但未见得不可企及啊。《山海经》讥嘲夸父“不量力”，殊不知，这正是人类腾飞的根源所在。

由于渴望飞，所以“跑”往往是以悲剧的形式来呈现的。夸父不可能追上太阳，死后他的手杖化作一片桃林。“手杖”这个工具给我们提供了另一种信息：夸父并不是全程在跑的。真实情况可能是，跑到后来，他实在支持不住了，就弄了一根手杖撑着，边走边追，最终因干渴而身亡。那时的人们，还没有“万物生长靠太阳”的常识，农耕看天吃饭，对动辄制造干旱的太阳恨之入骨。夸父长途跋涉的悲壮，不可避免地挫败，让人明白：天（太阳）是不可战胜的。四千多年后，曹雪芹犹自在《红楼梦》中叹道：“灵秀幽微地，无可奈何天。”

对付太阳，跑肯定不行，所以才有后来后羿射日的神话。神话其实是一种典型的自慰式话语。天上的太阳摘不下来，我就说它们本来有十个，被后羿射落九个，只留了一个在天上。后羿成为人类虚构的英雄。内心里，我无疑更钦佩夸父那种失败的英雄，他是一个真正的人。而后羿是人的膨胀，是人的变态，嫦娥受不了他是很自然的事。嫦娥是何等聪明的女子，她没有“跑”，她知道“跑”只会带来悲剧，所以她选择了“飞”。嫦娥飞天，就永远把后羿那样的男人钉在了耻辱柱上。嫦娥奔月，标志着中国人月亮崇拜的开始，应当算作中国古典文学的源头。

二

夸父之后，中国再没有“逐日者”了。那跨越五湖四海的壮健一跑，甚至奔忙于治水第一线的龙行虎步，慢慢退化为三步一跪、五步一叩，退化为鹰式、蟹式、跳蚤式、蚂蚁式……公元前490年9月12日，在西方文明的发源地古希腊，却冒出了一个“跑”死的英雄。

菲迪波德斯是一名年轻的传令兵。当时，兵强马壮的波斯侵略军不断向希腊腹地挺进，马拉松镇是首都雅典的门户，力保此镇才能挽救国家，否则波斯人将势如破竹。希腊军民同仇敌忾，在马拉松镇大败波斯。那时没有任何机械通信设备，为了让这一喜讯尽快传到首都，传令兵责无旁贷。菲迪波德斯刚走出战壕，身上伤痕累累，血迹斑斑。他二话没说，撒开双腿，一个人开始了长达 42.195 公里的浩浩长征。他一刻都没有停下来，而且始终保持着自己的最快速度。他跑到人们焦急地等待着消息的雅典广场，大喊一声：“我们胜利了！”随即倒在地上，停止了呼吸，脸上还露出青春纯真的笑容。

菲迪波德斯一跑惊天下。1896 年，世界近代首届奥林匹克体育运动会在雅典举行，奥运会发起人顾拜旦男爵提议，就以当年菲迪波德斯跑过的那条路线作为一个竞赛项目，并命名为马拉松赛跑。从此，以 42.195 公里为标准距离的马拉松赛跑便风靡全球。目前，世界各地每年举办马拉松比赛近千个，既有久负盛名的波士顿、伦敦、柏林、芝加哥、纽约、东京六大赛事，还有像中国这样的新兴大国。仅 2015 年，中国就有 56 场马拉松比赛。马拉松比赛让长跑成为世界上影响最大、最为平民化的运动项目。

菲迪波德斯不仅是民族英雄，他成了全世界的英雄，就像黄帝时期的夸父是世界的英雄一样。马拉松跑不仅挑战人类极限，还蕴含着为胜利而献身的象征意义。对于所有平民来说，这是人生最大的渴望和梦想。在没有战争的年代，或者说在现代战争不需要传令兵的年代，长跑成为一种英雄式的模拟和致敬，向远古的英雄，同时也是向自己。

我觉得这不是一种巧合：马拉松运动的兴起和盛行，伴随着全球快速城市化的进程。很有影响的马拉松赛事几乎悉数落户城市。城市无疑提升了人类生活的质量，是人类改造自然的威力的体现。然而，城市让人类兀然超拔于万物之上，他们在构筑自己理想王国的同时，也在为人类的未来设置陷阱。

19 世纪末叶以来，越来越强大的人类使得“个人主义”日益凸显，谁都不甘平庸，不甘埋没，都希望比自己高大无数倍的高楼大厦屏蔽不了自己的丰姿，围困不了自我价值的实现。在动辄吞没数百万、上千万人口的大都会里，个人价值与尊严变得至高无上。这个时候，都市人自然会想起两千多年前的菲迪波德斯。被那场战争牵扯进去的有多少人啊，一将功成万骨枯，但那场战争只有三个人青史留名，其中两人是双方的统帅，达提斯和米尔迪亚德，而普通士兵菲迪波德斯以其义无反顾、喋血沙场的勇气，和超远距离的高速长跑，将自己宝贵的生命盛放在胜利的祭坛上，而得以不朽。这一份独一无二的“个人英雄主义”标本，立即倾倒了穿梭于城市大街小巷的芸芸众生。

三

我自幼体弱多病。读小学时，父亲规定我每天早晨必须去跑步。从家里跑到对面的罗岭桥，往返大约三四里路。我先是恋床，极不情愿；不久，乡村清晨的开阔、宁静与纯净，就深深地吸引了我。我从没觉得自己的家乡有如此漂亮！我爱上了晨跑，而且越跑越远，远到我的母亲到处跟村里的大人打招呼，嘱咐他们看着我，别掉到塘里，或者野猪口里了。读初中、高中、大学，大学毕业留校，我一直坚持不懈，并参加过湖南师大校运会的万米赛跑。那次，如果取得名次（前八名）的选手都不在，我就是第一名。大学毕业两年后，我调到现在的单位，在长沙市最中心的兴汉门住了二十多年。置身于喧嚣吵闹、污染严重的闹市区，单位院子又只有不到六亩地，院外早晨五六点钟便人头攒动，车水马龙，实在再无跑步的兴致，便硬生生地掐断了这一光荣传统。倘若坚持至今，那现在的长沙国际马拉松赛，我或许还可奋蹄一搏呢。

我的朋友、著名作家薛忆沩，是名副其实的长跑王子。他每天至少要跑五公里。2000年薛忆沩在深圳大学任教时，他称沿着长长的深南大道独自奔跑为“放纵”。我在一封信中回答他：“你放纵得很有道理，时间的精妙和身体的奥秘全被你窥探到了。”写作是异常寂寞的，我更清楚，薛忆沩是靠这样的“放纵”来对抗孤寂，培植自我，用健壮的身体辅助他增强自己的内心力量。在薛忆沩看来，长跑是一种身体的修行，而更为漫长的写作则是精神的修行。

当长跑成为一种修行的时候，它的本质就悄然发生了变化。在夸父和菲迪波德斯的时代，“跑”是为了赶快、加快、尽快，以快为过程，也以快为目标，是在人体极限范围内，对“走”的不断升级。而现在，我们惊讶地发现，“跑”是为了让自己慢下来，是一种身心的调节与休憩。因为，借助各种日新月异的交通工具，我们“跑”得太快了！

“坐地日行八万里，巡天遥看一千河。”毛泽东如此富有想象力的诗句，短短几十年间就变成了现实。

而且，“走”的概念也已大不同于以前，现在所谓的“走”大多不需要脚，而是用车代步：“走，去机场！”“走，去高铁站！”“走，我们打的士去！”……这时候，“跑”就不是“走”的升级，而是对它的反叛——跑，必须脚踏实地，它是身体凭借自身力量产生的位移。

人，只要自己身体的任何一部分，直接贴着大地，就一定会慢下来，他的身体就一定能听到大自然的声音，听到自己灵魂的倾诉。

四

人类制造机器，是为了更高、更快、更强。但科技匪夷所思的突破，让机器所具有的超速度与超能量，反逼而不是反哺人类。钢铁质地的坚硬、机械组织的严密高效，使得人类最健硕的肌肉和最敏捷的身手也相形见绌。人机大战，从一开始便增添了无限的悲壮色彩。

19 世纪末，一个名叫约翰·亨利的美国黑人小伙，他是当时美国铁路修建最为出色的开路工，有人形容他在石头上打孔快如闪电。但不久，铁路公司买来了一种至少可以顶 12 个开路工的新型钻机。约翰·亨利为了不让自己和其他开路工失业，决定以血肉之躯，与机器大战一场。最终，约翰·亨利打败了钻机，但他血洒一地，付出了生命的代价。

有人说，约翰·亨利是美国精神的代表。其实，从夸父，到菲迪波德斯，到约翰·亨利，再到前不久与智能机器人阿尔法进行五番棋大战惨败而归的围棋高手李世石，他们都是人类精神的代表，是人中之龙。耐人寻味的是，他们孤身抗击的对象，从夸父的太阳（大自然），到菲迪波德斯的战争，到约翰·亨利的钻机（机械），再到李世石的阿尔法（智能机器人），体现的正好是人类从蒙昧到野蛮，从野蛮到文明，从工业文明到信息文明的高速发展进程。

人类欲望炽盛，赛过夸父追逐的太阳；智力发展则真真快如闪电，所以整个社会的发展已令人目不暇接。以前，机器虽然强大，但它们没有生命，操控权完全掌握在人类手中，除了失业率增加，人类并没有感受到机器给自身造成的巨大威胁。随着智能机器人在尖端智力领域——围棋上将人类最强大的棋手击败，人类所引起的恐慌不是没有道理的：有没有失控的那一天，人造智能将彻底压制甚至摧毁人类?

或许，这有几分杞人忧天。但现在看来，人类用智力所达到的事情，他们的身体已经远远赶不上，哪怕有超凡的长跑能力；而人类身体所产生的欲望又无远弗届，让他们的灵魂望尘莫及。他们必须慢下来。

我们为什么需要马拉松？因为，这或许是能够拯救人类的一项运动。政府官员、部队将士、尖端科研人员、IT 精英、各种梦幻制造者、恐怖分子、青年学生以及平民百姓，如果都能穿上短裤背心，单纯地面对自己，面对自己的体力、耐力和意志力，面对脆弱的身体组织和难以预测的赛事结果……他们高速运转的智力会不会慢下来一点？

马拉松长跑的确是越来越盛行了。马拉松能让人类从诸如军备、能源、转基因、克隆技术、智能开发、宇宙探索等种种“竞奔”“竞逐”中，回到关注自身、爱惜自身的原点吗？至少目前，马拉松跑还是奥运会的一个铁定项目。倘若哪一天，它仅仅只是一个仪式，甚至成为一抹回忆了，那么，是不是可以说，人类自己制造的智能机器，已反客为主，赢得对人类的绝对优势？

（原载《美文》2016 年第 7 期）

跋

漓江出版社近年出版了杂文、散文等年度选本，都有不俗反响。今年又计划增出随笔的年度选本，约请我做主编。当时我正在编自己两个微信公众号《记忆》与《粤海述评》的文章年度选本，不过已近尾声，自忖有余力可以接下这个活。而且刚好做的都是年度选本，我何不顺势而为！

当然更主要的是，我对随笔很有兴趣，愿意徜徉其中。

我对此书的设计是：题材不限，但是强调文化内涵和思想性。以思辨性区别于以抒情见长的散文；以视野的广度和历史的纵深感区别于直接针砭时事世风的短小杂文。

我的这种定位，得到漓江出版社副总编辑张谦的认可和支持。

我曾经担心，自己是否要为此书泡在图书馆众多的报刊里难以自拔。我主持报刊、出版社多年，主编过一套套的图书，选编的图书也已不少，但是过去的选编都是从自己主编的杂志里选文章，信手可得。微信公众号的文章选本就更加简单了，全在我的电脑文件夹里。这些都只需要选择之功，并没有寻找之难。但是这样一个选本呢？

事情的发展令我意外。因为多年主持文化批评杂志而营造的学术人脉，也因为微信的快捷和广泛，我很快就有了许多堪称质量上乘的文章。这时的我反而陷入了另一种困境，那就是不得不割爱。

也有人闻讯将未曾发表过的文章发来给我，尽管是好文章，却无法采用，因为不合范例。选编过程中，我也不得不剔除了一些初时觉得很好后来发现与大多数文章风格迥异的文章。还有一个困惑是，网上发表的文章选不选？张谦的意见可以适当兼顾，不过我最终只选了一篇。随着自媒体的潮水汹涌澎湃，我希望下一个年度的选本应该有更多的网上文章入选。此外，有些很好的书评、剧评，最终忍痛舍弃了。我倒是觉得，出版社可以再编一个书评的年度选本。

因为是第一本，没有拒绝去年发表的文章。

我尝试着将选得的文章按人、事、情三类，大致分为“人生”“世事”“情怀”三辑。这种选编方式，大约前所未见，但是可以显现我的关注点以及编辑眼光和思路，当然也为了方便受众的阅读。

选编的过程也是阅读的过程，我看了不少好随笔。我为思想之花的努力绚丽而慨叹和欣喜，期待有更多的雨露和温暖满布荒原，呼唤出更繁茂、更灿烂的花。

选编者

图书在版编目(CIP)数据

2016中国年度随笔 / 徐南铁主编.
— 桂林：漓江出版社, 2017.2
ISBN 978-7-5407-7527-8
Ⅰ. ①2… Ⅱ. ①徐 Ⅲ. ①随笔－作品集－中国－当代
Ⅳ. ①I267.1
中国版本图书馆CIP数据核字(2017)第029622号

2016 ZHONGGUO NIANDU SUIBI
2016中国年度随笔
选编者：徐南铁

责任编辑：胡子博　谢青芸
书籍设计：石绍康
责任监印：杨东

出版人：刘迪才
漓江出版社有限公司出版发行
广西桂林市南环路22号　邮政编码：541002
网址：http://www.lijiangbook.com
全国新华书店经销
销售热线：010-85893190
大厂聚鑫印刷有限责任公司印刷
［河北省廊坊市大厂回族自治县西大街　邮政编码：065300］
开本：710mm × 960mm 1/16
印张：15.5　字数：258千字
2017年2月第1版　2017年2月第1次印刷
定价：38.00元